Sahar Khalifa

Die Verheißung

Sahar Khalifa

Die Verheißung

Aus dem Arabischen von
Regina Karachouli

Unionsverlag

Die Originalausgabe erschien 2002
unter dem Titel *Ṣūra wa-īqūna wa-ʿahd qadīm*
bei Dar al-Adab in Beirut.
Deutsche autorisierte Erstausgabe

Die Übersetzung aus dem Arabischen wurde
unterstützt durch die Gesellschaft zur
Förderung der Literatur aus Afrika, Asien
und Lateinamerika e.V. in Zusammenarbeit
mit der Kulturstiftung PRO HELVETIA.

Im Internet
Aktuelle Informationen,
Dokumente, Materialien
www.unionsverlag.com

Rieterstrasse 18, CH-8027 Zürich
Telefon 0041-1-281 14 00, Fax 0041-1-281 14 40
mail@unionsverlag.ch

Umschlaggestaltung: Vanina Steiner, Zürich
Umschlagfoto: Dale Windham/Getty
Druck und Bindung: GGP Media, Pößneck
ISBN 3-293-00336-2

Ein Bild

Mariam war die liebste Erinnerung, das teuerste Andenken, das schönste Bild in mir. Sie teilte mein Exil, und wenn ich an sie dachte, zog es mich zurück nach Jerusalem. Dann spürte ich wieder die Ketten aus Karub und Nelken um meinen Hals, und mir hüpfte das Herz wie einem verliebten Zwanzigjährigen. Jene ferne Zeit ist mir so nah, ist Freundschaft und Liebe. Frei wie ein Sperling schwinge ich mich dann empor, mit Flügeln und Augen aus goldenen Spiegeln, um meine Welt zu entdecken und Jerusalems Kuppeln zu schauen.

Jetzt ist Jerusalem eine andere Stadt, ist Vergangenheit und Geschichte. Aber einst waren Mariam und Jerusalem eins. All das gehört dem Gestern an – Jerusalem, meine Erinnerungen, meine erste Liebe! Ich lebe im Heute und habe doch keine Gegenwart. Mariam und meine Geschichte sind verloren. Mein Dasein ist zerstört, meine erste Liebe ist dahin und mit ihr mein Enthusiasmus. Wie lange habe ich nach der Liebsten gesucht, nach Erinnerungen und einer Zukunft. Doch ich fand nichts als Vergangenheit – ein verblichenes Bild, den leisen Widerhall von Glocken über einem Klosterhof. Ist es wirklich Jerusalem? Und ist dort Mariam? Wohnt dort die Liebe, das Gedächtnis, die Sehnsucht? Ach, meine Seele ist angebunden. Wie ein Papierdrachen steht sie in der Luft, steigt weder auf, noch sinkt sie zu Boden. Die Geschichte meiner Liebe gleicht einem Drachen aus Papier. Alles hängt am Faden – meine Seele, meine Erinnerung, ich selbst.

Die Geschichte begann damit, dass ich vor einer Heirat flüchtete, die mein Onkel arrangiert hatte. Ich weigerte mich, suchte mir eine Anstellung in einem gottverlassenen Nest am Stadtrand von Jerusalem. Doch mich quälte das Gewissen. Ich mochte meinen Onkel, den Künstler, und gab mir die Schuld, dass er nun traurig und enttäuscht war. Er hatte so viel Hoffnung in den Jungen gesetzt, der mit offenem Mund bestaunte, was er zeichnete und malte, und hingegeben lauschte, wenn er die Laute spielte. Traurig sagte er dann: »Du hättest mein Sohn sein sollen, du bist ein Künstler.« Als Entschädigung für die Stumpfheit seiner eigenen Kinder wünschte er sich, dass ich seine Tochter heiratete. Sie hatte zartblaue Augen und war hübsch wie ein Porzellanpüppchen. Aber ich ergriff die Flucht vor meinem Onkel und seiner filigranen Tochter. Ich ließ meine gebrechliche Mutter und meine Schwester Sara allein in Jerusalem zurück, mietete mir ein düsteres Zimmer im Dorf und besuchte die Familie nur noch in den Schulferien und an Feiertagen.

Das Zimmer war groß, es nahm fast die ganze Wohnung ein. Das Gebäude stammte aus alter Zeit. Es war aus mächtigen Steinen errichtet und mit Naturstoffen, vor allem Mist, befestigt. Zement gab es damals nicht. Das Dach wölbte sich wie die Kuppel einer Moschee, und durch die kleinen Luken drang kaum Licht herein. Ich ließ Tag und Nacht die Lampe brennen, damit ich wenigstens ahnte, wohin ich meine Füße setzte. Die alten Steinbänke, Wasserbecken und Futtertröge für das Vieh, die Hühner und Truthähne hatte ich mit Brettern und Kissen abgedeckt und mir daraus Sitzgelegenheit, Regal und Schrank gebaut. In diesem Käfig lebte ich völlig zurückgezogen. Ich ging nicht einmal spazieren, bis der Frühling kam. Erst als die Welt sich allmählich erwärmte, der Boden grünte und die Knospen sprangen, durchstreifte ich das Dorf und erkundete die Berge und Täler der Umgebung. Von einem felsigen Hügel genoss ich den weiten Blick über die Strände von Netanya, Jaffa und Tel Aviv bis hin zum Horizont und träumte von einem Roman, in dem ich dieses Land und seine Geschichte beschreiben würde. Wie glücklich würde das meinen Onkel machen, immerhin hatte er mich in die Welt der Kunst eingeführt. Doch dann sah ich vor mir sein finsteres Gesicht und seine üble Laune, als ich die Heirat mit seiner beschränkten Tochter ablehnte. Ich kehrte in mein Zimmer zurück und verkroch mich tagelang, bis der Trübsinn endlich verflog. Denn der Frühling lockte mit dem Duft der Gärten, und ich ging wieder hinaus, um auf den Feldwegen beim Gesang der Vögel zu träumen.

Eines Tages gelangte ich an die Südseite des Dorfes. Ich entdeckte einen Friedhof, der mir bisher nicht aufgefallen war. Die niedrigen Grabplatten waren mit Kreuzen geschmückt und trugen seltsame Namen: Michel, Anton,

Antoinette, Simon … Plötzlich wurde mir bewusst, dass beim Läuten der sonntäglichen Kirchenglocken die Hälfte der Dorfbewohner verschwand und viele Läden geschlossen blieben. Ich bemerkte auch, dass es im Dorf eine zweite Schule gab, die weder staatlich noch karitativ war. Sie unterstand der Kirche. Der Geistliche trug einen Spitzbart und erinnerte eher an einen Künstler. Er sprach ein reines, fehlerloses Arabisch und predigte mit einem Reichtum an Worten, der mich beeindruckte. Er pries die Geschichte der Araber und die vorislamische Poesie und lehrte seine Schüler Lieder und Hymnen aus der Geschichte unseres Volkes. Ich lernte diese Hymnen von ihm, um sie danach meinen Schülern beizubringen. Auf diese Weise entdeckte ich, dass es innerhalb meiner Gesellschaft eine ganz eigene Gemeinschaft gab, fortschrittlich war sie und liebenswürdig. Wäre ich ungebunden, könnte ich mir gut vorstellen, in diesem Boden Wurzeln zu schlagen. Ich gewöhnte mir an, jeden Sonntag auf den Hügel zu steigen. Von dort blickte ich hinunter auf die Kirche und den Friedhof. Ich beobachtete die jungen Mädchen und Männer, die in ihren Sonntagskleidern fröhlich lachend zum Gottesdienst gingen. In einigem Abstand folgten die alten Frauen in schwarzen Gewändern und Schleiertüchern, bedächtig schwankend wie eine Entenschar mit vollen Kröpfen. Dann erklangen die Choräle, die Stimmen der Frauen mischten sich mit denen der Männer. Funkelnd perlten die Töne von den Dachziegeln der Kirche und strömten weithin über die Olivenbäume und Pinien bis zum fernen Horizont. Mir wurde so leicht ums Herz, so frei. Ich flog auf und davon mit den Vögeln, hoch über alle Wolken.

Ich weiß nicht mehr, wann und wieso ich mich in Mariam verliebte. Vielleicht war es zuerst nur eine Stimmung, die mich mit rätselhaftem Zauber überwältigte. Oder hatten die seltsamen Geschichten über Mariam meine Fantasie erregt? Ich verliebte mich Hals über Kopf, plötzlich war ich wie toll, außer Stande, mich auf irgendetwas zu konzentrieren. Ich war gleichzeitig zerstreut und bedrückt, sehnsuchtsvoll und melancholisch, und alles ohne logischen Grund. Dabei hatte ich sie nicht einmal aus der Nähe gesehen, hatte weder ihre Stimme gehört noch gar mit ihr gesprochen. Monatelang wusste sie überhaupt nichts von mir. Ach, diese Monate, dieser überquellende Frühling, diese Gedichte und Choräle und vor allem die Orgel! Vielleicht war sie an allem schuld. Oder waren es die zauberhaften Sonnenuntergänge auf dem Hügel, die Färbung des Himmels, der rote Abenddämmer? Wie ein schwarzer Schemen kam ihre Gestalt mit der Dunkelheit, wenn das Licht über der Welt und den verwitterten Gräbern verblasste. Wie ein Punkt glitt sie aus grauer Vorzeit über diesen Friedhof mit seinen römischen Säulenfragmenten und einem uralten Ölbaum aus der Epoche des Messias, in dessen Schatten einst Nureddin Zengi beim Feldzug zur Befreiung Jerusalems geruht haben soll. Vor meinem Auge verschwamm alles; die Welt wurde zum Paradies, zum Tempel der Mysterien! Auch Mariam gehörte zu diesem Traum, und genauso meine Gedichte, meine Legenden und die Erzählungen der Schriftsteller aus den Fünfzigerjahren.

Es begann an einem Sonntag. Ich saß wie immer auf dem Hügel, um die Kirchgänger zu beobachten. Nachdem sie durchs Dorf gezogen waren, sammelten sie sich im Hof und traten zum Gottesdienst in die Kirche. Erst tönte die Orgel, dann die kraftvolle Predigt des Priesters und ein getragener Choral. Ich wartete im Duft des Frühlings, im Schatten der Pinien, bis sie bei Sonnenuntergang wieder herauskamen. Eine Gestalt trennte sich von der Gruppe und ging allein zum Friedhof. Vor einem Grab blieb sie stehen. In meinen Augen war sie ein schwarzer Punkt, der sich vollkommen geräuschlos bewegte. Die Stimmen verhallten, gruppenweise verschwanden die Gläubigen, nur sie verharrte im roten Dämmerschein. Ich geriet in Panik, als stünde ich am Rande eines Abgrunds. War es eine Vorahnung? Lag es an der zauberhaften Stimmung, der melancholischen Einsamkeit oder jugendlichen Sehnsucht? Überbordete meine Fantasie? Sie weinte nicht. Sie las in einem kleinen Buch, und an ihrem Handgelenk baumelte ein feiner Rosenkranz. Ich erkannte das Kreuz, es war winzig wie ein Falter. Sie trug ein schwarzes Tuch aus gestickter Spitze. Eine Ziehtochter der Nonnen, dachte ich. Vielleicht eine Novizin, die ihr Gelübde noch nicht abgelegt hat und erst am Anfang des Weges steht. Ich wollte ihr den Weg abschneiden. Am liebsten wäre ich vom Hügel zu ihr hinabgesprungen, um sie zu trösten. Du bist ein Bild, ein Gedicht, ein Engel, würde ich ihr sagen, ja eine Liebesgeschichte, die es zu leben lohnt. Fliehen wir! Aber wohin, vor wem und wieso? Wer mochte sie sein? Was war ihre Geschichte? Wen hatte sie verloren? Hieß sie Salma? Fadwa? Nadschwa? Nein, ihr Name war Mariam. Nach langen Erkundigungen fand ich ihn heraus. Ich erfuhr auch, dass sie ihren kleinen Bruder Michaux beweinte und fast allein war, denn ihre älteren Geschwister lebten in Brasilien. Sie wohnte hier mit ihrer halb blinden Mutter und erhielt Unterstützung von ihren Brüdern und anderen Verwandten. Es war eine weit verzweigte Familie. Sie besaßen Ländereien bis an den Hügel – Olivenhaine, Weinberge und Plantagen voller Feigen-, Granatäpfel- und Quittenbäume. Dort drüben, an der Seite des Hügels, stand ihr neues Haus, erbaut mit dem Geld des Exils. Die dicht bewachsenen Spaliere, der Wald aus Granatapfelbäumen und Pinien, eine Kuh, Hühner, der Weizenspeicher und die unbenutzte Ölpresse verliehen ihm ländliches Flair. Der Vater war vor langer Zeit ausgewandert, nachdem er seine Cousine geheiratet hatte. Sie bekamen Kinder, mehrere Knaben und ein einziges Mädchen. Nach dem Tod des Vaters führten die Söhne seine Geschäfte weiter. Als das Mädchen heranwuchs, beschloss man, sie mit der Mutter und dem kleinen Bruder ins Dorf zurückzuschicken. Der Rest der Familie blieb in São Paulo.

Woher ich diese Einzelheiten erfuhr? Beim Krämer und überall im Dorf. Was hatte man hier anderes zu tun, als auf dem Gehsteig vor dem Laden zu sitzen und einen Kaffee zu trinken. Man bestellte sich eine Wasserpfeife, ließ sie ein bisschen blubbern und sperrte seine Ohren auf. Da war einer gestorben, ein anderer kam wieder auf die Beine, dieser hatte geheiratet, jene wurde wegen der Töchter verstoßen, und diese erst, Gott bewahre! Wäre sie meine Schwester oder meine Tochter, ich würde sie einfach bei der Kehle packen und fest zudrücken. So sind die Regeln, so geht das in unserem Land!

Über Mariam hörte ich die merkwürdigsten Geschichten. Manche Leute sagten, sie sei heimgekehrt, um einen Verwandten aus dem Dorf zu heiraten. Andere behaupteten, sie wolle ins Kloster gehen und Nonne werden. Doch damit nicht genug. Es hieß, das Mädchen habe dringend Halt gebraucht, dort drüben wäre sie womöglich auf die schiefe Bahn geraten. Aber vielleicht sei sie ja wegen der Mutter zurückgekommen, denn die blinde alte Frau habe sich in der Fremde nicht zurechtgefunden. Kurzum, ihr Name begleitete mich, wo ich ging und stand. Ich spionierte ihr nach, postierte mich auf dem Hügel und starrte auf die Kirche und den Friedhof. Ich hatte mich in ein Phantom verliebt. Meine Fantasie gaukelte mir ein Bild voller Liebreiz und eine legendäre Liebesgeschichte vor. Je mehr ich über sie erfuhr, umso besser glaubte ich sie zu kennen. Damals wusste ich noch nicht, dass auch die Dorfbewohner eine blühende Fantasie besaßen. Jeder sah sie aus seinem Blickwinkel, und so widersprachen sich ihre Geschichten und Erklärungen. Aber meine Jugend, die Leere, unter der ich litt, mein beengtes Leben im Dorf – all das ließ mich nur zu gerne glauben, dass diese widersprüchlichen Aussagen ein Beweis für die reiche Persönlichkeit meiner Angebeteten seien, für dramatische Verwicklungen und Verwerfungen in ihrem Leben. Außerdem, diese dunkle Kleidung, das schwarze Tuch, der Rosenkranz, das Dröhnen der Orgel, die Kirche … Nein, nein, meine Liebe war von den himmlischen Mächten arrangiert, vom Schicksal gefügt! Ich las wieder Romane, ja ich verschlang sie und lebte in ihnen, bis ich in mir fühlte, was die Autoren beschrieben, was sie durchlitten, was sie in ihren Büchern erträumt hatten. In dieser Zeit, ich war gerade zwanzig, wusste ich noch nichts von der Kunst und vom Spiel mit Metaphern. Ich glaubte, jede Erzählung habe der Verfasser wirklich selbst erlebt oder wenigstens der Wirklichkeit nachgebildet, also war alles, was darin passierte, ein Abbild der Realität. So war mein Zustand, und ich verliebte mich bis zum Wahnsinn, obwohl ich ihr noch nie wirklich begegnet war. Sie ging nicht unter die Leute. Sie gehörte nicht dazu. Sie war nur ein Schatten, ein Bild.

Dann kam der Tag, an dem ich ihr zum ersten Mal begegnete und ihre Stimme vernahm. Ich sah sie ganz aus der Nähe, wenige Meter entfernt. Es war an einem Festtag. Der Priester hatte einige Gäste zum Mittagessen eingeladen, und sie war auch dabei.

Wir hatten bereits zu dritt oder viert am Tisch Platz genommen. An der Stirnseite saß der Priester, ihm gegenüber seine Frau Yvonne. »Fangen wir doch an«, sagte sie. »Die anderen kommen sicher nicht mehr.«

»Wollen wir nicht noch ein paar Minuten warten?«, fragte der Priester nachsichtig. Aber Yvonne entgegnete: »Wenn sie kommen wollten, wären sie längst da.« Wir begannen zu essen. Auch Wein stand auf dem Tisch. Zögernd bot der Hausherr mir ein Glas an. »Ja, gern«, sagte ich, »warum nicht.« Entschuldigend meinte er: »Ein wenig Wein erfreut des Menschen Herz.« Ich nickte: »So ist es«, und nahm einen großen Schluck.

Jemand sagte: »In der Wüste trank man früher Dattelwein, der haut einen um. Vom ersten Glas ist man berauscht. Bei der Gluthitze, oh, là, là!« Alle lachten, ich auch. Ich nahm noch einen Schluck und noch einen, mir wurde schwindlig. Es war zwar kein Dattelwein, und es wehte kein Wüstenhauch. Trotzdem begann die Welt sich zu drehen, denn ich hatte noch niemals Wein getrunken.

Ich kannte ihn nur aus Filmen, in denen Farid Schauki mit einem anderen Hallodri anstieß, während eine kokette Tänzerin ihre Hüften schwang. Es waren die Filme der Fünfzigerjahre, in dieser Zeit bin ich aufgewachsen. Meine Eltern lebten ganz konservativ. Unser Haus lag eingesponnen in die Gässchen von Jerusalem rings um die Aksa-Moschee. In unsere vier Wände gelangte kein Wein. Wir wussten nichts darüber und legten auch keinen Wert darauf. Wir fürchteten ihn sogar, genauso wie Unzucht, Glücksspiel und Politik. Immerhin waren wir »ehrbare Leute«. Aber dann ließ mein Vater sich scheiden und heiratete wieder. Wir erfuhren, dass er sich betrinke, bis er sternhagelvoll war und einfach umsackte. So kam es uns zu Ohren, doch wir glaubten es nicht. Zumindest zweifelten wir, ob es stimmte. Schließlich hatten wir ja keine Ahnung, was nach der neuen Heirat mit ihm passiert war. Ändert sich der Mensch nicht mit den Umständen? Sieht man je eines Menschen innersten Kern? Jedenfalls hatte mein Vater früher keinen Tropfen angerührt, und ich bekam mein Lebtag keinen Alkohol zu Gesicht, außer im Kino, wenn etwa Istifan Rusti rief: »Komm, Christo, schenk nach!«

Die Klingel schellte, eine Tür wurde geöffnet. Wir hörten Geräusche. »Vielleicht ist sie es«, sagte der Priester. Yvonne brummte: »Zum Nachtisch!« Wir aßen weiter. Plötzlich sprang Yvonne auf, sie saß direkt neben der Tür, und rief: »Willkommen! Du bist spät dran. Es ist doch hoffentlich nichts passiert?« Als ich mich umwandte, erblickte ich sie, nur wenige Meter hinter mir. Das Blut stieg mir zu Kopfe, ich dachte, gleich falle ich um. Ich war wie vom Donner gerührt, mein Herzschlag setzte aus, dann schoss mir das Blut in alle Glieder, und die Welt ertrank in einer roten Flut. Mir war, als bebte die Erde. Für ein paar Sekunden trübten sich meine Augen, und ich sah und hörte nichts mehr. Als ich wieder zu mir kam, saß sie vor mir und entfaltete ihre Serviette. Ja, direkt vor mir, höchstens anderthalb Meter entfernt, auf Tischesbreite! War das zu fassen?

Sie schien so alt wie ich, vielleicht etwas jünger. Ihre Haut war weiß, milchweiß, und die Kleidung tiefschwarz. Ihr offenes Haar fiel herab bis auf die Schultern. Sie hatte ein ovales Gesicht, denn sie war schlank und feingliedrig. Ihre Lippen wölbten sich, durch die leicht vorstehenden Zähne wirkten sie voller. Aber das Wunderbarste waren ihre Augen – ein Flor aus dichten schwarzen Wimpern um strahlendes Weiß und geheimnisvolles Schwarz. Als sie mich ansah, verschlug es mir den Atem, und alles begann sich zu drehen. Es lag wohl ebenso am Wein wie an der Überraschung.

Der Priester scherzte: »Mariam will ins Kloster gehen. Wer hätte das gedacht?«

Seine Frau sagte mit leisem Tadel: »Wir waren uns doch einig, das Thema nicht mehr zu erwähnen.«

»Du hast Recht«, gab er zu. Er wandte sich an mich: »Und du, Ibrahim? Was hast du so vor?«

Die Frage verwirrte mich, ich wiederholte begriffsstutzig: »Was ich vorhabe?«

»Ich meine, in deinem Leben«, erklärte er. »Es geht doch um den Sinn deines Lebens, um dein Dasein. Was willst du anfangen?«

Ich blickte verlegen umher, dann erwiderte ich, zu ihr

gewandt: »Nichts Großes. Ich werde weiter unterrichten.« Als ich den Priester ansah, lächelte er mir ermutigend zu und wartete, dass ich weitersprach. Verlegen gestand ich: »Ich möchte an der Uni in London studieren.«

»Und Gedichte schreiben«, ergänzte er.

Gequält berichtigte ich ihn: »Keine Gedichte. Es sind Geschichten, Märchen, Geheimnisse von Menschen.«

»Du forschst also die Leute aus, um ihre Intimitäten aufzuschreiben?«, fragte Yvonne.

Ich spürte, dass meine Ohren rot anliefen, und stotterte: »Nein, natürlich nicht! Ich schreibe über verborgene Dinge, um sie zu begreifen. Ich möchte nur verstehen, nicht mehr.«

Jemand warf streitsüchtig ein: »Die Geheimnisse der Seele kennt niemand als der Schöpfer allein. Ist es nicht so, Ehrwürden?«

Der Priester dachte nach. »Schon«, sagte er. Nach kurzem Schweigen murmelte er wie zu sich selbst: »Aber da gibt es auch die Schriftsteller. Manche jedenfalls.«

Der Querulant hatte wohl ein bisschen zu viel getrunken, vielleicht wollte er den Blick des hübschen Mädchens auf sich lenken. »Schriftsteller?«, rief er. »Wozu Schriftsteller? Warum nicht gleich Astronomen und Astrologen, Wundertäter wie die Scheicha Fatima und der Prediger von Ram? Alles Lug und Trug. Alles Schwindel. Die Seele kennt nur der Schöpfer.«

Der Priester lächelte. Er war ein begeisterter Liebhaber der russischen Literatur. »Hast du jemals Dostojewski gelesen?«, entgegnete er. »Oder Tschechow? Kennst du *Krieg und Frieden* oder *Die Brüder Karamasow*?«

Es folgte ein langer Vortrag über Dostojewskis Größe und seinen Beitrag zur Analyse der menschlichen Seele und ihrer Mysterien. Ich fühlte, wie diese Welt mich in ihren Bann zog. Eine dunkle, spannungsgeladene Atmosphäre, voller Leben, Szenen und Personen, Iwan, Dimitri, Elisa, und ich mitten darin. Sie und ich, Mariam und ich, das war unsere Welt. Meine auf jeden Fall. Ich gehörte zu ihnen. Unverwandt schaute ich Mariam an, und mein Inneres raunte: »Du bist die Heldin, du bist die Fabel, du bist die Verkörperung meiner Träume.« Mit einem Schluck leerte ich mein Glas.

Da saß sie nun, mir gegenüber, wenige Zoll von mir entfernt. Mariam. Ruhig hörte sie zu, ohne etwas zu sagen. Abwesend blickte sie in die Ferne und kehrte dann kurz zurück in unsere Runde. Sie lächelte nicht, nickte auch nicht mit dem Kopf wie wir. Sie sinnierte, ihr Blick wurde matt, verlor sich gleichsam in Trance. Noch hatte ich ihre Stimme nicht vernommen, nur ein Flüstern. Natürlich bestätigte dieses Schweigen ihre Rätselhaftigkeit und den Nimbus, mit dem ich ihre schwarze Gestalt auf dem Friedhof im roten Abenddämmer umhüllt hatte. Wie so oft schlüpfte ich in die Rolle des neugierigen Beobachters. Jede Geste, jedes Lächeln, jeder Augenaufschlag wurde meiner blühenden Fantasie zur Bestätigung. So war ich zweifach gefangen – von meiner uneingestandenen Liebe und dem Gaukelspiel meiner Einbildung.

»Hast du das Buch nicht gelesen?«, fragte mich der Priester.

Ich schreckte auf. »Welches Buch?«

Alle lachten. Sie lächelte, ich konnte ihre blitzenden Zähne sehen und war außer mir vor Entzücken.

Yvonne sagte: »Morgen holst du es in der Bibliothek.«

Zu ihrer Schule gehörte eine Bibliothek. Sie befand sich direkt hinter der Kirche, in einer schindelbedeckten Baracke zwischen hohen Pinien und Zypressen. Wenn mir der Priester ein Buch empfahl, beauftragte er seine Frau: »Gib es ihm.« Dann erwiderte sie eifrig: »Gleich morgen früh.« Am nächsten Tag verdrückte ich mich aus der Schule, und wenn ich hinkam, lag das Buch schon auf dem Tisch. Es wurde zur Gewohnheit. Er gab mir einen Tipp, ich rannte in der Pause zur Bibliothek, lieh mir das Buch aus und war vor dem Klingeln wieder zurück.

Eines Tages, genau wie ich es erträumt, besser gesagt geplant hatte, traf ich sie dort. Sie gab gerade ein Buch ab. Sobald sie zwischen den Regalen verschwand, lieh ich es aus. Ich eilte in meine Schule, anschließend nach Hause und vertiefte mich in das Buch, als sei es ihre Welt, Mariams Welt.

Die Verfasserin hieß Françoise Sagan. Kaum zwanzig, hatte sie in der Literaturszene bereits Furore gemacht. Das Buch war ein seltsames Gemisch aus Gedanken und Gefühlen, Wünschen und Fantasien. Es war abgegriffen und zerlesen. Bestimmt war es durch viele Hände gegangen. Überall standen Anmerkungen und Kommentare, einige waren durchgestrichen, andere, mit Tinte geschriebene, waren lesbar geblieben. Ich wusste, dass der Geistliche ausrangierte Bücher von der Amerikanischen Universität in Beirut übernahm. Die Unterstreichungen und Randnotizen stammten sicher von Studenten. Aber in meiner Rolle als Liebender und Detektiv deutete ich jede Linie und jede Notiz, wie es mir gefiel, nämlich als Hinweis auf die verborgenen Facetten ihrer reichen Persönlichkeit. Hier, diese Markierung etwa betraf eine philosophische Idee, die Entdeckung des Selbst. Aha! Sie ist auf der Suche nach ihrem Selbst! Diesen Abschnitt über Emotionen und Empfindungen hatte sie gewiss auch angestrichen. Sicher ertrank sie in einem ganzen Ozean von Gefühlen, diesen verschleierten, brennenden Blick besaß nur ein junges Mädchen mit starken Emotionen. In diesem Absatz über die Befreiung des Individuums von den Ketten der Gesellschaft hatte sie sich selbst erkannt, denn sie mied ja die Menschen, besuchte Friedhöfe, wollte gar ins Kloster gehen. Wenn die Heldin in Tränen ausbrach, begann ich erst recht zu interpretieren – all das waren doch Hinweise darauf, was sie liebte, fühlte und erstrebte. Mariam verschmolz mit der Heldin, nein, die Heldin war Mariam! Ich wusste schließlich nicht mehr, mit wem ich lebte und wen ich liebte. Ich lebte mit Mariam und liebte sie durch das Buch, durch die Welt der Bücher und die Bilder der Literatur.

Mir kam überhaupt nicht in den Sinn, dass es eigentlich um mich ging und nicht um Mariam. Diesen Irrtum, ja dieses Vergehen sollte ich erst später entdecken, zwei, drei Jahrzehnte danach. Meine Beziehung zur Welt war gestört, weil ich im Grunde nur mit Menschen verkehrte, die aus Büchern und meiner Fantasie stammten. Ich modellierte sie nach meinem Geschmack und Ermessen. Ich interpretierte in meiner Begeisterung ihren Charakter und ihr Schicksal, wie es mir gerade einfiel, wie es meinen Gedanken, Träumen und Vorstellungen entsprach. Doch jedes Mal erlitt ich wieder Schiffbruch. Denn ich sah Hintergründe, wo es keine gab, und baute meine Erwartungen auf Visionen. Alles brach zusammen, wenn ich entdeckte, dass eine Frau, ein Mann oder ein Vorfall meine Hoffnungen durchkreuzte. Dann litt ich tage-, ja wochenlang. Handelte es sich um eine Frau, waren es mehrere Monate. Wie Salz lösten sich meine Illusionen auf, und meine verletzte Seele wurde zum Schatten ihrer selbst. Am Ende war ich derselbe wie vor der Begegnung, vor der Affäre. Einsam vergrub ich mich in die Bücher und flickte meine Träume zusammen.

Yvonne ertappte mich, als ich Mariam durch ein Bücherregal beobachtete. »Sie gefällt dir wohl?«, fragte sie.

»Wie bitte?« Geflissentlich schaute ich zum Fenster hinaus.

»Sei vorsichtig«, flüsterte sie. »Lass die Finger davon.«

Ich sah sie an. Sie katalogisierte ein Buch, aber sie lächelte freundlich. Sie hatte also gemerkt, dass ich hinter dem Mädchen her war und die Bibliothek immer dann aufsuchte, wenn sie auch gerade kam. Anfangs sah es wie Zufall aus, doch als es sich wiederholte, hatte sie zu zweifeln begonnen.

Sie setzte hinzu: »Mariam ist ganz zufrieden mit ihrem Leben. Und ihre sieben Brüder bewachen sie wie die Schießhunde, sie ist ja ihre einzige Schwester. Ohne den Pfarrer wäre sie längst im Kloster.«

»Ein Pfarrer?«, fragte ich verblüfft. »Was meinst du?«

Sie lächelte mild. »Nichts, gar nichts. Aber Mariam … Ich wollte sagen … das katholische Kloster … Jedenfalls, hier ist dein Buch.«

Ich nahm das Buch und ging. Doch von Stund an war ich verstört. Verbotenes ist süß, und Süßes macht süchtig. Fortan sah ich mich nur noch als Opfer, und sie war die Täterin.

Junge, rette deine Haut, dachte ich nach einer unruhigen Nacht voller Albträume und Ängste. Du bist ein Spinner. Mariam ist eine Fiktion, ein Hirngespinst. Was weißt du von ihr? Von ihrer Welt? Weißt du denn, ob sie dich will? Oder überhaupt einen Mann? Sie möchte ins Kloster, überlege doch! Selbst wenn sie etwas für dich übrig hätte, dann steht immer noch die andere Religion dazwischen. Und deine Armut, du lebst ja von der Hand in den Mund. Nicht zu vergessen deine Mutter, deine Schwester, all die Verwandten und Bekannten in den Gassen um die Aksa-Moschee. Befreie dich von deinen Illusionen!

Am nächsten Donnerstag packte ich mein Köfferchen und flüchtete zu meiner Mutter. Ich traf sie beim Kochen in der düsteren Küche unseres Hauses. Es war ein uraltes Gebäude. Mein Vater hatte es einer Familie abgekauft, die bei der Gründung des Staates Israel, gleich zu Beginn der Auswanderungswelle, nach Amerika emigriert war. Ein herrschaftliches Haus. Auch beim Mobiliar hatte Vater weder Kosten noch Mühe gescheut. Stück für Stück bestellte er vom besten Geschäft in Jaffa, das war sein ganzer Stolz. Zuletzt erstand er ein altes Klavier von einem emigrierten Juden, der ihm rasch noch die Tonleiter und Ehrfurcht vor Beethoven beibrachte. Doch mein Vater behielt die Tonleiter nicht, und überhaupt lauschte er lieber der ägyptischen Sängerin Umm Kulthum. Er liebte Musik und Gesang, auch das Kino und »Teatro«. Er liebte das Leben. Als sich Gelegenheit bot, in einem jüngeren, aufregenderen Milieu neu anzufangen, ließ er meine Mutter und uns Kinder sitzen. Er heiratete eine zwanzig Jahre jüngere Frau und begann Laute zu spielen.

Meine Mutter ist einmal sehr hübsch gewesen, die schönste Tochter einer ehrwürdigen, aber verarmten Familie. Von Großvater, der zur Türkenzeit als Oberrichter in Astana amtiert hatte, konnten meine schwer geprüften Onkel jedenfalls nichts Nennenswertes erben. Trotzdem schwärmte Mutter unentwegt vom alten Ruhm und brüstete sich mit dem Ruf der Familie. Als Ismail, mein Vater, um ihre Hand anhielt, wies mein Großvater ihn beim ersten und beim zweiten Mal ab, denn trotz seines Reichtums besaß dieser Bewerber keinerlei Ansehen. Da schwor Vater vor der Aksa-Moschee und hunderten von Zeugen, Widad werde ihm gehören, ansonsten fließe Blut. Er begann jeden Freier zu bedrohen, bis alle sich verkrümelten. Am Ende blieb nur er übrig, dieser »Tagelöhner und Sohn eines Steinhauers«, wie Großvater ihn im Jähzorn nannte. Immerhin war er Oberrichter mit einem Turban, und mein zweiter Großvater bloß Steinmetz mit einer Pluderhose, so groß wie ein Fallschirm.

Doch dann kaufte der Großvater mit der Pluderhose in Jaffa eine Säge. Er klopfte keine Steine mehr, sondern schnitt sie in Quadern aus dem Berg. So wurde er reich. Der andere Großvater, ausgestattet mit Siegel und hohen Würden in Astana, wohlbeschlagen in allem, was unsere Tradition betraf, ereiferte sich: »Dieses unmoralische Subjekt verschleudert unseren Boden an die Juden!« Damit meinte er, dass der Steinmetz und sein Sohn Felsquader für den Häuserbau im Judenviertel von Westjerusalem verkauften. Dennoch, Vater heiratete Mutter dank eines Handels, der bis heute Gewinn abwirft. Der Turban-Großvater aber starb in Armut. Seine Söhne waren beschränkt und ohne besondere Talente, auf die man stolz sein konnte, außer dem einen, der schöne Kalligrafien malte. Mein Vater kaufte meine Mutter für einhundert Medschidi, Goldlira mit hohem Karat. Die Brüder teilten die Summe unter sich auf und ließen für meine Mutter nur fünf übrig. Sie nähte die Münzen auf ein Samtband und trug es um den Hals als Beweis für den hohen Wert ihrer Schönheit.

Wenn ich sie jetzt betrachtete, ahnte ich nur noch die frühere Schönheit. Ihr graues Haar war unfrisiert, der Körper füllig und schwammig. Ihr faltiger Hals war noch immer hellhäutig, aber blutleer wie eine Kerze. Meine Mutter, die stolze, vitale Frau von einst, gab es nicht mehr. An ihre Stelle war eine andere mit Runzeln und Krähenfüßen getreten. War die Zeit daran schuld, oder der Kummer? Wohl beides, doch der Kummer zerstörte die letzten Reste ihrer Gesundheit, ihres Stolzes, ihrer Lebenskraft, er machte sie schlaff und schwerfällig.

Sobald sie mich erblickte, rief sie: »Ibrahim! Ich habe so auf dich gewartet!« Sie umarmte mich, und ich spürte, wie sie zitterte, wie gebrechlich sie war. Sie wischte sich die Tränen ab, dann zog sie mich an den Tisch und fragte besorgt: »Sag, wie geht es dir? Erzähl erst mal.« Ich setzte mich und berichtete ihr das Neueste von meiner Arbeit, dem Unterricht und dem Zimmer, auch übers Essen, Trinken und Waschen und meine Korrespondenz mit der Universität. In ein paar Jahren würde ich ein Zertifikat erwerben, mit dem ich sogar Direktor werden könnte. »Kommst du wieder nach Jerusalem?«, fragte sie nur. Da wurde ich traurig, ich wusste nicht, warum, aber mein Herz war auf einmal bedrückt.

Vor Sonnenuntergang traf meine Schwester Sara ein,

sie hatte noch eine Menge für ihre Hochzeit vorzubereiten. Beim Abendessen raunte sie mir zu, Vater habe irgendwas angestellt. Weiter verstand ich nichts, weil Mutter ärgerlich dazwischenfuhr: »Was gibts da zu flüstern? Redet laut, ich will mithören!« Meine Schwester verstummte, dann sagte sie kleinlaut: »Darf man nicht mal etwas fragen? Wie ists so im Dorf, Ibrahim? Kann man da leben, gehts dir gut?« Mutter zischte: »Möge Gott dir vergeben, Muhammad!« Sie meinte meinen Onkel, den Kalligrafen, denn er war der Grund für meinen Weggang.

»Das Gänschen ist ja nun verlobt», sagte meine Schwester. »Damit sind wir sie los. Warum kehrst du nicht zurück?«

»Du musst kommen«, befahl meine Mutter. »Soll ich ganz allein leben? Jawohl, sie ist verlobt und vergeben, alles hat sich eingerenkt. Dein Onkel ist heilfroh und glücklich. Die Sache ist also erledigt. Kehre zurück! Das Haus steht leer. Bald wird deine Schwester ausziehen, und ich bin einsam. Du musst heimkommen!«

Ich fühlte mich so traurig. Mutter war nicht mehr dieselbe. Früher hatte sie ein strenges Regiment geführt. Ein Wort von ihr, und das Haus bebte. Wir Kinder flüchteten, durch die Korridore, treppauf, treppab, und versteckten uns unter den Betten, hinter den Schränken und im Bad. Sie schlug nicht zu, schrie uns nicht einmal an. Aber unter ihrem scharfen Adlerblick schmiegten wir uns eng aneinander. Die Angst verband uns, und die gedrückte Stimmung ließ uns verstummen. Obwohl wir noch klein waren, machten wir uns Sorgen, denn unsere Mutter ging viele Jahre in Trauer. Das Schicksal hatte ihr den liebsten

Menschen geraubt, Waddah, ihren Erstgeborenen. Wie eine Flamme hatte er sich selbst verzehrt. Als Jugendlicher schwänzte er die Schule und trat der Rettungsarmee von Amin al-Husaini bei. Am Tor von Jerusalem ist er dann gefallen, und ich war der einzige Ersatz für ihn. Nach seinem Tod bekam sie Blutungen und eine seltsame Krankheit, die alle Föten abtötete, sodass sie fortan nur Fehlgeburten hatte. Wir blieben eine sehr kleine Familie. Kein Araber, der auf Abstammung und Nachkommenschaft Wert legt, könnte sich damit abfinden. Natürlich bot das alles meinem Vater einen plausiblen Entschuldigungsgrund, als er sich wieder verheiratete. Er sagte den Leuten: »Ich will eine Frau, die Männer zur Welt bringt.« Und ich? Was war ich? Etwa kein Mann? Nein, durchaus nicht. Ich war bloß ein schwächlicher, blutarmer Bub mit blassem Gesicht. Vater musterte mich voller Skepsis. Ich glaube, er fragte sich, ob ich überhaupt lebensfähig war und seinen Namen vererben konnte. Deshalb erklärte er bei seiner zweiten Heirat: »Ich brauche einen Jungen, der meinen Namen weitergibt.« Also besaß Ismail keinen Stammhalter. Und ich? Laut schluchzte ich auf. Überrascht fuhr er herum, denn er wusste nicht, dass ich mich hinter dem Schrank versteckt hatte und lauschte. »Was treibst du da?«, rief er verblüfft. Verlegen und entschuldigend sah er seinen Gast an und schüttelte den Kopf. Der Gast murmelte nur: »Es gibt keine Macht noch Stärke als bei Gott!«

Meine Schwester tat nie einen Mucks, sie war sowieso kein männliches Wesen, keine Spur davon. Sie hörte zu, schlug den Blick nieder und zuckte mit den Schultern, dann stöhnte sie: »He! Geht das schon wieder los!«

Meine Mutter und meine Schwester waren für mich die größte Sorge. Wäre Mutter gestorben, hätte Vater mich gewiss zu sich genommen. Ich würde jetzt bei ihm wohnen, hätte mich an ihn und seine neue Frau und das Lautenspiel gewöhnt. Womöglich hätte er mich an die Amerikanische Universität in Beirut geschickt, das taten alle Wohlhabenden mit ihren Söhnen. Er hätte mich bestimmt gut versorgt. Dieses ständige Knausern und das hässliche Zimmer, ach, dieser Hammelpferch, wären mir erspart geblieben. Aber nein! Mit meinem Dickschädel, da war ich genau wie mein Bruder, musste ich unbedingt bei Mutter bleiben und wollte ihn nicht mehr kennen. Mit der Zeit vergaß ich ihn sogar, und er vergaß mich. Wir wurden einander fremd.

Mutter sagte: »Deine Schwester möchte, dass du ihn aufsuchst.« Sie meinte Vater. »Er hat ihr ein tolles Hochzeitsgeschenk versprochen – ein Schlafzimmer.«

Sie stockte und sah mich an. Ich schaute wortlos ins Leere.

»Ein Schlafzimmer!«, rief sie wütend. »Jemand mit so viel Ländereien, Häusern und Geschäften hätte irgendwas Prachtvolles bringen sollen, schon wegen der Leute. Aber dein Vater, pfui Teufel …« Sie hörte nicht auf zu schimpfen und zu brummen.

»He, jetzt geht das wieder los!«, murmelte Sara. Mutter vernahm es und sah sie scharf an.

Ich wollte mich in die Küche verdrücken. Unterwegs drehte ich mich um und fragte meine Schwester: »Und was meinst du dazu?«

Sie antwortete kühl, ohne mich anzusehen: »Was ich meine?«

»Na, zu dem Schlafzimmer«, erinnerte ich sie.

»Welches Schlafzimmer?«

In so einer Situation, wenn Sara sich dumm stellte, verlor ich den Verstand. Ich begann zu schreien: »Welches Schlafzimmer? Du weißt wohl nicht, welches? Hörst du mir überhaupt zu?« Sekundenlang starrte sie mir ins Gesicht, dann zuckte sie mit den Schultern und knurrte: »He, geht das wieder los!« Doch diesmal fühlte ich mich beschämt. Wochenlang hatte ich die beiden allein gelassen und nur noch an Mariam gedacht. Sara wollte heiraten, dann wäre Mutter wirklich ganz einsam. Denn ich würde das Dorf nicht verlassen und in die Jerusalemer Gassen zurückkehren. Dort im Dorf hatte ich mein Herz verloren. Dort war mein Leben, meine gelebte Literatur. Das Dorf bot mir eine verwunschene Zuflucht, wo ich mich vor der Welt und unseren Problemen verstecken konnte, vor den Schwierigkeiten mit Vater und Mutter und Saras Blödeleien, vor dem Ärger mit meinem Onkel und dem üblichen Familienstreit.

Ich schlug einen ruhigeren Ton an: »Du möchtest also, dass wir ihn besuchen gehen?«

»Wen?«

Ich brauste nicht auf, lächelte sie geduldig an: »Unseren Vater.«

Sie schwieg ein Weilchen und dachte nach, als handle es sich um etwas ungeheuer Wichtiges, Schwerwiegendes. Schließlich sagte sie: »Wenn du nichts dagegen hast.«

Blitzartig fuhr mir ein Gedanke durch den Kopf: Wäre sie meine Frau, würde ich sie am nächsten Tag verstoßen. Wie sollte ihr Ehemann sie bloß ertragen? Sie kannte ihn ja genauso wenig wie er sie. Auch er hatte sie nur auf einem Foto gesehen und einmal mit ihr telefoniert. Vater arrangierte die Sache auf seine Weise, mit seinen Mitteln. Er war dem Mann auf einer Reise begegnet. Beim Mittagessen hatte er ihm auf den Zahn gefühlt und herausbekommen, dass er drei Kinder, jedoch keine Ehefrau besaß. Ein Witwer also, oder geschieden. Er fragte ihn: »Soll ich Sie wieder verheiraten?« Der Mann erwiderte: »Hätten Sie denn eine Braut parat?« Darauf mein Vater: »Ein gutes Mädchen, schon etwas älter, fünfunddreißig. Allerdings prima in Schuss und passend für Ihre Kinder. Sie wird Ihnen gefallen. Hübsch, von guter Herkunft und geachtet, zudem eine ordentliche Hausfrau, Schneiderin und Köchin, wie man sie besser nicht wünschen kann.« Der andere zweifelte: »Aber wird sie mich nehmen? Meine Kinder sind die reinsten Teufel.« Lächelnd antwortete mein Vater: »Sie ist auch nicht ohne, ganz nach Ihrem Geschmack.« – »Wie bitte?«, fragte der Mann perplex, und Vater erklärte: »Na, sie ist gewitzt und talentiert, eine wahre Künstlerin! Hören Sie auf mich, Sie tun einen guten Griff.« Beim Foto biss er endgültig an. Sie lasen die erste Sure des Korans und schrieben den Ehekontrakt. Der Bräutigam bevollmächtigte einen Verwandten, und die Ehe wurde per Telefon und Lichtbild perfekt gemacht. Meine Schwester hatte zunächst protestiert, doch Vater erklärte ihr: »Du bist zu alt geworden, Sara. Weißt du einen anderen Ausweg?« Sara verstummte, dann flüsterte sie: »Aber mit drei Kindern?« – »Wenn schon«, erwiderte Vater. »Er ist Firmenchef, ein ausgezeichneter Job, und er stammt aus guter Familie.« Zaghaft wandte sie ein: »Das heißt für mich – ab in die Wüste?« Vater beruhigte sie, immer noch telefonisch:

»Wieso denn Wüste? Ein Meer aus Öl und Flüsse voll Dollars, das bisschen Hitze wirst du wohl ertragen. Ich komme für alles auf, von Kopf bis Fuß werde ich dich ausstaffieren! Na, was sagst du?« Sie wurde allmählich schwach. Der Großvater mit der Pluderhose erwachte in ihr, sie begann zu feilschen: »Und dazu ein Schlafzimmer?« Vater schnurrte in den Hörer: »Schön, warum nicht? Ein Schlafzimmer als Zugabe. Aber wie sollen die Möbel transportiert werden? Weißt du was? Ich gebe dir einfach das Geld, da bist du frei und kannst selber entscheiden. Ein Schlafzimmer, ein Speisezimmer, ganz nach Belieben. Was meinst du dazu?« – »Also gut«, sagte sie. Daraufhin schloss er den Vertrag.

Ich sah sie traurig an. Ich machte mir Sorgen um sie. Der Mann könnte sie betrügen, war vielleicht einer vom Schlage unseres Vaters. Und wenn er sie verstößt? Wenn sie ihm nicht gefällt? Wenn seine Kinder wirklich kleine Teufel sind? Sie kennt ihn doch gar nicht! Bloß durch ein Foto! Was für eine Kuppelei! Alles, was sie von ihrem künftigen Ehemann gesehen hatte, war sein Bild.

Ich nahm ihre Hand und fragte betrübt: »Bist du dir auch sicher, Sara?«

Sie sah mich mit einem langen Blick an und erkannte meine Traurigkeit. Ihre Kälte wich, und sie offenbarte, was in ihr vorging. Demütig und resigniert erwiderte sie: »Was bleibt mir anderes übrig?« Ungestüm rief ich: »Willst du dein Leben mit einem Bild vergeuden?« Leise, als vertraute sie mir ein Geheimnis an, sagte sie: »Wer lebt denn schon sein eigenes Leben?« Sie zog ihre Hand zurück und stand langsam auf. Nachdenklich und ergeben meinte sie: »Es sind doch alles nur Bilder.«

Die ganze Nacht nagte der Gedanke an mir, ich fand keinen Schlaf. »Alles nur Bilder.« Was blieb dann überhaupt noch real? Mutter – ein Bild. Vater – ein Bild. Sara, mein Onkel, meine Cousine – Bilder. Und ich wäre keine Ausnahme. Wofür könnte ich leben und sterben? Alles, was ich liebte und begehrte, wofür ich schwärmte und verging, wäre nichts weiter als ein Bild. Denn wer war diese Mariam? Weder kannte ich sie noch sie mich. Trotzdem war ich verrückt nach einer Frau namens Mariam. Kaum hörte ich ihren Namen, flatterte mein Herz wie ein baumwollweißer Schmetterling, der sich im morgendlichen Sommerwind in die Blütendüfte schwang. Beim Erwachen sagte ich vor mich hin: »Mariam, Mariam ...« Ich stellte mir vor: Sie liegt in meinen Armen, und ich drücke sie sehnsüchtig an mich. Ich seufze, ächze und stöhne, und dann küsse ich sie, mit den Lippen, den Armen, den Beinen, mit allen Poren ... So ist es, wenn ein junger Mann wie ich liebt, und so ganz anders war das Leben für eine wie Sara. Dennoch – ich und meinesgleichen unterschieden uns kaum von Sara. Lebten wir etwa in der Realität oder vielmehr in Abbildern vom Leben? »Es sind doch alles nur Bilder.«

Am Sonnabend kehrte ich ins Dorf zurück. Am Sonntag stieg ich auf den Hügel, um sie zu sehen. Am Montag nutzte ich die Gelegenheit, dass sie in die Bibliothek ging, um ein Buch abzugeben. Ich grüßte Yvonne und reichte ihr mein ausgeliehenes Buch. Sie sagte, der Priester habe sich nach mir erkundigt. Er wolle nach Beirut fahren und lasse anfragen, ob ich seine Schulstunden übernehmen könne. Zögernd wich ich aus: »Anders geht es nicht?«

Yvonne erklärte, es handle sich um Arabisch, und das liege ihr nun wirklich nicht. Sie sei darin nicht sattelfest und mache selber Fehler. Sie drehte sich zu Mariam um und scherzte: »Wie wäre es denn mir dir?« Mariam sah Yvonne, dann mich an. »Ich?«, sagte sie. »Unmöglich!« Ich vernahm ihren fremden Akzent, ihre rauchige, leicht heisere Stimme und verlor den Kopf. Wie melodisch sie sprach! Wie angenehm! Jetzt wandte sie sich gar an mich: »Vielleicht kannst du mich unterrichten?« Ihre Worte waren klar und deutlich, doch der Akzent verlieh ihnen geheimnisvollen Zauber.

Yvonne versuchte einzugreifen und das Vorhaben zu unterbinden. Sie warf mir einen scharfen Blick zu. Ich verstand und gehorchte. »Warum nicht«, erwiderte ich. »Wir werden sehen.« Sie drängelte: »Aber wann?« Wieder wich ich aus, mein Herz pochte: »Irgendwann, mal sehn.«

Am nächsten Sonntag, ich beobachtete sie vom Hügel, hob sie den Kopf und schaute lange zu mir her, als wolle sie sagen: »Ich sehe dich. Du bist da. Ich spüre dich.« Ich geriet völlig durcheinander und schämte mich wie jemand, der beim Ausspionieren fremder Leute ertappt wird. Dieser Friedhof war ihre Welt, der Ort einer großen Trauer. Ihr Bruder lag dort begraben, oder vielleicht ein anderer, der ihr nahe stand. Was ging mich das an? Was hatte ich sie zu verfolgen? Die Nacht darauf fand ich keinen Schlaf, doch diesmal nicht aus Liebe, sondern aus Scham. Ich sah mich mit ihren Augen – ein neugieriger Gaffer, der ungeniert in ihre Welt eindrang. Ich fasste einen ernsthaften Entschluss. Von nun an wollte ich ihr nicht mehr nachstellen, ich würde gar nicht erst auf den Hügel steigen, um die Kirche und den Friedhof zu beobachten. Aber da waren diese Arabischstunden, die der Priester mir aufgetragen hatte! Oder dienten sie mir nur als willkommene Ausrede, um meinen Wortbruch vor mir selbst zu rechtfertigen? Denn ich ging wieder über den Friedhof, wenn auch nicht gerade an Sonntagen, und irrte umher, als suchte ich nach einer halb vergessenen Liebe, die noch in meinem Herzen nachklang und schmerzte.

Eines Tages, als ich die Arkaden hinter der Kirche durchquerte, sah ich sie vor dem Grab. Ganz in Schwarz, mit bedecktem Kopf, verweilte sie im roten Sonnenuntergang. Sie weinte. Ich hörte ihr verzweifeltes Schluchzen, dünne, spitze Schreie, die tief aus ihrer Brust drangen. Wie eine Statue stand sie dort. Ich betrachtete sie verwirrt, überrascht von diesem Anblick. Die Szene erschütterte mich. Und doch war ich überwältigt von der Schönheit des Bildes. Ringsum Gräber, Steine und Kreuze, Sträuße und Kakteen, weiße Blumen, die ihren abendlichen Duft verströmten, und darüber ein Schwarm Tauben. Tiefe Stille herrschte, nur unterbrochen von ihrem Schluchzen und dem Gezwitscher der Sperlinge. Hier und da raschelte ein Blatt, flatterte ein Vogel. Ich wartete einige Minuten, dann ging ich zu ihr. Sie wandte sich um, ich sah ihre Tränen und schlug den Blick nieder. Ich hoffte auf ein Zeichen von ihr. Sie stand vor mir, ihr Gesicht war unverhüllt, als wäre es entblößt, als wäre sie nackt – ihre Brust, ihr Leib, ihre Geheimnisse. Ich trat näher. Sie bewegte sich nicht. Näher, noch näher … Da sank sie vor mir auf den Rand des Grabes, krümmte sich und weinte wieder. Einige Augenblicke wusste ich nicht, was ich tun oder sagen sollte. Schließlich setzte ich mich mit einigem

Abstand neben sie auf das Grab. Lange saßen wir so. Sie hörte auf zu weinen, und es war ganz still. Die Nacht senkte ihren Schleier auf uns herab, während sie da kauerte und das Gesicht in den Händen vergrub. Irgendwann nahm ich meinen Mut zusammen und streckte die Hand zu ihr hin. Sie bemerkte es und reichte mir ihre. Ich fasste sie an den Fingerspitzen und stand auf. Auch sie erhob sich, und wir gingen schweigend, Hand in Hand bis zur Kreuzung. Dort blieb sie stehen und drückte meine Hand. Ich wartete. Doch sie sagte nichts. Nur eine leichte Kopfbewegung deutete an, dass wir uns hier trennen mussten, sie würde den einen, ich den anderen Weg nehmen. Sie ging, und ich sah ihr nach, bis sie weit entfernt war. Dann drehte ich mich um und schlug die entgegengesetzte Richtung ein.

In dieser Nacht tat ich kein Auge zu. Ich wälzte mich, ein rettungslos Verliebter, verfolgt von Bildern, Szenen und Worten, von geträumten Küssen und übermächtigen Gefühlen. Sie offenbarte mir ihr Leid, und ich gestand ihr meine Leidenschaft. Sie vertraute mir ihre Geschichte, erzählte vom Kloster, vom Tod ihres Bruders, von der Fremde und ihren Geschwistern, von Brasilien und einer unbekannten Welt, die ich mir ausmalte mit tropischen Regenwäldern, Kaffeeplantagen, Bananenpflanzungen und Kardamomfeldern, mit Kletteraffen in den Bäumen und nackten oder halb nackten Menschen, mit Tanz und Liebe und Musik auf allen Gehsteigen und Straßen. Wo ist sie früher gewesen? Wie hat sie gelebt? Ob sie schon einmal verliebt war? Warum will sie ins Kloster? Mit jeder Frage und jedem Geheimnis wuchs mein Verlangen. Erst am Morgen, der Hahn hatte bereits gekräht und die

Schulglocke geläutet, wurde mir mein verrückter Zustand bewusst. Ich stürzte los, um rechtzeitig zum Unterricht zu erscheinen. Doch als ich die Klasse betrat, fand ich den Direktor vor, der das Chaos bändigte. Er hatte mich erwischt, wie ich zu spät kam, völlig konfus, mit bleichem, unrasiertem Gesicht. »Was fehlt Ihnen?«, fragte er. »Haben Sie Fieber? Nehmen Sie heute Urlaub.« Ich schüttelte nur verdrießlich den Kopf und sagte leise: »Nein, nicht nötig.« Damit langte ich nach der Kreide und schrieb das Thema an die Tafel.

Am nächsten Tag ging ich zur gleichen Zeit wieder durch die Arkaden hinter der Kirche. Ich fand sie am selben Platz. Sie wartete auf mich. Jedenfalls wollte ich es glauben. So trat ich zu ihr und setzte mich wie gestern auf das Grab. Und wie gestern umgab uns die friedliche Stille unter dem Wacholder, umhüllten uns die Schatten der Abenddämmerung.

»Mein Bruder starb wegen mir«, flüsterte sie.

Sie blickte auf, unsere Augen trafen sich. Ich sah, dass sie sich verkrampfte. Sie rang die Hände und beugte den Nacken, als spräche ich das Urteil über sie.

»Ich wollte das nicht«, sagte sie traurig. »Meine Mutter weiß es, aber die Leute reden schreckliche Dinge. Hast du nicht davon gehört?«

Da ich nicht antwortete, fuhr sie fort: »Bestimmt hast du es gehört, ganz bestimmt, da bin ich sicher …«

Verwirrt unterbrach ich sie: »Gar nichts habe ich!« Ich sah sie an und beteuerte: »Jetzt höre ich dir zu. Auf dich kommt es an, was du fühlst.«

Sie legte beide Hände auf ihre Brust und sagte unsicher: »Ich weiß nicht. Manchmal fühle ich, dass ich schuld bin, und manchmal ist mir, als wäre ich schon gestorben, wie er. Ich bin tot, und er ist tot. Nur dass ich über der Erde bin und er darunter. Da ist kein großer Unterschied. Er war immer schwächlich und krank und wäre gewiss nicht alt geworden. Das hatten die Ärzte uns ja angekündigt. Meine Mutter wusste es, genauso wie ich und meine Brüder. Warum fühle ich trotzdem, dass alles an mir liegt?«

Erwartungsvoll schaute sie mich an. Als ich schwieg, rief sie zornig: »Es liegt nicht an mir! Er war krank! Wieso fühle ich mich schuldig?«

Ich beruhigte sie: »Dich trifft keine Schuld. Wenn er krank war, wie du sagst, sogar todkrank, wie man euch mitteilte, dann bist du selbstverständlich unschuldig.«

In ihren Augen lag ein seltsamer Ausdruck, ein Aufbegehren, das nichts mit Reinheit oder Güte zu tun hatte. Ihre Augen ... vielleicht war es nur Einbildung, aber diese schönen schwarzen Augen mit den hohen Brauen und verschleierten Pupillen hinter den dichten Wimpern hatten etwas Hintergründiges. Mich überrieselte ein Gefühl, das ich nicht verstand, etwas Zauberhaftes, Mysteriöses, das die Sinne gefangen nahm und meine Neugier und Sehnsucht entfachte.

Sie sah mich prüfend an, dann versuchte sie mich auszuhorchen. »Du bist Schriftsteller, nicht wahr?«

Ich lächelte betrübt. »Ich und Schriftsteller? Schullehrer bin ich, nichts weiter.«

Ungläubig musterte sie mich. »Nein, nein, leugne es nicht. Du bist Schriftsteller. Der Priester sagt es, und Yvonne hats auch gesagt.«

Irgendwie fühlte ich mich erleichtert oder in meiner Eitelkeit bestätigt, weil diese Leute mich für einen Schriftsteller hielten. Aber vor allem war mir wichtig, ihr als bedeutend zu erscheinen, als starke Persönlichkeit, als großer Mann mit Fähigkeiten – trotz meiner Armut, trotz meiner Anstellung an einer stupiden staatlichen Schule mit zerbrochenen Fensterscheiben und defekten Toiletten, einem staubigen Schulhof und undichtem Dach, trotz meiner Unterkunft in einem Viehstall. Trotz alledem war ich ein Schriftsteller! Das klang gut, richtig zum Träumen.

»Wie schreibst du denn?«, fragte sie wissbegierig und naiv.

Was sollte ich darauf antworten? Wie ich schreibe? Keine Ahnung. Ich greife zum Stift und notiere, was ich weiß, was ich fühle oder beobachte. Ich schildere Menschen, Wacholderbäume, Vogelgezwitscher und dieses Grab, dieses Kreuz, während du hier bist, während ich deine Stimme höre und die Dinge durch dich neu sehe. Ich schildere dich für mich, schildere dich in mir. Schildere mich.

Ungeduldig rief sie: »Also, wie schreibst du? Willst du es mir nicht sagen? Du, ich lese viel. Ich lese Bücher in drei, vier Sprachen.«

Verblüfft starrte ich sie an: »In vier Sprachen?«

Sie wollte mich überzeugen, dass sie ebenso klug und gebildet war wie ich. War ich Schriftsteller, so las sie immerhin in fremden Sprachen. Eifrig antwortete sie: »Dreieinhalb.« Sie zählte an den Fingern ab: »Arabisch, Englisch, Spanisch, Portugiesisch.«

»Und welche ist die halbe?«, fragte ich lächelnd.

Auch sie lächelte. »Machst du dich über mich lustig?«

»Durchaus nicht.« Ich schüttelte den Kopf. »Ich beneide dich. Du Glückliche!«

»Ich und glücklich?«, wiederholte sie traurig. Und noch einmal: »Von wegen glücklich!«

»Aber ja …« Ich schaute sie fragend an, und sie ergänzte schnell: »Mary, ich meine Mariam. Drüben hieß ich Mary, doch hier ist mein Name Mariam.«

»Also gut, Mariam, du kannst froh sein.«

»Wieso denn?«

Ich schaute sie an und zählte wie sie an den Fingern ab: »Arabisch, Englisch, Spanisch, Portugiesisch. Du hast zwei Namen und zwei Heimaten, eine hier und eine drüben. Du hast zwei Augen und dieses Gesicht, du bist hübsch.«

Sie fixierte mich misstrauisch: »Du lachst mich aus.«

»Wie könnte ich?«

»Du bist Schriftsteller«, meinte sie zweifelnd, »manche verspotten die Menschen, das ärgert mich.«

»Aber ich bin doch gar kein Schriftsteller, ich schreibe nur so, als Dilettant.«

Sie hob die Hand. »Leugne es nicht. Du bist Schriftsteller. Der Priester hat es gesagt. Er ist ein begreifender Mann, ich glaube ihm.«

»Begreifend?«

Sie zog die Schultern hoch und verdrehte die Augen. Sie suchte nach dem richtigen arabischen Wort. »Das heißt: Er ist sehr gut. Also, er begreift die Menschen, das Leben, den Tod, und er sagt so schöne Sachen. Er ist sehr begreifend, er versteht. Weißt du, was ich meine?«

Ich nickte. »Natürlich, er ist sehr gut.«

»Glaubst du ihm?«

»Selbstverständlich.«

»Warum streitest du dann ab, wenn er sagt, du bist Schriftsteller und schreibst wunderbar?«

»Wunderbar? Was soll denn das wieder heißen?« Ich platzte beinahe vor Stolz, gab mich jedoch bescheiden.

»Jedenfalls hat er das gesagt«, beteuerte sie, »und auch noch, dass du einmal ein bedeutender Autor sein wirst. Das ist doch wichtig, wichtig, sehr wichtig, meinst du nicht?«

Sie war so naiv, so jung. Ihr Heiligenschein verblasste, dafür erschien sie mir umso schöner, als sie in ihrem fremden Akzent ein wenig unbeholfen nach Worten suchte.

Wieder fragte sie: »Nun, wie schreibst du?« Ich lächelte nur. Plötzlich sprudelte sie hervor: »Wenn ich die Sprache richtig könnte, würde ich eine tolle Story für die Menschen aufschreiben, ganz gewaltige Geschichten – aber leider schaff ichs nicht.«

»Ich wüsste eine Lösung«, rief ich begeistert. »Du erzählst, und ich schreibe es auf. Was meinst du?«

Sie sah mich zweifelnd an. »Ich plaudere es auch nicht aus«, versprach ich. »Ich erwähne keine Namen und Orte, niemand erfährt, um wen es geht. Na, was ist?«

Ihr Lächeln wurde breiter, sie lachte beinahe. Wir vergaßen, wo wir uns befanden und worüber wir vorher gesprochen hatten. Begonnen hatten wir mit Trauer und Tod und dem Klatsch der Leute, und nun lächelten wir uns an, kamen uns näher und redeten ohne Pause. Warum müssen solche Augenblicke vergehen? Bliebe die Zeit doch stehen, hielte die Welt inne! Fände ich doch all das wieder – die Menschen, das Dorf, den Berg von Jerusalem, dieses Kreuz, das Grab ihres Bruders und sie. Vor allem sie. Einmal noch, irgendwann.

Ich begegnete ihr überall – in der Bibliothek, beim Priester, beim Krämer, unter den Arkaden. War es Absicht? Selbstverständlich war ich es, der ihr nachstieg. Und sie? Ob sie mich auch sehen wollte? Ich wusste es nicht und würde es wohl nie erfahren. Ich war genau informiert über ihr Tun und Lassen, wen sie besuchte, wen sie mied. Aber auch sie schien meine Gewohnheiten besser als jeder andere zu kennen. Ich sah sie morgens, wenn ich aus dem Schulfenster schaute, und nachmittags, wenn ich beim Krämer saß. Ich sah sie in der Bibliothek bei Yvonne und immer wieder am Grab, während ich auf dem Hügel tat, als läse ich ein Buch. Wir wurden Liebende auf Distanz, so kam es mir vor. Eines Tages ging ich zum Taxistand – und fand sie dort! Sie lächelte, ich lächelte. Sie fahre zum Shopping nach Jerusalem, sagte sie, um sich einen bestickten Thaub für eine Hochzeitsfeier zu kaufen.

»Kommst du mit?«, bat sie. »Gern«, antwortete ich. Wir saßen dicht beieinander. Meine Seele flog, das Taxi flog. Ihr seidiges Haar streifte mein Gesicht wie ein Schwalbenflügel, ein Sommerschmetterling. Der Morgenwind duftete nach Weizen und Pinien, und sie drückte sich an mich, mit ihrer Schulter, ihrer Brust, ihrem Schenkel. Was für ein Gefühl! Ich war wie berauscht. So viele Liebesgeschichten lagen hinter mir, doch keine Frau hatte mich hingerissen wie sie. Kam das von der Sehnsucht? Von der Enthaltsamkeit? Weil es verboten war? Oder weil ich gewissermaßen noch unschuldig war? Tief drinnen natürlich nicht, da hatte ich bereits jedes Tabu gebrochen. In meiner Fantasie hatte ich alles Vorstellbare mit ihr erlebt. In Wahrheit aber war ich nur ein verklemmter Pubertierender von zwanzig Jahren, der nichts weiter kannte als seine Träume, seine Bücher, ein armseliges Viertel im Herzen von Jerusalem und der schließlich als Lehrer in einem Dorf gelandet war. Dagegen sie – vier Sprachen, sieben Brüder hinter sieben Meeren in Brasilien und eine neue, mit Exilkapital erbaute Villa!

Wir betraten den Markt durch das Amud-Tor. Sobald sie in die lange Gasse einbog, wurde eine andere aus ihr. Mariam verwandelte sich in Mary. »Ibrahim!«, kreischte sie wie eine übergeschnappte Touristin. »Sieh doch, das ist aber hübsch! Ibrahim, Ibrahim! Komm mit, schau dir das an!« Ich schwitzte Blut und Wasser, als ich merkte, dass die Leute sich umdrehten und die Händler aktiv wurden. Der eine lud uns ein, der andere versprach einen guten Preis, der nächste rief: »Welcome, welcome!« Ein Kollege aus der Oberschule zwinkerte mir grinsend zu: »Gute Beute, nicht übel!« Ich wandte mich ab. Ohne zu antworten, folgte ich ihr ins Geschäft und versteckte mich zwischen Stoffen, Lederartikeln und Glaswaren aus Hebron. Sie griff nach einem weinroten Gewand mit Stickereien in feurigen Farben.

»Sieh mal, Ibrahim. Steht mir das?« Der Händler wiegte den Kopf. »Einmalig!«, rief er außer sich vor Begeisterung. »Beim Allmächtigen, und ob Ihnen das steht! So etwas Schönes finden Sie nie wieder!« Sie drehte sich in der Ecke vor dem Spiegel, hielt das Kleid an ihre Schultern und neigte den Kopf mal auf die eine, mal auf die andere Seite. Hoheitsvoll wölbte sie die Brauen, schob die Lippen vor und hob das Kinn, als wandle sie in einer Prozession von Schönheitsköniginnen. Sie war hingerissen von diesem Kleid und ich von ihrem Anblick. Voller Bewunderung rief der Händler: »Wie auf dem Bild!« Und er wies auf ein Gemälde, das eine Frau im bestickten ländlichen Thaub mit Kopftuch und Medschidi-Münzen zeigte. Sie lachte hellauf und fragte kokett: »Wie ein Bild?« Sie drehte sich nach mir um: »Wirklich, Ibrahim? Ein Bild?« Ich antwortete nicht, verglich nur und prüfte, was ich sah und hörte. Welches Bild?, dachte ich. Dein weinendes am Grab, dein zerstreutes beim Priester, dein widersprüchliches bei den Leuten? Oder dein Bild hier, in diesem Gewand, in meiner Fantasie?

Sie verschwand hinter dem Vorhang, um das Kleid anzuziehen, und trat als eine Königin wieder zu uns heraus. Pechschwarzes Haar, weiße Haut, ein schlanker Gazellenhals, die Taille biegsam wie Bambusrohr. Der Händler schrie immer noch: »Wie das Bild! Genau wie das Bild!« Ich vergaß meine Scham und lächelte. »Wirklich, bildschön«, flüsterte ich verzaubert. Beinahe wäre ich vor ihr auf die Knie gesunken.

Von diesem Augenblick an war es vorbei mit meinen Hemmungen. Ich wurde ihr gehorsamer Diener, der gefällig jeden ihrer Wünsche erfüllte. Sagte sie: »Lass uns etwas essen«, erwiderte ich: »Ja, essen wir.« Sagte sie: »Trinken wir etwas«, erwiderte ich: »Ja, trinken wir.« Sagte sie: »Komm, gehen wir da hinein und schauen uns um«, folgte ich ihr ohne Diskussion. Wir betraten unzählige Läden, und sie kaufte zahllose Dinge – Kreuze aus Holz und Perlmutt, Rosenkränze und Silbersachen. Manchmal hielten wir bei einem Geldwechsler an, um Dollars zu tauschen, und manchmal kaufte sie, ohne vorher zu wechseln. Anfangs hatte ich versucht, für sie zu zahlen oder wenigstens den Anschein zu erwecken. Später hielt ich mich zurück, denn es war klar, dass Geld ihr nichts bedeutete. Hatte sie beschlossen, etwas zu kaufen, murmelte sie mit leiser Genugtuung: »Sollen sie doch was verdienen.« Ich verstand nicht, was sie meinte, und fragte: »Wer, sie?« Da blieb sie in einem Innenhof stehen und lachte viel sagend. »Kennst du sie nicht? Die sieben Knirpse und Snow White! Weißt dus jetzt?« – »Etwa die sieben Zwerge?«, fragte ich unsicher. Wieder lachte sie boshaft: »Genau! Die sieben Zwerge.« Ich vergewisserte mich: »Und du bist Snow White?« Verführerisch und herausfordernd sah sie mich an und sagte leichthin: »Bin ichs? Was meinst du?« Ich war viel zu verwirrt, um darauf zu antworten und wich aus: »Snow White, das hieße ja Schneewittchen.« Schlagfertig erwiderte sie: »Und Mary heißt Mariam.«

Verliebt sah ich ihr ins Gesicht: »Bist du nun Snow White oder Schneewittchen?«

»Rate mal«, sagte sie. Ich schüttelte den Kopf und machte eine unschlüssige Handbewegung. »Keine Ahnung«, erwiderte ich unbeholfen.

Aber richtig durcheinander geriet ich erst, als ich sie in der Grabeskirche verlor. Wir betraten die Kirche mit einem Schwarm Touristen und wurden sofort von der Menschenflut mitgerissen. Überall Kerzen, Weihrauch, viele Säulen, schmale, gewundene Treppen, Düsternis, hohe Kuppeldecken, in denen Sperlinge und Tauben nisteten. Ein Mönch erklärte einer Touristengruppe: »Das ist die Via Dolorosa ...« Sie ging mit ihnen weiter, ich folgte ihr langsam, hielt mich jedoch im Hintergrund, beobachtete die Leute und lauschte dem gedämpften Stimmengewirr, einem seltsamen Kauderwelsch aus allen möglichen Sprachen. Da waren Spanier und Griechen, Amerikaner und Pilger aus Äthiopien, andere aus Ägypten. Die ganze weite Welt drängte sich in dieser Grotte! Und es gab hier unzählige Grotten und Gewölbe, Kuppeln und Marmorsäulen.

War es möglich, dass all das schon immer in meinem Land, vor meinen Augen existiert hatte? Früher wäre mir nicht eingefallen, hier hineinzugehen. Zu sehr hatte ich mich daran gewöhnt, dass diese Kirche nicht zu uns gehörte. Uns gehörte die Aksa-Moschee, ihnen die Kirche. Hundertmal hatte ich die Aksa besucht, bis ich sie in- und auswendig kannte. Aber das hier! Diese Menschenflut, diese Völkerschaften, so etwas hatte ich nie erlebt! Ich ließ mich von dem Strom tragen, und mir war, als versänke ich in einer seltsamen Welt, einer Romanwelt. Hier atmete alles Historie – die Grotten aus alter Zeit, die Geschichte von Maria und ihrem Sohn, der auf Golgatha gekreuzigt wurde, das Holzkreuz …

Leise rief ich: »Mariam!« Doch sie war nirgends, weder bei den Griechen noch bei den Kopten oder Äthiopiern. »Mariam, Mariam!« Ich hastete die Treppe hinauf, drängelte mich durch die Reihen im Kerzenschein. Ein Pfarrer beschrieb einer Gruppe Mönche den Leidensweg des Gekreuzigten und schilderte, wie ihm seine Mutter, unerkannt von den Römern und Soldaten, wehklagend nach Golgatha gefolgt war. »Mariam, Mariam!« Ein Korridor, eine Vorhalle, wieder eine Grotte, ein Altar, immer neue Altäre und Menschen jeder Glaubensrichtung. Merkwürdig gekleidete Mönche mit rasierten Köpfen, Nonnen mit Kopfbedeckungen gleich Taubenflügeln, Orthodoxe mit Vollbärten und Haarknoten. Wo war ich hingeraten? Ich fühlte mich fremd in dieser verwunschenen Welt, wusste nicht mehr ein noch aus. »Mariam, Mariam!«

In einer Nische fand ich sie vor einer Statue der Jungfrau. Das Gesicht erhoben, saß sie mit gefalteten Händen auf einer Holzbank und betete. Ich schlich auf Zehenspitzen zu ihr und setzte mich einige Schritte von ihr entfernt nieder. Ehrfürchtiges Schweigen erfüllte die menschenleere Nische. Durch das bunte Deckenglas sickerte gedämpftes Licht, matter Kerzenschein flackerte im kühlen Luftzug. Ich hörte sie schluchzen: »Jesusmutter, ach, Jesusmutter!« Doch die Jungfrau antwortete nicht. Schweigend, ohne Regung, stand sie da und lächelte unbestimmt. Beklommen rückte ich näher zu Mariam und schob ihr die Hand auf der Lehne entgegen. Ohne etwas zu sagen, warf sie sich plötzlich an meine Brust und stammelte unverständliche Worte. Ich schloss sie in die Arme, und wir verharrten regungslos, bis wir die Glocken läuten hörten. Choräle dröhnten von oben und erschütterten die Kirche bis in die Grundfesten. Schweigend verließen wir die Nische. Sie schmiegte sich eng an mich, als sei sie ein Teil von mir. Wir stiegen die Stufen empor und gingen hinaus in die Gassen, Richtung Armenisches Kloster. In einer Ecke umschlangen wir uns leidenschaftlich. Für mich war es die erste Umarmung mit einer anderen Frau als meiner Mutter. Und für sie? Die erste, die zweite? Ich wusste es nicht, deshalb blieb ich unschlüssig. War das nun die Heldin meiner literarischen Träume oder eine Frau aus Fleisch und Blut? Doch einerlei, am Ende stürzte ich mich in ihre Welt und verfiel ihr mit allen Sinnen. Ich zögerte keinen Augenblick, dieses Experiment auszuleben, und sei es mein Tod.

Wir durchquerten das Kloster und gelangten in ein seltsames Gässchen. Es führte in jene Viertel, wo Minderheiten aller Art wohnten – Armenier, Griechen, Russen, Deutsche. Viele der großen Klöster mündeten in solche Gassen. Sie lief vor mir her und zog mich an der Hand von einem ins andere. In der Ferne entdeckte ich zauberhafte, verwunschene Gemäuer, manchmal tief unten, manchmal auf einem Hügel zwischen den Olivenbäumen. Auf dem Ölberg – Jerusalem lag ausgebreitet wie eine Handfläche vor uns – erzählte sie mir die Geschichte ihres Exils. Denn sie war eine Fremde, hier auf heimatlichem Boden genauso wie drüben hinter dem Meer. Sie fühlte sich einsam unter ihren Brüdern und einsam unter den Emigranten. Nur in Jerusalem oder irgendeinem dunklen Kloster, wo sie der Welt und der Überwachung durch ihre Eltern und Brüder entfliehen konnte, fand sie zu sich selbst. Sie liebte den Tanz und liebte den Herrgott, und sie zog gern etwas Schönes an, um ihr Spiegelbild zu bewundern. In jenem fernen Land hatte sie sich in einen Mönch verliebt, und beinahe wäre es ihr gelungen, ihn aus seinem Kloster zu locken.

»Er war schön«, sagte sie ruhig, als redete sie von einem Buch, das sie vor Jahren gelesen hatte. »Schöner als jeder andere Mann oder irgendetwas auf der Welt. Er war so empfindsam und mitfühlend. Manchmal bemerkte ich Tränen in seinen Augen. Ich konnte es nicht fassen. War er wirklich ein Mann? Oder ein Engel in Gestalt eines Mannes? Er zog mich in seinen Bann und beherrschte all mein Sinnen und Trachten. Seinetwegen besuchte ich immer wieder das Kloster. Schon beim Eintreten sah ich ihn hinter der Scheibe Klavier oder Orgel spielen. Er entführte mich in magische Welten. Ich konnte nicht mehr ohne ihn leben. Ich reichte ihm Almosen, wenn er auf seinem Weg zum Morgengebet an mir vorbeikam, und danach noch einmal zur Besuchszeit. Ich schlich heimlich in seine Klasse und nahm ohne Erlaubnis am Unterricht teil. Er sah darüber hinweg und beachtete mich gar nicht. Wegen seiner schönen Augen trat ich dem Chor bei. Er hörte sich meine Stimme an und lauschte geduldig, als sei ich ein körperloses Wesen. Er ließ mich fühlen, dass ich ein Nichts war. Er ignorierte mich. Standen wir uns zufällig gegenüber, sagte er etwas mit ruhiger, sanfter Stimme. Er machte mich wahnsinnig. Alle umschmeichelten mich und wollten mich zufrieden stellen, nur er nicht. Ich beobachtete ihn unablässig, ob er ein Buch las, ob er meditierte und betete oder musizierte. Beim Spielen brachte er seine Sehnsüchte zum Ausdruck, um sie damit auch zu beschwichtigen. Ich rannte aus meiner Klasse und betrachtete ihn hinter der Türscheibe. Einmal ertappte er mich, als ich ganz versunken lauschte. Er fragte: ›Liebst du Bach?‹ Da habe ich ihn gehasst. Spürte er denn nicht, was mit mir los war? Begriff er gar nichts? Ich schrieb ihm einen kurzen Brief und steckte ihn ins Notenheft, doch er fand ihn nicht. Ich schrieb alles ab, änderte das Datum und stellte den Brief direkt vor ihn auf den Notenständer. Er schob ihn beiseite, zu den Büchern auf dem Klavier. Ich legte den Brief in ein Buch und gab es ihm. Er nahm ihn heraus und sagte freundlich: ›Vergiss deinen Brief nicht.‹ Ich hasste ihn noch mehr, aber gleichzeitig verehrte ich ihn. Er war ein Heiliger, und ich war Thais. Ich hatte den Roman über die Hetäre begeistert gelesen und versuchte sie nachzuahmen. Schließlich schickte ich ihm den Brief mit der Post. Da verschwand er im Kloster, ich sah ihn nirgends, niemand bekam ihn mehr zu Gesicht. Es hieß, er sei krank. Ich ging ins Krankenhaus, um Näheres zu erfahren. Er war aber nicht dort. Dann begann das Blumenfestival, bei dem er die Jury leitete. Ich beteiligte mich unangemeldet und überraschte ihn mit einem wundervollen Strauß. ›Das schönste Gebinde, das ich je sah, die herrlichsten Blumen‹, hat er gesagt. Dennoch müsse es außerhalb des Wettbewerbs bleiben, weil die Blumen von draußen kämen. Alle versammelten sich, um mich zu trösten und den Strauß zu bewundern, auch wenn er keinen Preis erhalten hatte. Ich wartete, bis sie fortgegangen waren. Er sah sich meine Blumen noch einmal an und meinte: ›Wirklich schön, ja, die schönsten. Leider sind sie von draußen.‹ Er fasste nach seinem Kreuz und küsste es, danach drehte er sich um und ließ mich stehen. Einmal traf ich ihn allein. Es war vor dem Abendessen. Er saß in seinem Büro und las. Weit und breit waren keine Schüler und Mönche zu sehen. Ich klopfte an und trat ein. Meinen Mut zusammennehmend, stellte ich mich vor ihn hin und sagte: ›Der Messias hatte Maria. Ich heiße Mary.‹ Vollkommen überrascht, versuchte er meine Worte zu begreifen. Doch ich redete weiter: ›Er hatte auch Magdalena.‹ Wie konnte ich es wagen? Ich weiß es selber nicht. Aber ich war von Kopf bis Fuß verkrampft. Ich presste die Zähne aufeinander, ballte die Faust, spannte die Muskeln. Mir war zu Mute, als sei mein Kopf mit Stroh gefüllt. Ich kniete vor ihm nieder und gestand ihm: ›Du bist meine große Liebe. Ich liebe dich.‹ Es war ein Schock für ihn, er brach förmlich zusammen. Ich nahm seinen Kopf zwischen meine Hände und küsste seine Augen, seine Wangen. Dann die Lippen. Da schloss er mich in die Arme und küsste mich wieder. Eigentlich war es kein Kuss, eher ein wilder Biss, er wollte mich wohl zur Hölle schicken. Trotzdem, ich lag in seinen Armen. Langsam gab er nach und schmolz wie eine Kerze. Schließlich brach er in Tränen aus. Er weinte wie ein Kind und zitterte wie ein kleiner Vogel. Dafür liebte ich ihn umso mehr. Ich schwor, ihn ewig zu lieben. Wenn er wolle, würde ich für ihn sogar Nonne werden. Er lächelte traurig. ›Du, Mary, eine Nonne?‹ Ich erwiderte entschlossen: ›Nein, Maria Magdalena!‹ Es kam, wie es kommen musste. Man sah uns, als wir uns umarmten. Er wurde in den äußersten Süden zu den Indianern und kasernierten Soldaten versetzt. Ich durfte das Kloster nie mehr betreten. Daheim sperrten sie mich in den Keller. Nach Monaten gaben sie mich in ein Kloster zu einer harten Oberin. Ich versuchte zu fliehen, doch sie fingen mich wieder ein. Von ihm fehlte jede Spur. Ich hatte schon allen Lebenswillen verloren, als ich hierher gebracht wurde. Sie sagten, ich sei jetzt erwachsen, und das Land drüben wäre besser für mich. ›Dort heiratest du wie alle Mädchen, du bekommst Kinder und wirst ihn vergessen.‹ Nun bin ich hier, gegen meinen Willen. Aber in meinen Gedanken und Gefühlen lebe ich weiter dort. Tag und Nacht denke ich an ihn.«

»Du liebst ihn noch immer?«, fragte ich betroffen. Ihre Geschichte berührte mich. Ich spürte, dass sie in mir einen anderen umarmte. Einen körperlosen Schatten, den ich nicht sah und nicht besiegen konnte.

»Für ihn werde ich Nonne«, sagte sie traurig. Ich sah sie an und dachte an ihre gehobenen Augenbrauen vor dem Spiegel und wie sie sich mit dem feuerroten Kleid unter dem Bild gedreht hatte. »Du willst eine Nonne sein, Mary?«, spöttelte ich.

Sie blickte über die Olivenhaine und Jerusalem, das wie eine ausgebreitete Hand vor uns lag. Dann flüsterte sie: »Nein, Maria Magdalena.«

Mariam gehörte mir also nicht, all meine Träume waren nur Schäume. Ihre traurige Geschichte erschütterte mich. Ein echtes Drama, sagte der Schriftsteller in mir. Doch der Mann in mir rumorte, und ich wurde rasend vor Eifersucht. Ich versuchte ihr auszuweichen. Umsonst, sie war überall. Wo ich ging und stand, war auch Mariam. Ich begann bereits an meinen Augen und Ohren zu zweifeln. Zwar hatte sie zugegeben, dass sie noch an ihn dachte, trotzdem spürte ich, dass sie mich meinte. War es denn möglich? Ob sie wirklich an mich dachte? Aber ja! Wie sonst war es zu erklären, dass sie jeden Tag an meinem Fenster vorbeiging? Oder dass sie wenige Augenblicke nachdem ich die Bibliothek betreten hatte, ebenfalls hereinkam? Dass sie sogar den Krämer nach mir fragte: »Haben Sie ihn gesehen ... Ist er heute hier gewesen ... Wenn er kommt, richten Sie ihm aus, Mariam Aijub warte auf den Unterricht ...« Was für ein Unterricht? Meinte sie die Arabischstunden? Nein, ich würde ihr keine geben. Es ging über meine Kräfte.

Sachte zog ich mich zurück, ich wollte mir keine neuen Sorgen aufhalsen. Bei einer Hochzeit begegneten wir uns wieder. Nach der kirchlichen Trauung und dem Hochzeitszug folgte die Feier mit Dabka, Trommeln und Oboen. Sie hatte ihr Kirchengewand gegen das leuchtend bestickte Bauernkleid getauscht. Sie trat zu mir, grüßte mich und sagte vorwurfsvoll: »Warum machst du dich so rar? Ich habe mich schon überall nach dir erkundigt.«

»Weshalb?«, erwiderte ich.

»Na, hör mal! Du bist mein Freund! Oder etwa nicht?« Sie blickte mich viel sagend an, und es war um mich geschehen. Sie kam noch näher. »Ich irre mich doch nicht?«, beharrte sie unschuldig.

»Wieso eigentlich?«, fragte ich.

Sie flüsterte: »Weil ich mich dir anvertraut habe.«

Meine Gedanken überschlugen sich. Du bist zu nervös. Du bist verrückt. Du bist dumm. Das mit dem Mönch ist aus und vorbei, du bist hier bei ihr. Er gehört dem Gestern an, du dem Heute. Aber sie lebt ja in der Vergangenheit! Was ist das schon für eine Vergangenheit? Damals war sie ein eifersüchtiges kleines Mädchen, eine Pubertierende in der Fremde. Sie war einsam und übersensibel, sie sehnte sich nach dem Leben. Sie liebte in ihm die Musik. Sie flog auf seine Heiligkeit, begehrte das Verbotene. Was spielst du dich auf? Du bist doch selber ein Pubertierender. Ein verklemmter Orientale, ein Heuchler bist du. Begehrst du sie als Schneewittchen oder als Snow White? Und gleichzeitig soll sie wohl wie deine Mutter und Sara sein! Du möchtest eine Kombination aus Mary und deiner Mutter, aus Mary und Sara.

Über die Schultern der Hochzeitsgäste hinweg lächelten wir uns zu und tauschten Blicke. Wieder bekam ich Herzklopfen. Als ich mich am Donnerstag aufmachte, um nach Jerusalem zu fahren, fand ich sie am Taxistand. Wie beim letzten Mal setzten wir uns nebeneinander, und gemeinsam gingen wir in die Geschäfte. Wir aßen hier etwas, tranken da etwas. Wir lachten, schlenderten umher und bestellten sogar Wein. Sie führte mich zum Armenischen Kloster, dort hatte sie Freunde. Da gerade ein Festtag war, fand eine Feier mit Essen, Tanz und Musik statt. Ein braun gebrannter Mann sprang in die Luft und stampfte feurig wie ein Spanier. Er tanzte reihum mit allen Mädchen, auch mit ihr, vor meinen Augen. Sie schwebte wie ein Band im Winde, wie eine Schlange wand sich ihr geschmeidiger Körper. Ihr Gesicht war zum Mond erhoben, als erwartete sie einen Kuss. Der Armenier glich in Blicken und Bewegungen einem Wolf, der sein Opfer belauert und umschleicht. Wenn es ermüdete, würde er sich darauf stürzen. Der Sänger schrie Worte, die ich nicht verstand. Aber sie mussten lustige Anspielungen enthalten, denn die Leute jubelten und klatschten. Dann sah ich sie auf mich zukommen. Ihre Gestalt straffte sich. Ihre Brust trat hervor, der Bauch war eingezogen. Sie erinnerte an eine schlanke Löwin, die zum Sprung ansetzt.

Herrgott, was für eine Schönheit! Welche Verlockung, welche Lust! Jener Mönch hat den Preis dafür bezahlt. Er wurde in ein Kloster im Süden, zu Indianern und kasernierten Soldaten verbannt. Ich stehe unschlüssig hier herum, in diesem Kloster zwischen der Aksa-Moschee und der Grabeskirche, zwischen ihren sieben Brüdern im Exil, dem Klatsch der Leute und Yvonnes Warnung. Was soll ich tun? Was sollen wir tun? Vielmehr – was will sie, dass ich es tue? Ich bin in ihrer Hand, bin ihr Sklave. Sie braucht nur zu befehlen, und ich sage: »Hören und gehorchen!«

»Übernachten wir in Jerusalem«, schlug sie vor. Ich erwiderte: »Ich schlafe bei meiner Mutter. Aber du?« Amüsiert lächelnd sah sie mich an und führte mich an der

Hand durch die Vorhalle auf eine Arkadenstraße, über eine gewundene Treppe, vorbei an gepflasterten Höfen und Steinbänken, zum Eisentor eines anderen Klosters. Beklommen fragte ich: »Schlafen wir im Kloster?«

»Nein, in einem Hostel«, lächelte sie.

Wir betraten das Hostel. Es war bereits früher Morgen. Von der Aksa erschallte der Gebetsruf. Der Milchhändler zerrte seinen Esel vorwärts und schrie in der Dämmerung: »Frische Milch!« Der Bäckergehilfe öffnete den Laden in der Gasse für einen neuen Tag. Wir standen auf der obersten Terrasse und sahen hinunter auf Jerusalem, das in Tau und Frühnebel badete. Der Jasmin hatte die Paternosterbäume unter sich zurückgelassen und wuchs bis zu uns herauf. Wilder Knöterich erfüllte die Luft mit seinem intensiven Duft. Eine leichte Brise schien uns über die Kuppeln und Kirchtürme zu entführen. Später dann, in der Dunkelheit, erkannte ich das Paradies mit seinem Licht und Schatten in einer Frau, die aus Feuer erschaffen wurde. Diese Frau hat mir gehört. Aber warum fühlte ich, dass ich nur ein Ersatz war, dass sie mich sofort für jenen anderen eintauschen würde, den fernen Angebeteten und körperlosen Verbannten – den Rivalen?

Sie weinte, und ich weinte mit ihr. Wir hielten uns umfangen, trösteten einander und versuchten unsere gebrochenen Herzen zu heilen. Als die Glocke des Priesters läutete, schlummerten wir ein.

Nach dem Frühstück erklärte ich ihr, ich müsse sie für ein Stündchen verlassen. »Wohin?«, fragte sie. »Nach meiner Mutter sehen«, sagte ich. Es ginge nicht an, dass ich nach Jerusalem käme, ohne sie wenigstens kurz zu besuchen. In Wirklichkeit wollte ich meinen Vater um einige Dollars bitten. Als Mariam vor dem Frühstück noch einmal eingenickt war, hatte ich vom Portier an der Rezeption erfahren, was eine Übernachtung hier kostete. Ich besaß lediglich einen Teil des Betrags, und obendrein in Dinar. Wie sollte ich eine solche Summe aufbringen?

Ich verließ sie und schob mich durch das Gedränge in den überfüllten Gassen. Touristen und Mönche, Dörfler, Pilger und Händler aller Art. Verkäufer zogen ihre Karren mit den verschiedensten Waren: Bananen, Datteln, Aprikosen, Äpfel, Quitten, Mais, Kichererbsen, süßes Backwerk. An den festen Ständen verkauften sie Halawa mit Sesam oder Mandeln, Eier, Falafel und Spritzkuchen. Abwesend irrte ich durch Jerusalem. Mein Kopf schwirrte noch von den Erlebnissen der Nacht, und mein Herz war tief bedrückt, denn ich spürte, dass ich Mariam verlieren würde und selbst verloren war. Bestimmt würde sie nach Brasilien zurückkehren oder in ein Kloster gehen und Nonne werden. In beiden Fällen gab es für uns keine Zukunft. Ein Kloß würgte in meinem Hals, Tränen stiegen mir in die Augen, ich sah alles verschwommen. Der Menschenstrom spülte mich in eine enge Gasse. Beinahe wäre ich gestürzt, hätte ich mich nicht an einem Pflaumenkarren festgehalten. Aber der Strom trieb mich weiter, bis zum Ölmarkt westlich der Aksa-Moschee. Dort brach ich zusammen. Mir war, als habe mich eine höhere Macht, die Hand Gottes, hierher gestoßen, damit ich begriffe, was wir getan hatten, ich und sie.

Ich setzte mich auf die unterste Stufe und legte den Kopf zwischen die Hände. Ein kaum erwachsener Scheich wich mir mit einem großen Schritt aus, als sei ich ein Hund oder eine Katze. Ein Bettler kam vorbei und überschüttete mich mit seinen Segenswünschen. Ich reichte ihm einen Shilling – nicht als Almosen, sondern zur Sühne. Ich fühlte mich schuldig, ich hatte etwas Abscheuliches getan, das Strafe verdiente. Ein Hurer war ich, ein Ketzer und Betrüger. Jetzt suchte ich meinen Vater auf, um meine Missetat zu vollenden. Ich würde ihn anlügen, nur damit er mir ein paar Dollars gab. Und wofür? Für eine Nacht der Sünde. Ja, ich war ein Sünder, ein Verbrecher und Betrüger, der jenen armen Verbannten da unten im Süden bei den Indianern und Soldaten hinterging. Was wusste ich denn, was er fühlte? Ob er sich nicht quälte und bereute? Wenn ich als einfacher Mann schon litt, wie erst ein Mönch! Wie viel Reue, Scham und Gewissenspein musste er ertragen! Am besten, ich ginge gleich in die Aksa, um einen frommen Scheich aufzusuchen und meine Verbrechen zu gestehen. »Verehrter Scheich«, würde ich sagen, »ich habe gesündigt und mich besudelt. Ich entehrte eine Frau, die mich nichts angeht. Verehrter Scheich, diese Frau hat eine andere Religion und Herkunft, sie ist in allem anders als ich. Sie ist Christin, und ich bin Muslim. Sie ist reich, ich bin arm. Sie bereiste die ganze weite Welt, per Flugzeug und Schiff fuhr sie nach Europa, Nordamerika und Brasilien. Ich bin noch nicht einmal in Beirut gewesen. Sie beherrscht fremde Sprachen. Allerorten hat sie die Kirchen und Moscheen besucht, angefangen vom Vatikan bis nach Istanbul. Ich aber, verehrter Scheich, ich kenne nicht mal die Grabeskirche in meinem eigenen Land! Sie ist aus einem Lehm gemacht, ich aus einem anderen. Und sie liebt mich auch gar nicht richtig, verehrter Scheich. Sie schwärmt für einen Mann im Exil, ich bin bloß der Lückenbüßer. Dabei liebe ich sie und begehre sie bis in den Tod. Sie ist mein Ein und Alles, und gehört mir doch nicht. Was soll ich machen? Darf ich eine Frau heiraten, die mir nicht zusteht? Die nicht meiner Religion angehört? Von der mich Kontinente trennen – vier Sprachen, sieben Brüder und die Grabeskirche, verehrter Scheich?«

Ich betrat die Aksa-Moschee, allerdings nur für wenige Minuten, dann verdrückte ich mich. Im Schatten der Mauer sah ich einen Scheich sitzen. Eine Gruppe Männer mit Tüchern, Turbanen und Fesen auf dem Kopf scharte sich um ihn. Ein Auswärtiger hatte seinen Kopf mit einer Zeitung bedeckt und lauschte dem Scheich mit halb geschlossenen Augen, sei es aus Müdigkeit oder wegen des Sonnenlichts. Der ehrwürdige Scheich saß auf einer Steinbank, die anderen hockten auf der Erde in der prallen Sonne. Er sprach: »Es gibt keine Macht noch Stärke als bei Gott. Der Mensch ist sehr, sehr schwach, ihm wird keine Macht noch Stärke zuteil als durch Gott. Wir wurden erschaffen aus Wasser und Lehm. Gott macht lebendig und lässt sterben, und niemand weiß, in welchem Land er sterben wird. Er ist der Wissende, er ist der Mächtige und Beständige. Nichts entgeht seinem Wissen. Sagt amen.« Demütig sprachen die Männer: »Amen, amen.« Der Scheich leierte von neuem: »… aus Wasser und Lehm!« – »Amen, amen.« – »… Feuer und Licht!« – »Amen, amen.« – »Nichts entgeht seinem Wissen!« – »Amen, amen.«

Ein Mann stieß mich in den Rücken. »Setz dich, und hör zu!« Ich drehte mich zu ihm um. Er war arm, trug zerrissene Kleider und einen verbeulten Fes. Seine Arme waren feucht von der rituellen Waschung. Ich fühlte mich fehl am Platze unter diesen Leuten, die ich weder kannte noch verstand. Ja, dieser hier war wohl wirklich ein sehr, sehr schwacher Mensch. Er lebte unwissend bis zu seinem Tod. Er wusste nicht, wie und in welchem Land er sterben würde. Er ahnte nicht, woher ihm Gutes oder Schlechtes kam. Denn Gott allein ist der Wissende und Mächtige, er gebietet über das Schicksal und die Vorsehung. Alles ist vorbestimmt, wir sind nur Ausführende. Wenn etwas nicht geschieht, dann hat er es eben so verfügt ... Was sollte das? Wo war ich hingeraten? Ich betrachtete die Männer in der Sonne, nichts hatte ich mit ihnen gemein. Ich begriff sie nicht und würde sie nie begreifen. Was könnte ich dem verehrten Scheich schon mitteilen? Was hätte er mir zu sagen?

Der Mann raffte sein Gewand zusammen, seine erdfarbene Unterhose kam zum Vorschein. Er schimpfte: »Willst du dich nun setzen oder nicht? Mach endlich Platz.« Ich kehrte ihnen den Rücken und ging, das letzte »Amen« noch im Ohr. Ich stimmte nicht mit ein.

Ich trat wieder auf die Straße. Mir war elend zu Mute. Lag es am fehlenden Geld oder am mangelnden Glauben? Wäre ich reich und mächtig, würde ich mich dann auch so schwach fühlen? Was sollte werden, wenn Vater mir antwortete: »Verschwinde! Denkst du nur an mich, wenn du etwas brauchst?« Was konnte ich antworten? Natürlich würde ich lügen. Aber würde er mir glauben und etwas herausrücken? Und wenn er mich durchschaute?

Ich überwand mich und besuchte ihn. Er empfing mich im Pyjama, denn es war Freitag. »Nimm Platz«, sagte er. »Was gibts Neues bei dir? Doch bevor du erzählst, will ich mich rasch für das Mittagsgebet herrichten.« Er ließ mich allein im Wohnzimmer sitzen. Ich wartete, bis er die

Waschung vollzogen und sich umgekleidet hatte. Mein Vater betete? Seltsam, davon hatte ich nichts gewusst. Uns war lediglich zu Ohren gekommen, wie er mit seiner »Sitt« das Jerusalemer Nachtleben genoss. Angeblich hatte er ihr eine mit Korundsteinen besetzte Laute geschenkt. Und mitten in der Nacht soll er ihr das Autofahren beigebracht haben. Er setzte sie auf seinen Schoß, und sie fuhr los. Während er sie küsste, kam sie ins Schleudern. Kreischend raste sie weiter, ohne zu bremsen. Schließlich überfuhr sie einen Mann, der bei der Zeitung *Al-Kuds* arbeitete. Wie wir das alles erfuhren? Ganz Jerusalem wusste es, denn es wurde in *Al-Kuds* veröffentlicht.

Ich betrachtete die Wohnung des »Bräutigam-Efendis«. Diesen und andere Schimpfnamen hatte meine Mutter ihm gegeben, um sich Luft zu machen. Sie brauchte nur Worte wie »Bräutigam«, »Judenkumpan« oder »Efendi« fallen zu lassen, und wir wussten gleich, dass sie unseren Vater meinte. Manchmal, wenn die Not bei uns zu groß wurde, schickte sie mich auch mal zur »Pluderhose«. Für sie und mich war die Pluderhose das Symbol für unrechtmäßig erworbenen Reichtum, denn eigentlich gehörte er Jerusalem und seinen felsigen Bergen und Steinbrüchen.

Mein Vater kehrte zurück. Er war sauber gewaschen, sein Haar glänzte, er trug einen Anzug mit Krawatte und in der Hand eine Gebetskette aus Karub. Er setzte sich, klapperte mit den Perlen und musterte mich interessiert. Plötzlich sagte er: »Warum kündigst du nicht an deiner Schule und arbeitest mit mir im Steinbruch?«

Ich war sprachlos, wie jedes Mal, wenn ich vor einer

Frage oder Situation stand, mit der ich nicht gerechnet hatte. »Im Steinbruch?«, flüsterte ich verdutzt.

»Na klar!«, rief er schnell. »Was dagegen einzuwenden, Herr Lehrer?« Er zog dieses »Herr Lehrer« in die Länge, als wolle er mich und den gesamten Lehrerstand verspotten, weil er zu nichts nütze war und weder satt noch reich machte. Die ganze »Paukerei« war in seinen Augen kompletter Blödsinn. Was dabei herauskam, waren nur Verachtung und Kränkung. Studieren, das hieß nichts als Bücher, ein kümmerliches Leben und den billigsten Arrak. »Gelehrsamkeit« war für ihn ein anderes Wort für Armut und Mangel. Allerdings bedeutete sie auch Bildung und Kultur, also Dinge, die er nicht besaß, aber gern besessen hätte. Denn trotz Anzug, Klavier und korundbestückter Laute war er bloß ein Steinmetz, Sohn eines Steinmetzen. Seine groben Finger waren zu ungelenk zum Musizieren. Immerhin, er konnte sich eine Frau kaufen, die für ihn spielte. Was bewies, dass er Amüsement und Musik liebte und Wissenschaft und Bildung zu schätzen wusste. Einmal hatte er sogar am Spracheninstitut einen Kurs belegt. Nach Monaten brachte er zwei Sätze zu Stande: »I love you« und »Thank you very much«. Diese wandte er bei den Touristinnen an, bis er heiratete. Danach kaufte er die Laute, das Klavier blieb unberührt.

Ich sah das Klavier, dann ihn an. »Steine?«, wiederholte ich verblüfft. »Im Steinbruch?«

Er schrie: »Na und, Herr Lehrer? Es passt dir wohl nicht?«

Ich wand mich und versuchte meinen Kummer zu verbergen. Die Liebe zu Mariam zerriss mir das Herz. Traurig dachte ich an das Erlebnis in der Moschee, an meine Geldnot und meinen Mangel an Glauben. Trotzdem wollte ich mir in diesem Augenblick keine neuen Probleme aufbürden. Ich lenkte ein: »Nein, das habe ich nicht gemeint, Vater.«

Es war das erste Mal seit Jahren, dass ich ihn mit »Vater« ansprach. Doch nach dem Wort verstummte ich. Ich schämte mich vor mir selbst, weil ich ihn für Geld so genannt hatte. Wegen der paar Dollars kuschte ich und ging ihm um den Bart!

Geduldig, als erklärte er einem dummen Buben die Schulaufgaben, setzte er mir auseinander: »Sieh mal, mein Junge. Ich weiß, wie es um dich steht. Kein vernünftiger Mann würde seinen einzigen Sohn in einem Pferch unterbringen. Und du bist mein Einziger. Vergiss das nicht, Ibrahim.«

Mit einem schnellen Blick schaute ich ihn an und schlug die Augen nieder. Ich hatte Angst vor ihm. Auch vor mir. Ich fürchtete, dass ich ihm vor Wut ins Gesicht schreien könnte: »Auf einmal bin ich dein Einziger? Alles nur, weil du einen Sohn brauchst, der deinen Namen weiterträgt!«

»Jetzt pass mal auf, Ibrahim«, fuhr er fort. »Schule und Bücher, das bringt doch nichts. Wie sollst du von den paar Kröten leben? Sei still, sag gar nichts. Ich weiß ja Bescheid. Von klein auf hast du dich bloß für Bücher interessiert, und heute geht dein Verdienst dafür drauf. Schön, erklär es mir. Ich begreife das nämlich nicht. Der langen Rede kurzer Sinn: Ich starte gerade ein neues Projekt mit deinem Schwager.«

Sprachlos sah ich ihn an. Bevor ich etwas fragen konnte, fuhr er fort: »Ja, ja! Mit deinem Schwager in spe, du verstehst. Eine Import- und Exportfirma. Wir exportieren Steinquader vom Westjordanland und bauen in der Wüste! Die Lizenz habe ich schon. Wer hätte sich das träumen lassen! Was meinst du dazu?«

»Ich?«

»Jawohl, Ibrahim. Du fährst mit Sara hin und verheiratest sie. Dabei eröffnest du die Niederlassung und übernimmst die Leitung. Ich schicke dir Ware, und du setzt sie ab. Morgen regnets Dollars. Na, was ist?«

Was wollte dieser Mann? Er besaß Werke in Nablus, Ramallah, Jerusalem und Hebron. Jetzt plante er noch eins in der Wüste. Bekam er niemals genug? Ich erwiderte kühl: »Gut, schon möglich. Lass mich überlegen.«

»Wozu erst überlegen? Mein Sohn, sei vernünftig, übernimm die Vertretung. Nerv mich nicht mit deiner Schule und deinen Büchern. Ich bin schon über sechzig, Ibrahim. Ich hoffe, dass du heiratest und Kinder hast wie alle Leute. Ich möchte dich noch mit einem Sohn an der Hand sehen, der meinen Namen trägt. Das wollte ich dir schon längst einmal sagen, aber du bist ja nie da, und stur bist du auch. Haut ab aus Jerusalem und sitzt in einem elenden Kaff herum! Diese Bude ...« Er starrte mich an, als wolle er mir etwas Schwerwiegendes mitteilen. »Weißt du überhaupt, dass sie ein Stall war? Jawohl, ein Stall und Hammelpferch! Wo lebst du denn, Ibrahim? Du bist nicht von dieser Welt.«

Ich fühlte mich hundeelend. Ja, die Affäre mit Mariam bewies doch, dass ich ein schwacher, ahnungsloser Träumer war. Ich wusste eben nicht, wie es in der Welt zuging. Ich kannte keine fremden Länder und verstand nichts vom Geldverdienen. Ich redete eine andere Sprache. Kinder unterrichten, das war alles, was ich konnte.

Ich schaute auf die Uhr, es war fast Mittag. Der Portier hatte erklärt, bis Mittag sei die Rechnung zu zahlen. Mariam wartete im Hostel auf mich. Ich musste die Dollars haben.

Wir hörten den Gebetsruf. »Gehen wir«, sagte mein Vater. »Heute ist Freitag, die Moschee wird voll sein. Hast du deine Waschung gemacht?«

Ich schüttelte den Kopf.

»Dann wäschst du dich eben dort. Na, los.« Er stand vor mir. Von unten erschien er mir groß und schön. Er war elegant. Und doch konnte er niemals mein Vater sein. Er war nicht wie ein Vater. Ich fühlte nichts für ihn. Er ging mich nichts an.

»Was sitzt du noch herum?«

Da sprudelte ich hervor, als würfe ich eine schwere Last ab, die ich seit Stunden geschleppt hatte: »Ich brauche Dollars.«

Er stutzte ein wenig, lächelte sarkastisch. »Was ist los? Das alte Lied! Wozu benötigen Sie die Dollars, mein Herr?«

Ich wollte sagen: »Für die Uni in London«, oder etwas anderes in der Art. Aber ich war verzweifelt, und der Muezzin rief und rief: »Allahu akbar!« Ich hatte Angst. Andererseits, wer war er, dass ich lügen musste? Er war noch schlechter und abscheulicher als ich. Warum sollte ich mich verstellen und damit meine Sünden vergrößern? Nein, ich würde nicht lügen. »Ich brauche sie fürs Hostel«, sagte ich schnell, »sie wollen Dollars.«

Er dachte eine Weile nach, dann lachte er. Er holte tief

Luft und atmete aus. Ohne mich weiter zu verhören, ging er hinaus. Ich blieb allein im Wohnzimmer. Als er zurückkam, trug er ein Bündel Dollarnoten in der Hand. Freudig lächelnd reichte er sie mir. »Wie lief es? Hat alles geklappt? Bei Gott, du bist ein Schlawiner! Ich machte mir schon Sorgen, dass du als Bücherwurm endest. Nimm, mein Lieber. Zeig, dass du ein Kerl bist, und halte dich wacker! Morgen verheiraten wir dich und übergeben dir das beste Projekt.«

Er lachte wieder. »Und ich wollte dich zum Mittagsgebet schleppen!«, raunte er verschwörerisch. »Geh, erledige deine Sache und komm später nach. Vergiss nicht, wir gründen ein neues Unternehmen in der Wüste!«

Ich kehrte zum Hostel zurück. Mariam war nicht mehr da. Sie hatte bezahlt und war gegangen, ohne mir eine Nachricht zu hinterlassen.

»Hat sie nicht gesagt, wohin sie geht?«, fragte ich den Portier. Mit seinen Papieren beschäftigt, schüttelte er den Kopf, dann wandte er sich dem klingelnden Telefon zu. Beschämt wie ein ertappter Dieb schlich ich mich hinaus. Ich fühlte, dass er mehr von mir wusste, als mir lieb sein konnte. Zumindest wusste er, dass eine Frau für mich bezahlt und mich ohne ein Wort verlassen hatte. Was war ich doch für ein Schlappschwanz! Schlimmer noch, ich war schwach, und sie war stark. Der Einzige, der mir jetzt Halt bot, war mein Vater. Aber von diesem Halt wollte ich nichts wissen. Trotzdem war ich auf ihn angewiesen, ich steckte in der Klemme. Wenn das so weiterging, würde ich mich bald ganz aufgeben und nach der Pfeife anderer tanzen. Eine Frau, die meine Rechnung bezahlte.

Ein Vater, der mich verleugnete, den ich verleugnete, jedenfalls so lange, bis ich ihn brauchte. Er stellte mir Bedingungen, die mich erschreckten: »Ein neues Projekt, Ibrahim, ein neues Werk, wir pflastern die Wüste mit Steinen aus Jerusalem!« Um welchen Preis! Und wozu? Für eine Frau, die ich nicht besitze, die mich besitzt. Die einen anderen liebt ...

Der Groll übermannte mich. Ich wollte mich rächen. Voller Wut kehrte ich auf der Stelle ins Dorf zurück. Seltsam, aber ich dachte nicht einen Augenblick daran, dass vielleicht auch sie verärgert war. Mich interessierte nur, was ich empfand, mit welchen Zweifeln und Problemen ich mich herumschlagen musste. Ihre Gefühle und Gedanken kümmerten mich nicht. Ich fuhr ins Dorf, um Bilanz zu ziehen und mir darüber klar zu werden, wie es um mich stand. Was bedeutete ich ihr schon? Ich war doch bloß ein Lückenbüßer! In diesem Moment hasste ich sie von ganzem Herzen. Ich glaubte sogar, dieser Hass werde meine Liebe auslöschen. Damals ahnte ich nicht, dass die Liebe viele Gesichter hat und der Zweifel dazugehört. Ich war zu jung, um zu begreifen, wie dicht Liebe und Hass beieinander liegen. In der Liebe wechseln wir ständig die Seiten, sind mal hier, mal da, bevor wir uns endgültig niederlassen oder auch nicht. Unerfahren, wie ich war, verglich ich zwischen der reinen Liebe in meiner Fantasie und den Kämpfen, die ich auszufechten hatte, seit diese Liebe real geworden war. Ich wusste noch nicht, dass Liebe in Wirklichkeit Kampf ist.

Auf dem Weg zum Taxistand sah ich Jerusalem mit anderen Augen. Alles schien mir matt und trübe. Wo waren die farbenprächtigen Plätze, die Gässchen und

Arkaden geblieben? Überall herrschte graue, tödliche Einförmigkeit. War das noch dieselbe Welt, in der ich mir Mariam als körperloses, ätherisches Wesen erträumt hatte? Damals hatte ich nicht gefragt, ob sie mich liebte und mir treu war. Ich liebte sie ganz einfach. Erst nachdem sie einen irdischen Körper besaß, wurde mir plötzlich wichtig, was ich ihr bedeutete. Am seltsamsten aber war, dass mir die körperliche Vereinigung keine echte Erfüllung gebracht hatte. Wieso sagt man, der Körper sei das Portal? Ein Portal zu durchschreiten, bedeutet Ankunft. Ich war nicht angekommen. Wie sollte ich den richtigen Weg finden?

Im Taxi, als der Fahrtwind mein Gesicht umfächelte und Jerusalems Berge an mir vorbeizogen, erinnerte ich mich wieder an gestern Nacht. Ich sah vor mir, wie Mariam in den Gassen, über die Treppen tanzte, rannte, hüpfte, wie sie in meinen Armen weinte und ich mit ihr. Unwillkürlich stiegen mir Tränen in die Augen, und meine Wut verrauchte. Ich vergaß all meine Zweifel, meine Unterwürfigkeit gegenüber Vater und meine Demütigung in der Moschee vor der Menge. Ansammlungen hatte ich noch nie ertragen, sie machten mir Angst, ja mir war, als müsse ich ersticken. Jerusalem ging über meine Kräfte. Die heiligen Stätten und das Gedränge waren mir unerträglich. In dieser Atmosphäre befiel mich eine lähmende Schwäche, eine beklemmende Hilflosigkeit. Ich flüchtete ins Dorf, um mich vor der Welt und vor mir selbst zu retten. Im Dorf fühlte ich mich frei und ungebunden, dort war ich wie ein geheimnisvolles Buch, ein Buch mit unbeschriebenen Seiten. Dort erschuf ich mir ein neues, eigenes Universum. Der Priester kam darin vor und Beirut, auch Mariam, Brasilien und allerlei Geschichten, die ich von der Menschenwelt da draußen vernahm. Ich musste Distanz zum Leben halten. Sobald ich mich einmischte, geriet ich ins Straucheln und stürzte. All meine Not kam von außen. Nur wenn ich mich dagegen abschirmte, würde ich wieder zu mir finden, zu meinen Träumen und zur wahren Liebe.

Als ich im Dorf eintraf, suchte ich sie überall, bei Yvonne, beim Priester, auf dem Friedhof, in der Kirche. Sogar den Krämer fragte ich. Dann wartete ich auf dem Hügel. Ich beobachtete den Friedhof, bis die Dunkelheit hereinbrach. Doch sie erschien nicht. Ich rannte wie ein Besessener über die Wege, ratlos, wo ich sie finden könnte. Zuletzt beschloss ich, ein Abenteuer zu wagen, wie es wohl nur einem Verrückten oder Verliebten einfallen kann. Ich ging zu ihr, zu ihr nach Hause. Für jede mögliche Frage hatte ich eine Antwort parat. Ich würde sagen, Mariam wolle mich wegen der Arabischstunden sprechen. Das klang plausibel. Ich packte einige Hefte, Bücher und Stifte ein, zog meine besten Sachen an und begoss mich mit Rasierwasser. In diesem Moment waren meine Zweifel wie weggeblasen. Ich wollte sie wiedersehen und, sei es noch so kurz, mit ihr allein sein, um sie zu umarmen. Ach, mit ihr allein sein! Von neuem lebte alles in mir auf, die Stimmen und Gerüche, der Duft des Morgens, die Glocke des Priesters, die Rufe des Milchhändlers. Ihr Schluchzen entflammte mich, ihre Tränen schürten meine Glut. Mariam vor Augen, stolperte ich den Weg entlang, vorbei an den Bäumen und Weinstöcken, bis zu einer Pergola, die den langen Gang zum Haus überdachte. An beiden Seiten standen Bäume voller Aprikosen, Maulbeeren, Quitten und Birnen, dahinter der Stall und die Ölpresse. Aber in allem sah ich nur Mariam. Was scherte es mich, wen sie liebte – einen Mönch oder Kardinal oder den Papst persönlich! Hauptsache, ich fand sie wieder.

Obwohl es eine elektrische Klingel gab, klopfte ich an die Tür. Drinnen wurde ein Riegel zurückgeschoben, ich hörte Tritte von Schuhen, nein, Pantoffeln, langsam trippelnde Füße. Mein Herz pochte. Eine Stimme rief: »Wer ist da? Moment, bitte!« Die Tür ging auf, und eine alte Frau lugte heraus. Sie war schwarz gekleidet, ihr aschgraues, strähniges Haar hatte sie am Hinterkopf zu einem Knoten gebunden. Ihre Gestalt war feingliedrig und zart. Sie musterte mich durch dicke Brillengläser, die ihre Augen verkleinerten und gleichsam in die Ferne rückten.

»Wer sind Sie?«, fragte sie neugierig.

Ich erklärte, ich sei Lehrer, und Sitt Mariam habe mich hergebeten.

»Sitt Mariam?«

Sie lächelte spöttisch. »Sitt Mariam geht gerade mit ihrer Ziege spazieren. Aber treten Sie doch ein. Fühlen Sie sich wie zu Hause.«

»Wenn es keine Umstände macht«, erwiderte ich höflich.

Lächelnd breitete sie die Hände aus. »Ich bitte Sie.« Mühsam ging sie vor mir her und ertastete sich mit der Hand den Weg. Mir fiel ein, dass man von ihr erzählte, sie sei halb blind.

Das Haus bestand aus zwei Etagen, verbunden mit einer Innentreppe, und einem großen, verglasten Vorbau mit Blick auf die Weinberge und die fernen Hügel um Jerusalem. Trotz des Reichtums, den man deutlich an den

Möbeln erkannte, überwog ein ländlicher Stil. An der Wand hing neben einem Kreuz aus Olivenholz ein Bild der Jungfrau mit dem Jesuskind. Das Wunderbarste aber waren die Zimmerpflanzen, die den Vorraum und den Salon überwucherten. Sie glichen grünen Stromschnellen aus großen Blättern, feinen Rispen, Wachsdolden, langen Nadeln und Ranken, die sich an das Laubwerk klammerten und ein zweites Dach bildeten. So etwas Schönes hatte ich nie zuvor gesehen. Wie gebannt blieb ich stehen und rief unwillkürlich: »Herrlich ist das!«

»Mögen sie Pflanzen?«, fragte die Frau.

»Ja, sehr.«

»Wenn das so ist, gebe ich Ihnen gern Ableger«, sagte sie großzügig.

»Leider habe ich keine Veranda, auch keinen Garten.«

»Macht nichts!«, meinte sie gut gelaunt. »So manches Pflänzchen gedeiht überall.«

»Stimmt«, murmelte ich und dachte an meinen Vater mit seinen Niederlassungen.

»Da müssten Sie mal das Grün in anderen Ländern sehen!«, rief sie begeistert. »Selbst in der Wüste pflanzt man heutzutage Blumen. Allerdings bei uns hier ... Haben Sie gesehen? Der Nussbaum, der noch von meiner Großmutter stammte, musste den Ziegeln und Steinen weichen.«

»Aber das neue Haus ist doch sehr schön«, tröstete ich sie. »Man kann sogar bis nach Jerusalem schauen.«

»Bitte, setzen Sie sich. Wie wären Sie erst begeistert gewesen, wenn Sie das alte Haus gekannt hätten! Es wurde einfach abgerissen. Sie sagen, Sie haben keine Veranda, keinen Garten? Wohnen Sie hier in der Nähe?«

Etwas ironisch und beschämt beschrieb ich meine Unterkunft, um ihr zu beweisen, dass nicht alles Alte schön sein musste.

Sie winkte nur ab. »Unsinn. Ich kenne das alte Gebäude, bin selber wohl tausendmal dort gewesen. Es gehörte der Familie Abu Saada, sie waren unsere unmittelbaren Nachbarn. Der alte Vater blieb allein in dem Haus, bis er starb. Seine Kinder wohnten allesamt in der Fremde. Der große Sohn baute drüben ein neues Anwesen, hier ließ er alles stehen und liegen. Meine Kinder waren nicht besser. Sie hatten ihr Auskommen und sind trotzdem fortgezogen. Beim Ehemann erträgt man es. Aber die Kinder! Vierzig Jahre lebte mein Mann im Ausland, vielleicht noch länger. Ich habe mich nicht fortgerührt von meinem Haus. Alle zwei Jahre kehrte er für zwei Monate zurück. Wenn er wieder abreiste, versprach er, dies sei nun das letzte Mal gewesen. So ging es bis zu seinem Tod. Danach flogen die Kinder aus, aber sie holten mich nach. Bei ihrem Vater war ich nicht abgereist, bei ihnen konnte ich nicht anders. Das ist eben so. Die Kinder sind uns wichtiger als die Heimat. Stimmt doch, oder?«

Der Gedanke überraschte mich. Ich musste überlegen.

»Stimmts oder nicht?«, beharrte sie.

»Das mag wohl sein«, antwortete ich ratlos.

»Sie werden es merken, wenn Sie selber ein Kind haben, das Ihnen mehr bedeutet als Ihre Seele. Die Seele ist teuer, aber ein Kind ist noch teurer. Sie werden schon sehen. Man begreift das erst, wenn eins stirbt. Es ist, als hätte man die eigene Seele verloren. Man grübelt und sagt sich: Hätte ich doch dies und jenes getan, hätte ich so und so gehandelt! Wäre ich an seiner Stelle gestorben! Wenn

Gott schon jemanden zu sich nehmen muss, warum nicht mich? Jesus Christus möge mir vergeben. Aus Kummer sagt man oft seltsame Dinge. Jesus starb am Kreuz, ohne zu stöhnen oder nach seiner Mutter zu rufen. Die arme Mutter weinte sich die Augen aus dem Kopf. Er rief nicht: ›Mutter!‹, sondern: ›Ach, Vater!‹ Was für ein Leid! Ich hatte auch einen Jungen. Sehen Sie Jesus da auf dem Bild? Genauso war er. Hellhäutig und hoch gewachsen, mit langem Haar. Nie erhob er seine Stimme. Nicht einmal im Todeskampf stöhnte er: ›Mama!‹ Drei Mal hat man ihn in die Klinik eingeliefert, und jedes Mal hieß es: ›Nimm Abschied, es ist aus.‹ Die Medizin dort drüben ist viel weiter. Und Amerika lag so nahe. Ein, zwei Stunden, und man war in Dallas. Aber nein, wir kehrten hierher zurück. Das Schicksal hat es so gewollt. Und Sitt Mariam ... Was solls, wir müssen uns abfinden.«

»Mariam ist Ihre Tochter?«, fragte ich zaghaft.

»Vergessen wirs«, sagte sie apathisch. »Alles Schicksal. Wären wir dort geblieben, hätte man ihm vielleicht geholfen. Vielleicht wäre er nicht gestorben. Doch Mariam, Sitt Mariam ... Ach was, es war sein Schicksal.« Sie schaute in die Ferne, dann blickte sie mich an. »Haben Sie Ihre Mutter hier, oder lebt sie in Jerusalem? Sie müssen gut auf sie achten. Die Mutter, mein Sohn, ist durch nichts zu ersetzen. Wer auf dieser Welt würde sich so herzlich um Sie sorgen wie Ihre Mutter?«

Ich sah meine Mutter vor mir, wie sie an der Spüle stand, immer in Trauer, nur noch ein Wrack. Seltsam, warum fühlte ich keine Zuneigung? Wo ich doch ihr Ein und Alles war! Vielleicht weil sie mich früher, vor der Scheidung, nie so warm und liebevoll behandelt hatte wie jetzt. Stets spürte ich, dass sie nicht an mich, sondern an Waddah dachte. Sein großes Bild, das gleich am Eingang unserer Wohnung hing, seine Sachen, der Schmerz meiner Schwester, nachher die Fehlgeburten meiner Mutter … Vater saß dauernd am Radio. Mutter kümmerte sich nicht um mich. Mal war sie in der Küche, mal im Bad oder im Schlafzimmer und bei meiner Schwester. Sie band sich ein großes Tuch um den Kopf, zog die Gardinen in ihrem Zimmer zu und lag tagelang im Bett. Wenn Vater kam, stellte Sara ihm das Essen hin. Er aß allein, dann setzte er sich in seinen Sessel und hörte Nachrichten oder Umm Kulthum. Er liebte Umm Kulthum, Mutter liebte Abdel Nasser. Seine Stimme klang für sie wohl genauso schön. Sie genoss es, ihm zu lauschen. Darüber vergaß sie uns alle. Sie erinnerte sich, wie ihr Vater, der Richter in Astana, geschimpft hatte, und sie sprach in Abdel Nassers Rede hinein: »Recht hast du.« Hatte sie deshalb immer zu Waddah gehalten?

»Achten Sie gut auf Ihre Mutter. Kümmern Sie sich um sie. Ich will Ihnen etwas sagen. Eine Mutter hält zu dir, was auch geschieht. Ich erklärs meinen Kindern, doch keiner hört mir zu. Ihr Vater hat zugehört, nur mit seinen Gedanken war er woanders. Weiß Gott, es war schwer, mit ihm auszukommen! Was hat er mich gequält. Aber eins muss man ihm lassen, er hat mich gut versorgt. Er schickte mir Gold und Dollars und schrieb: ›Kauf, Umm Isa, kauf und verkauf, was du willst.‹ Das habe ich getan, und ich erzog die Kinder, wie ich es für richtig hielt. Mein Wort galt etwas. Als er starb, nahmen sie das Erbe, und Umm Isa hatte ausgedient. Wie wechselhaft ist das Leben! Du befiehlst und bestimmst, und wenn du alt bist, wirst du kaltgestellt. So ist die Welt. Ehrlich gesagt, der Tod des Mannes brach mir das Rückgrat, der Tod des Sohnes aber brach mir das Herz. Jetzt bin ich am Ende.«

Ohne nachzudenken, fragte ich dazwischen: »Was war schwerer?«

Erschrocken fuhr sie zu mir herum, sie schien meine Anwesenheit vergessen zu haben. Entweder sah sie mich nicht richtig durch ihre dicke Brille, oder sie war vereinsamt in diesem Haus zwischen den Weinstöcken, fernab vom Dorf. Freudig redete sie mit jedem, der ihr zuhörte, und vergaß ihn dann beim Erzählen. Vielleicht lag es an der Zerstreutheit des Alters, dass sie sorgsam gehütete Geheimnisse und Privates ausplauderte. Der Kopf schwirrte, das Herz wurde ausgeschüttet, die Zunge lief über. Was in jungen Jahren wichtig war, verlor im Alter an Bedeutung. Meine Mutter war auch einmal stark gewesen, besser gesagt, unerschütterlich. Sie schrie nicht und schimpfte nicht, sie sah uns nur an mit ihrem Adlerblick, und wir schmiegten uns aneinander. Jetzt flößte sie keine Furcht mehr ein. Sie schwatzte und bat, sie seufzte und klagte. Allmählich hatte sie die Übersicht verloren, der feste Wille war ins Wanken geraten. Sie redete drauflos, ohne zu überlegen. Dinge, die im Verborgenen ruhten, holte sie ans Tageslicht. Sogar ihre Sprache wurde achtlos. In ihrer Jugend hatte sie jedes Wort vermieden, das ans Gerede einfacher Leute erinnerte. Sie hielt sich für vornehmer als andere. Erst als der Kummer sie zermürbte, landete sie auf dem Erdboden. Doch am erstaunlichsten schien mir, wie der Mensch im Laufe der Zeit seine Vorsicht verliert, wie unbedacht und geschwätzig er wird.

Ich sah die Alte an. Sie überlegte immer noch. Meine

Frage hatte sie überrascht. Sie wiederholte sie laut, ohne mich zu beachten. »Was war schwerer? Als mein Mann starb, hatte ich ausgedient. Und als mein Sohn starb, brach mir das Herz. Alles war schwer. Im Tod sterben wir ein Mal, aber beim Tod unserer Liebsten sterben wir tausend Mal.«

Also war meine Mutter wieder und wieder zerbrochen und gestorben. Auch sie hatte ausgedient. Sie starb, als Waddah umkam, und noch einmal, als Vater wegging. Sie starb endgültig und unwiderruflich, als sie wie ein Bild beiseite gestellt wurde. Meine Mutter war nur ein Bild! Plötzlich fühlte ich mich ganz elend. Ich sprang auf und sagte angstvoll: »Ich muss gehen, nach meiner Mutter schauen.«

Sie sah verständnislos auf. »Meine Mutter ist in Jerusalem«, erklärte ich eilig. »Ich habe sie nicht besucht, nicht mal angerufen habe ich.«

Verwundert starrte sie mich durch ihre Gläser an. »Nicht angerufen?«

Ich blickte zur Wand, wo das Kreuz und das Bild von Maria und dem Jesuskind hingen. Ich schaute zur anderen Seite, da lagen die Berge von Ram und Jerusalem. Meine Beklommenheit wuchs. Mir war traurig zu Mute, und ich fürchtete mich vor etwas Unbekannten. Ach, Ibrahim, du bist weder dort bei deiner Mutter noch hier bei Mariam!

Im Hinausgehen entschuldigte ich mich: »Ich muss vor Sonnenuntergang weg.«

»Aber was ist mit Mariam?«, fragte sie erstaunt.

Unbeabsichtigt schroff erwiderte ich: »Mariam? Später!« Ich drückte ihre Hand, die sie mir hinhielt, und lief los. Keuchend rannte ich durch den Gang, um vor Sonnenuntergang abzufahren. Doch als die Nacht hereinbrach, war ich immer noch da. Mariam kam, und ich vergaß meine Mutter und vergaß Jerusalem.

Mariam trat aus dem Schatten. Mein Herz begann zu stolpern. Ich blieb stehen und beobachtete, wie sie mit der Ziege näher kam, das Bimmeln des Glöckchens klang durch die Stille. Die untergehende Sonne verwandelte Mariams Gestalt in ein Schattenbild, auch von der Pergola waren nur noch Umrisse zu erkennen. Aber ihren leichten Schritt, mit dem sie gedankenverloren einherging, hätte ich sogar unter hunderten mitten in der Nacht erkannt. Sie schlenderte gemächlich, den Kopf nach rechts geneigt, den Blick unverwandt zu Boden gerichtet. Ihre Arme schwangen langsam im Rhythmus. Wenn sie aufgekratzt war, verwandelte sie sich in eine andere, eine muntere, leichtfüßige Mariam, mit der ich keuchend Schritt zu halten suchte.

Sie spürte meine Anwesenheit, wollte mich aber nicht wahrhaben und lief im gleichen Tempo weiter. Als sie bei mir anlangte, blieb sie stehen, den Kopf noch immer nach rechts geneigt.

»Warum bist du gekommen?«, fragte sie.

Ihre Kälte überraschte mich. Ich ahnte, dass sie mir vielleicht böse war, weil ich sie bis Mittag im Hostel warten ließ. Konnte sie denn wegen dieser Kleinigkeit so wütend sein, dass sie mir tagelang aus dem Weg ging?

Oder war das alles nur ein fadenscheiniger Vorwand, um mich fallen zu lassen und zu ihm zurückzukehren?

Da ich nichts erwiderte, hob sie den Blick. »Hör auf

mich«, sagte sie etwas milder, »du bist mein Freund. Lassen wir es dabei bewenden, Ibrahim.«

»Und was war damals?«, begehrte ich auf.

»Ein Ausrutscher«, meinte sie matt.

Ihre Worte trafen mich ins Herz. Sie gab mir also einen Fußtritt und wandte sich dem anderen zu. Sie verschwand wieder in ihrer Welt, ich war für sie bloß ein Ausrutscher gewesen. Wohin sollte ich zurückkehren? In meine Welt? Sie schien mir kahl und unfruchtbar, da wuchs kein Baum, kein grünes Pflänzchen. Ich tat mir selber Leid, ich trauerte um meine verlorene Jugend in dieser hoffnungslosen kleinen Welt. Das Dorf, meine Zuflucht vor dem Getriebe der Stadt, das Versteck für meine schüchterne Verklemmtheit, hatte sich in eine nachtschwarze Höhle verwandelt. Was sollte ich anfangen, wenn sie mich verließe? Ich würde nicht in dieser Höhle bleiben, auf gar keinen Fall. Ich würde es nicht mehr ertragen. Dann lieber bei meinem Vater unterkriechen. Nach dem Dorf war er meine nächste Zuflucht. Er würde mir Asyl vor dieser Liebe gewähren.

»Hörst du mir zu?«, fragte sie freundlich.

Ich antwortete nicht, stand bestürzt da und versuchte zu begreifen, was während der letzten Tage geschehen war. Wenige Tage nur, doch die Welt war aus den Fugen.

»Du bist mein Freund«, beteuerte sie aufrichtig. »Ich werde dich nie vergessen. Aber unsere Beziehung hat keine Zukunft.«

Mit unterdrücktem Groll wiederholte ich ihre Worte: »Es war halt ein Ausrutscher.«

»Aha! Na, bitte!«, zischte sie gedämpft, damit niemand sie hörte. »Du bist verärgert und drehst den Spieß um.« Da ich nichts erwiderte, wartete sie einige Augenblicke. Dann sagte sie eindringlich: »Du bist mein Freund. Nie werde ich dich vergessen.«

Ich wandte mein Gesicht ab.

»Hör auf mich«, begann sie von neuem. »Es hat doch keinen Zweck. Unsere Beziehung muss scheitern. Alles spricht dagegen – die Religion, die Leute, meine Verwandten, ja ich selbst. Es gibt tausenderlei Einwände. Du bist zu schwach, und ich bin noch schwächer.«

Ich fühlte mich angegriffen und wehrte mich. »Ich bin nicht schwach!«

Ich fasste nach meiner Brieftasche, um die Dollars hervorzuholen und ihr zu beweisen, dass ich ... Ja, was? Dass ich stark war? Dass ich wie ein reicher Unternehmer auftrumpfen konnte? Dass ich keinerlei Wert auf feinsinnige Empfindungen und aufrichtige Gefühle legte? Ach, ich war ja überhaupt nicht stark, schwach war ich, sehr schwach. Und mein größter Schwachpunkt war das Erbteil meines Onkels, des Kalligrafen.

Sie ergriff meine Hand und zog mich mit. »Komm, so lasse ich dich nicht gehen. Du bist mein Freund, du bist viel zu gut, als dass ich dich kränken möchte.«

»Viel zu schwach«, sagte ich bitter.

»Siehst du?«, rief sie wieder. »Du bist mir also böse. Ich habe dir doch nichts getan. Was wirfst du mir eigentlich vor? Meinst du vielleicht, ich sei verrückt? Oder gefährlich? Wie ein wildes Pferd, das durchgeht?«

Ich antwortete nicht. Reglos, mit gesenktem Kopf hörte ich ihr zu.

»Was überlegst du?«, fragte sie ängstlich. »Hältst du mich für sonderbar?«

»Warum sollte ich?«, erwiderte ich kühl.

»Ich weiß auch nicht. Aber die Leute ... Manchmal spüre ich, dass die anderen nicht verstehen, was ich tue.«

»Was hast du denn getan?«

Sie schwieg ein Weilchen, sah mich nur an. Sie versuchte zu ergründen, was ich meinte. Verspottete ich sie? War ich ärgerlich? Brachte ich Verständnis für sie auf? Hasste ich sie? Sie war verwirrt und wechselte vom Angriff zur Verteidigung. »Ich habe dir alles anvertraut, was mein Herz bedrückt. Ich habe gesagt, dass ich traurig bin, sehr traurig. Ich traure immer noch um Michaux.«

Aus den Augenwinkeln schielte ich zu ihr hin. Verlogen war sie und hinterhältig. Ein Biest! Und egoistisch dazu! Erst der Mönch, dann ihr kleiner Bruder, jetzt ich. Wer hat denn ihren kranken Bruder umgebracht? Wer hat den Mönch ins Unglück gestürzt? Nun war ich an der Reihe.

Sie brach zusammen. »Ich bin so traurig, ich habe seinen Tod noch nicht verwunden.«

Ich wiegte skeptisch den Kopf. »Das mag ja sein«, murmelte ich.

»Glaubst du mir etwa nicht?«, rief sie besorgt. »Warum nicht? Weil ich getanzt und getrunken habe? Weil ich ein feuerrotes Kleid anhatte? Weil ich, weil ich ... Sags mir!«

Da ich nicht reagierte, wurde sie wütend. »Was ist los? Sag es!«

Ich betonte jedes Wort, um ihm Nachdruck zu verleihen: »Was soll ich sagen? Was soll ich tun? Ich mach, was du verlangst.«

»Schweig!«, schrie sie zornig. »Du willst behaupten, du hättest das alles nur getan, weil ich ...« Sie wandte sich ab. Dann drehte sie sich herum und sah mich an. In diesem Moment verlor ich die Fassung und sprach aus, was ich im Innersten dachte: »Natürlich! Ohne deine Ermutigung hätte ich es nie gewagt. Du warst für mich ein Traum, ein Bild. Mehr erhoffte ich nicht, mehr hielt ich nicht für möglich. Du aber, du …«

Verblüfft hörte sie zu. Ich konnte also aufbegehren und widersprechen. Ich war gar nicht so schwach. »Und ich sah in dir fast einen Engel!«, stammelte sie wie betäubt.

»Wer ist schon ein Engel, Mariam?«, stieß ich hervor. »Weder ich noch du. In uns allen steckt etwas, ich kann es nicht beschreiben … Bloß du, du …«

»Ich? Was meinst du?«

Ich beobachtete sie, während sie vor sich hin starrte. Das Weiß ihrer Augen glänzte im dämmrigen Schatten, die Pupillen verengten und weiteten sich. Ich hörte ihre Atemzüge. »Was ist mit mir? Sag schon!«

Was sollte ich sagen? Und was würde es nützen? Sie wusste genau, was sie wollte. Ich nicht. Sie suchte Zerstreuung, um den Fernen zu vergessen. Ich sollte ihn ersetzen. In der Ekstase hatte sie Worte geflüstert. Was bedeuteten sie? An wen waren sie gerichtet? An den fernen Geliebten in meiner Person? Hatte sie deshalb geweint? Und weshalb weinte ich? Weil ich merkte, dass ich ihr als Lückenbüßer diente? Alles war wieder gegenwärtig. Sie verging in meinen Armen, ihre Finger durchwühlten mein Haar, krallten sich in meinen Rücken. Dann diese Worte in der fremden Sprache, wie elend sie mich machten!

Ich rang nach Luft, unterdrückte meine Wut. »Du willst, dass ich dich vergesse? Zu Befehl! Unsere Beziehung ist kaputt? Einverstanden! Alles spricht dagegen, deine Brüder, die unterschiedliche Religion? Kein Einwand. Überhaupt werde ich nichts weiter sagen, was ich vielleicht bereuen müsste. Für mich bleibst du trotzdem ein Bild. Ich werde es nie zerschlagen, was immer du redest. Ich ziehe fort von hier und werde es verwinden. Tu, was du willst. Aber ich liebe dich wirklich, Mariam. Würdest du mir von ganzem Herzen gehören, hätte ich alles versucht, dich zu erringen. Doch so ... Von nun an will ich dich vergessen.«

Ich eilte durch den Gang, ohne mich umzudrehen oder zu stocken. Damals hatte ich nur meine Rache im Sinn. Ich wollte weglaufen und wegschieben, was sie über meine Schwäche gesagt hatte. Ich wollte ein anderer sein, weil ich so nicht zu ihr passte. Ich taugte zu gar nichts, nicht einmal für mich selbst.

Während ich durch den Schatten davonrannte, ging sie mit ihrer Ziege weiter, ich hörte das Glöckchen bimmeln.

Nach einigen Tagen nahm alles wieder seinen gewohnten Lauf. Im Dorf kam Klatsch und Tratsch auf. Man erzählte sich die Geschichte meiner Liebe. Aber ich war jung. Ich lebte in meinen Büchern und Sehnsüchten. Ich hatte große Ambitionen und wollte beweisen, dass ich kein Mann war wie jeder andere. Ein Schriftsteller war ich, ein Liebender und obendrein ein Märtyrer, dessen Glaube kein Versprechen, keine Drohung erschüttern würde, nur der Tod konnte ihn mir rauben. Mariam bedeutete mir mehr als eine Liebe, sie war mein Ein und Alles. Ich glaubte fest daran, dass ein Mensch, der sich einmal entschieden hat, die Säulen des Universums zum Einsturz bringen konnte. Ein Vers, den irgendein Dichter geschrieben hatte, ging mir im Kopf herum:

Unerschütterlich mein Wille,
Tage zerbrechen daran und Schicksale.

Ich fühlte mich stark, obwohl ich so schwach war. In meiner Fantasie erlebte ich eine große, ewige Liebe, inmitten von Feinden und Gefahr. Ich träumte von einem Zeugnis, das mich aus diesem Milieu retten würde. Wenn ich mit einem Diplom aus London nach Jerusalem zurückkehre, bin ich ein gemachter Mann. Mir wird es an nichts fehlen – weder an Geld noch Ehrungen und Ämtern. Als Absolvent aus London wäre ich ein Einziger unter tausenden, die nie an eine Universität gelangten. Die Universitäten von Beirut, Kairo und Damaskus kannten wir lediglich vom Hörensagen. Aus Amman und dem Westjordanland waren nur briefliche Kontakte mit Beirut, Damaskus oder London möglich. Für mich und meinesgleichen bedeutete London etwas Phänomenales – höchstes Niveau und rasanter Fortschritt. Ein Zeugnis aus London, und alles ist geritzt …

Aber in Wahrheit war nichts geritzt. Mein Vater hielt ein Studium in London für eine Fehlinvestition, denn was dabei herauskam, war ein sinnloser Beruf, der nicht einmal satt machte. Und für Mariams Brüder zählte sowieso nur mein islamisches Glaubenszeugnis, dass es keine Gottheit gebe außer Gott und Muhammad sein Gesandter sei. Denn für sie war der Islam eine Posse, ein Seitenpfad der Geschichte mit Wüsten, Kamelstuten, Dattelbäumen und Beduinenstämmen. Der Westen hingegen, London und Rom, das hieß Macht, Geschichte und Zivilisation! London beherrschte ganze Kontinente, überall auf der Erde verneigten sich vor ihm die gekrönten Häupter. Rom jauchzte zu Weihnachten, alle Glocken der Welt läuteten ihm zu, an erster Stelle die in der Geburts- und der Grabeskirche. London war das Zentrum der Macht, aber Rom war das Haus Gottes. Ich hatte natürlich weder im Zentrum der Macht noch im Hause Gottes etwas verloren. Ich gehörte zur Kategorie Rückständige und Ungläubige, weil ich mein Land nicht verließ und am Glauben der Beduinen festhielt. Ungerührt hörte ich ihre fremden Namen: Victor, Tony, Michel. Ich dachte allein an meine Liebe. Alles, was mich interessierte, waren Mariam und das Diplom, das mir Jerusalem öffnen würde.

In der Folgezeit besuchte mich Mariam, oder ich besuchte sie. Die Schwachsichtigkeit ihrer Mutter kam uns zugute. Manchmal überraschte sie uns in einer unzweideutigen Situation. Wir bewegten uns nicht und hielten den Atem an, bis sie ahnungslos vorübergegangen war. Doch die Leute ließen weder uns noch die Mutter in Ruhe. Sie hinterbrachten ihr, Mariam habe dies und jenes getan, und sie liebe einen Muslim. Sie beschimpften uns, weil sie fürchteten, ihre Töchter könnten wie Mariam auf die schiefe Bahn geraten. Einmal traf ich Yvonne beim Krämer, sie wandte das Gesicht ab und antwortete nicht, als ich ihr Guten Morgen wünschte. Der Priester redete auf Mariam ein, der Mensch sei sehr wohl des Menschen Bruder, allerdings erforderten die Traditionen im Dorf und die Umstände der Leute in diesem Land, zu dieser Zeit, dass man zuerst an die anderen denke, und dann an sich selbst. »Denk an deine Mutter, deine Brüder, deinen Leumund. Der gute Ruf aller Mädchen in unserer Gemeinde ist gefährdet, ja unser Ansehen vor den Muslimen. Was werden sie über uns sagen?« Aber Mariam hörte nicht. Sie war der Ratschläge und des Kummers müde. Ohnehin hatte sie Schuldgefühle nach der Affäre mit jenem Mönch und dem Tod ihres Bruders. Sie hatte genug von Ermahnungen und reagierte abweisend. Ja, sie beschimpfte die Leute, und sie wandten sich von ihr ab – die Christen, weil sie »diesen Muslim« liebte, und die Muslime, weil sie »eine Hure« war, die man steinigen musste. Sie ließ sich nicht mehr im Dorf blicken. Weder kam sie zum Krämer, noch besuchte sie Yvonne in der Pfarrei. Nicht einmal zur Kirche ging sie. Ich war ihre letzte Zuflucht. Wenn es ihr gar zu langweilig wurde, fuhr sie nach Jerusalem und traf sich mit mir bei den Armeniern. Doch die Fahrten nach Jerusalem wurden bald zu kostspielig und auch zu nervenaufreibend. Daheim durfte sie den Haushalt nicht mehr verwalten, ihre Mutter verbot ihr alles und verfolgte sie mit Drohungen: »Isa und Tony kommen diesen Sommer, die werden dir schon den Kopf zurechtrücken.« Sie träumte davon, durch das Mandelbaumtor nach Nazareth zu flüchten. Ihre Tante war dort Nonne. An Weihnachten kam sie jeweils durch das Mandelbaumtor zu Besuch und schwärmte ihnen vor, Nazareth sei ein wahres Paradies, das Haus des Messias. Mariams seltsame Logik überraschte mich, als sie sagte: »Dort lebt man wie im Paradies. Das Leben in Israel ist paradiesisch. Verschwinden wir doch durchs Mandelbaumtor, verstecken wir uns. Drüben heiraten wir dann.«

Verblüfft starrte ich sie an. »Was redest du da?«, schrie ich wütend. »In Israel sollen wir uns verkriechen?«

Sie erwiderte naiv, als gehörte sie nicht zu uns und wüsste gar nicht, dass wir uns im Kriegszustand befanden: »Wir wären frei und könnten heiraten. Dort lebt man wie in Amerika.«

»Weißt du denn nicht, was Israel ist?«, ereiferte ich mich. »Was das Mandelbaumtor bedeutet? Mein Bruder Waddah … und al-Husaini … die Mauern und das Tor … tausende Märtyrer, die am Tor von Jerusalem starben … Weißt du das alles nicht? Hier herrscht Krieg!«

»Ich weiß ja«, sagte sie still. »Aber was wird aus uns! Was ist wichtiger?«

Ich erinnerte mich, was ihre Mutter über die Söhne und unser Land gesprochen hatte und was wichtiger sei. Ich dachte an Brasilien, den Mönch und das Kloster … Mariam war in einer völlig anderen Welt aufgewachsen, sie hatte keine Beziehung zu diesem Land, seiner Wirklichkeit und Problematik – sie dachte wie eine Touristin! Ich dagegen war ein Sohn dieser Realität, und Waddah war mein Bruder. Ich hatte einen Vater, eine Mutter und meine Schwester Sara, ich besaß ein Zeugnis und einen Beruf, und ich hegte den Traum, irgendwann selbst über mein Leben zu bestimmen. Doch die Realität erforderte Ausdauer. Zug um Zug, Schritt für Schritt mussten die Etappen zurückgelegt werden. Überspringen nützte gar nichts. Schließlich bauten wir an einer Zukunft, und zur Gegenwart brauchte es eben Geduld. Noch war tiefster Winter, aber alles würde sich lösen, wenn nur erst der Sommer kam.

Doch was kam, war die Schwangerschaft. Mariam schluckte alle möglichen Tabletten aus Jerusalem, sie wirkten nicht. Zu einer Abtreibung fehlte uns das nötige Geld. Wir mussten meinen Vater um Hilfe bitten. Er bestand darauf, die »Christin mit dem Akzent« kennen zu lernen. Einige Goldschmiede, Kunsthandwerker und Silberhändler hatten ihm bereits von ihr berichtet. »Ihr Sohn geht mit einer Christin«, sagten sie. »Bleiben Sie ihm ja auf den Fersen.« Dabei war ich es, der sich an seine Fersen heftete. Diesmal handelte und feilschte er mit mir, um mich für seine Projekte zu gewinnen. Denn das eine Projekt hatte sich inzwischen vervielfacht. Ein Sägewerk hier, eins dort, und ich sollte sie alle leiten. »Eine Christin?«, fragte er unbeeindruckt. »Schön, was ist dabei! Bring sie mit, ich will sie kennen lernen. Die Händler meinten, sie sei recht hübsch.« Mariam weigerte sich entschieden. »Ich befreie mich nicht von der Fuchtel meiner Familie, damit ich vor deinem Vater kusche!« Ich trumpfte auf: »Wenigstens heißt er Ismail und nicht Tony.« Sie war wütend auf mich, aber zwei Tage später kam sie wieder, um sich mit mir zu versöhnen. »Wir müssen überlegen, was zu tun ist. Mein Bauch wird immer größer.«

»Hör auf mich«, sagte mein Vater. »Bau in der Wüste, du verdienst gute Dollars und gewinnst Mariam. Nimm beide mit, sie und deine Schwester, und leite das Geschäft. Sei vernünftig, dann triffst du mehrere Vögel mit einem Stein.«

Doch es waren nur Lockvögel, und dahinter lauerten Käfige und Gefängnisse, die mich abschreckten. Ich fühlte mich gefangen, war traurig und voller Angst. Ich würde mich verlieren, womöglich meinen Traum aufgeben, ein angesehener Schriftsteller mit vielen Publikationen und einem Diplom aus London zu werden. Ja, Publikationen! Bisher hatte ich noch nichts veröffentlicht. Meine Erzählungen warteten auf die Vollendung. Ich schrieb nicht, las nicht, studierte nicht. Ich unternahm gar nichts, um die

Zukunft Ziegel auf Ziegel zu errichten und Schritt für Schritt mein Ich zu befreien. Im Gegenteil, ich begann meine Bestrebungen zurückzustecken. Plötzlich hatte ich keine andere Sorge, als eine Lösung für Mariam zu finden. Mein Leben war aus dem Gleichgewicht geraten. Ich fühlte mich wie ein Sklave. Alles hatte ich verloren – meine hochfliegenden Pläne, meine Selbstachtung, die Erwartungen, die der Priester in mich setzte. Einmal, als er kam und nach mir fragte, verdrückte ich mich und fuhr nach Jerusalem. Sara konnte nicht verstehen, warum ich nicht mit ihr zu Vater ging und die Hochzeit perfekt machte. Mutter brummte, weil ich sie vernachlässigte und meinen Umzug nach Jerusalem hinauszögerte. So schwankte ich zwischen allen Parteien und wurde von allen verfolgt. Vater drängte, Mutter drängte, Sara drängte. Obendrein der Priester, Mariams Brüder, das Gerede der Leute. Und die Abtreibung war immer noch nicht erledigt. Mariams Sohn wurde mein Feind, mein Widersacher. Mariams Sohn veränderte mein Leben und meine Überzeugungen. Ich hatte geglaubt, der Mensch sei das, was er aus sich machte. Nun kam Mariams Sohn daher und bewies mir, dass der Scheich mit seiner empörenden Aussage über den Menschen doch Recht hatte. An jenem Tag hatte ich mich nicht unter die gewöhnlichen Leute setzen und ihm zuhören mögen. Ich glaubte, höher zu stehen als diese willenlosen Schwächlinge, die wie Papierschiffchen von den Wellen umhergeschleudert wurden. Duckmäuser waren sie allesamt, unflexibel, unfähig zum Denken und Planen. Ich dagegen hatte Großes vor, aus mir würde dereinst ein Schriftsteller werden, ein Autor mit Diplom aus London und publizierten Erzählungen.

Etwas Besseres eben, etwas Höheres. Meine Vorbilder waren Waddah und al-Husaini. Unermüdlich, wie sie ihre Waffen trugen, würde ich meine Schreibfeder tragen. Wären da nur nicht Mariam und ihr Sohn! Warum saß er bloß so fest, wieso ging er nicht ab? Ich war der Gefangene einer Frau, die Waddah und al-Husaini nicht kannte, die nicht einmal wusste, was Israel und das Mandelbaumtor bedeuteten. Sie war im brasilianischen Exil erzogen, in einem Nonnenkloster. Eine Frau, die wie eine Touristin in den Tag hinein lebte. Die mit ihrem Akzent die Sprache der Vorfahren verbog. Die nicht lesen konnte, was ich schrieb. Die nicht begriff, was ich sagte. Eine Frau, die von Michaux redete, als handle es sich um Waddah, einen Märtyrer Palästinas. Eine Frau, deren Welt beschränkt blieb, trotz ihrer Reisen über die Kontinente hinweg. Eine Frau, die unendlich weit von mir entfernt war. Die mein Leben auf den Kopf stellte mit ihrem Sohn. War er denn überhaupt mein Sohn? Könnte er nicht von meinem Vorgänger, dem Mönch, stammen? Was bewies mir, dass ich der Vater war ... von Mariams Sohn?

Der Sommer kam. Ich wusste noch immer keinen Rat. Mariam nahm zu, das Kind wuchs. Ihr Bauch war zu groß, um ihn zu kaschieren. Sie verkroch sich daheim, wurde nervös und empfindlich. Ihre Mutter hatte die unselige Schwangerschaft trotz ihrer Sehschwäche entdeckt und behandelte Mariam noch strenger. Nun warf sie ihr nicht nur Michaux' Tod vor, sondern den Ruin der ganzen Familie.

Die Situation spitzte sich zu, als die politische Lage eskalierte und ein Krieg drohte. Abdel Nasser verkündete sein Programm zu Scharm al-Scheich, und sofort stand alles in Flammen. Die Rundfunkstationen der Welt schäumten vor Wut. Über den Sender *Saut al-Arab* ertönten Kampfgesänge und religiöse Lieder. Die Straßen füllten sich mit jungen Leuten, und in den Kaffeehäusern kehrte man die Lautsprecher nach draußen, damit jeder Passant Abdel Nassers Stimme und die Lieder der Revolution und Befreiung hören konnte. Überall in Jerusalem sah man Triumphbögen und Abdel Nassers Bild. Gerüchte von der Befreiung Jaffas und der gesamten Küste machten die Runde. Was sollte nun geschehen mit jenen Juden, die arabische Häuser enteignet und Palästinenser vertrieben hatten? Was würden wir anfangen mit unseren Küsten, wenn sie erst wieder in unseren Händen wären? Der Tumult erfasste jede Straße. Junge Männer standen in Autos und auf Lastwagen, schwenkten ihre Hemden und skandierten: »Palästina, wir kommen!« Die größten Stars sangen Hymnen über Sieg und Freiheit und die arabische Einheit, die aus dem Herzen Jerusalems geboren wurde. Frauen besuchten Kurse, um sich in erster Hilfe und im Gebrauch der Waffen ausbilden zu lassen. Einige Tage vor Kriegsausbruch versammelten sich Jungen und Mädchen in den Schulen und führten militärische Übungen vor. Auch Sara versuchte sich einer Gruppe anzuschließen, aber Mutter brachte sie zu mir ins Dorf, ihr war wohler, wenn wir uns gegenseitig schützten.

An jenem Morgen war ich im Schulgebäude. Ich hörte gerade Nachrichten über die Truppenbewegungen in Scharm al-Scheich und die Kriegserklärung des jordanischen Königs. Es hieß, die Front habe sich erweitert und erfasse bereits alle Anliegerstaaten, außer Libanon.

In diesem Moment trat der Schuldiener herein und meldete: »Ihre Mutter und Ihre Schwester sind hier.« Eilig brachte ich sie in mein Zimmer. Ich war völlig durcheinander. Draußen tobte der Krieg, Mutter und Sara steckten in einem Hammelpferch, und Mariam verfolgte mich. Was sollte ich in dieser Bedrängnis tun? In mir regte sich ein tiefes Gefühl, das mich seit vielen Jahren, seit der Sache mit Waddah, nicht losgelassen hatte. Es hing zusammen mit Haifa und Jaffa, mit einer Sehnsucht, die ich nie so stark wie in jenem Sommer empfunden hatte. Aufgewühlt von den Rundfunkmeldungen, irrte ich ziellos umher. Vor Begeisterung und Überschwang hätte ich fliegen können.

Mariam kam mit ihrer Ziege, die meckernd mit dem Glöckchen bimmelte. Sie wollte mich an die Zwangslage erinnern, in der wir steckten. Doch ich fühlte nur Ablehnung, ja Widerwillen. Sie klopfte an die Tür und ans Fenster. Sara ging hinaus und fragte mürrisch: »Was wünschen Sie?« Flüsternd antwortete Mariam: »Ich möchte Ibrahim sprechen.« Darauf hörte ich Sara mit lauter Stimme sagen: »Ibrahim ist in Jerusalem, er ist nicht hier. Was wollen Sie denn von ihm?« Ich beobachtete, wie sie Mariam von oben bis unten musterte. Dann fragte sie hämisch: »Sie sind wohl Mariam?« Sie erwiderte nichts. Ich war sicher, dass sie die Frage gar nicht gehört hatte. »Danke«, sagte sie und ging. Ich blieb hinter dem Fenster versteckt.

»Wer ist diese Mariam überhaupt?«, erkundigte sich Mutter. »Sei ehrlich, stimmt es, was ich über dich und sie erfahren habe?«

Ich reagierte nicht, drückte mein Ohr ans Radio. »Gleich spricht Abdel Nasser!«

»Liebe ist was für Bekloppte«, meinte Sara. »Bist du nun clever oder bekloppt?«

»Also stimmt es«, sagte Mutter. »Gib es doch zu.«

Ich schwieg. Sie legte das Messer aus der Hand, mit dem sie das Gemüse putzte, und redete auf mich ein: »Das fehlte gerade noch! Weich mir bloß nicht aus mit Abdel Nasser oder der heiligen Maria! Deine Schwester heiratet! Du fährst mit ihr nach Saudi-Arabien, und mich nimmst du auch mit. Wie soll sie denn ohne Beistand, nur auf ein Foto hin heiraten? Du bist ihr Bruder. Du musst für sie einstehen. Dein Vater, dieser Tunichtgut, ist der Verantwortung nicht gewachsen. Du bist verantwortlich. Du bist unsere Stütze in dieser Welt. Du bist alles, was ich noch habe. Du bist mein Leben.«

Ihr inniger Blick traf mich mitten ins Herz. Nie hatte sie mich mit so schönen Worten bedacht. Vielleicht hätte sie es früher auch getan, aber Waddahs Bild blockierte die zärtlichen Kosenamen für mich. Bei Vater war es nicht anders. Sobald er mein blasses Gesicht sah, seufzte er: »Was für ein Hänfling ... Gott steh uns bei!« Ich wuchs auf mit dem Gefühl, minderwertig zu sein wie unreifes Fallobst, weil ich allzu mickrig und schwächlich war. Dagegen Waddah! Wie eine Palme ragte er empor! Doch eines Tages fiel die stolze Palme um, weg war sie. Im Haus gab es bloß noch Sara und den Ersatzsohn. »Statt Palmenstamm – ein kleines Lamm ...«

Wie oft hörte ich diese Redewendung, wie oft wiederholte ich sie innerlich. Und jedes Mal ärgerte ich mich darüber! Vielleicht hatte ich sie auch gar nicht gehört, sondern mir selber ausgedacht. Wer weiß schon, wie das Gedächtnis funktioniert? Erinnern wir uns wirklich an

Gesehenes oder vielmehr an Gefühltes? Für mich kam es ohnehin aufs Gleiche heraus: Ich sah mich selbst als Lämmchen und ihn als Palme. Ich war wirklich nur ein Hänfling …

Niedergeschlagen fuhr Mutter fort: »Wenn dir etwas zustößt, bring ich mich um. Nach der Geschichte mit deinem Vater und Waddah habe ich nur noch dich. Du bist mein Augenlicht.« Sie sah mich traurig an. »Verlass mich nicht wie dein Vater.«

»Wie sollte ich, Mutter!«, sagte ich liebevoll. »Du bringst uns allen Segen. Du bist doch unsere Beste.«

Sie senkte den Kopf, und ich sah die weiße Haut unter ihrem dünnen grauen Haar. Es zerriss mir das Herz. Was war ihre Schuld, dass sie so gestraft wurde? Sie besaß weder einen Ehemann noch Brüder, auf die sie sich verlassen konnte, ja nicht einmal einen Sohn, der sich um sie kümmerte. Jetzt drohte der Krieg, und Waddahs Bild stand wieder vor ihr.

Ich fragte sie flüsternd: »Wenn du nun die Wahl hättest, wie würdest du dich entscheiden: für mich oder für Jerusalem?«

Das Messer in ihrer Hand stockte. Erschrocken starrte sie mich an. »Was soll die Frage?«, sagte sie ängstlich.

»Rein theoretisch«, erwiderte ich freundlich. »Wenn man dich entscheiden ließe, was würdest du wählen?«

Sie antwortete nicht, hantierte weiter mit ihrem Messer.

Ich beharrte: »Mal angenommen, sie besetzen Jerusalem …«

Sie schaute auf und musterte mich mit dem gleichen Blick, der mich als Kind so erschreckt hatte. Ich fühlte mich wieder ganz klein, und sie war groß, viel größer als ich. Aber ihre Augen füllten sich mit Tränen des Alters. Wortlos neigte sie den Kopf. Sie dauerte mich, als ich auf ihren ergrauten Kopf niedersah, und ich unterdrückte meine Neugier. »Tut mir Leid«, murmelte ich. Doch dann fuhr ich zum Radio herum: Abdel Nasser begann seine Rede über das Schicksal der Nation und die Vorzeichen des Krieges. Als meine Mutter ihn hörte, rief sie spontan: »Gesegnet sei diese Stimme!« Aufmerksam lauschte sie beim Gemüseputzen.

Ja, sie verehrte Abdel Nasser. Immer hatte sie gesagt: »Lebte dein Bruder noch, wäre er wie Nasser geworden.« – »Und ich?«, fragte ich eifersüchtig. »Du bist auch tüchtig«, lenkte sie ein. »Iss nur ordentlich, und lerne fleißig. Wenn du einmal groß bist, wirst du ein Mann wie Waddah.« Jetzt war ich erwachsen, aber wie Waddah war ich nicht geworden. Ach, Mariam, wo ist mein Weg?

Am nächsten Morgen brachte ich die beiden zum Damaskustor. Ich hatte mehrere widersprüchliche Gelübde abgelegt – eins für meine angsterfüllte Mutter, eins für Nasser und seine Visionen und eins für Jerusalem. Das Gelübde für Nasser war das gleiche wie das für Jerusalem.

Unmittelbar vor Ausbruch des Krieges trafen Mariams Brüder ein. Sie stürmten ins Dorf, um den Skandal aus der Welt zu schaffen. Trotz des Ausnahmezustandes an den Häfen und Flugplätzen hatten sie in Brasilien alles stehen und liegen lassen. Sie wollten ihre Ehre im Dorf retten, wo man geduldig auf die Hinrichtung wartete. Unter diesen Umständen musste man eine Frau töten, das verlangten Gesetz und Herkommen. Nur Blut konnte die Schande eines gefallenen Mädchens reinwaschen. Mariam flüchtete, sie verbarg sich beim Priester in der Kirche. Irgendwann kam sie, um mich zu warnen, obwohl ich sie verleugnet hatte. Sie klopfte an die Tür, dann ans Fenster unter dem Feigenbaum. »Versteck dich«, flüsterte sie. »Isa und Tony! Sie schießen.«

Nach wenigen Minuten hörte ich einen Mann durch die Nacht schreien: »Ibrahim!« Schüsse knallten. Ich verkroch mich in einer Höhlung unter dem Feigenbaum. Später schlich ich auf staubigen, gewundenen Pfaden durch die Weinplantagen, bis ich den Stadtrand von Jerusalem erreichte. Ich sah junge Männer in Kaki im Laufschritt trainieren, hinter ihnen fuhr ein Jeep. Ich mischte mich unter sie und rannte mit ihnen weiter bis zum Damaskustor, wo ich mich klammheimlich auf dem Markt verdrückte. Mit dem Gebetsruf zur Morgendämmerung kam ich daheim an. Mutter öffnete mir. Sie war schon aufgestanden, um ihr Gebet zu verrichten. Als sie mich sah, begann sie zu weinen. Mein erschöpfter Zustand und die staubigen Kleider erinnerten sie an Waddah.

Am Vormittag stellten sich die Burschen des Viertels in Reih und Glied auf und übten das Auseinandernehmen und Reinigen der Waffen. Ein Offizier erschien. Sie umringten ihn und sahen zu, wie er seinen Revolver in kleine Teile zerlegte. Dies sei der Hahn, jenes die Mündung, das die Trommel. Und hier eine Handgranate ... Es waren ausgediente, kümmerliche Waffen, aber die jungen Männer sangen mit dem Radio, und das Radio brachte Nachrichten vom Sieg und von der Befreiung Westjerusalems, Haifas und Jaffas. Ich beobachtete sie hinter dem Fenster und schämte mich in Grund und Boden. Draußen feierten die Menschen die Befreiung Jerusalems, und ich verkroch mich vor Mariam und ihren Brüdern. Gäbe es doch die beiden gar nicht – Mariam und ihren Sohn!

In diesem Tumult und Aufruhr ging mir Mariam verloren. Sie rückte in den Hintergrund und war bald nur noch Erinnerung. Ich trat der politischen Bewegung bei, und innerhalb weniger Tage riss mich die Flut mit sich fort. Auch mein Vater geriet völlig außer sich bei der Vorstellung, wie die Lage nach der Befreiung aussehen würde: Jerusalem eine ganz andere Stadt, ein neues Jerusalem, oder nein, eigentlich das alte, aber ohne Teilung und Absperrungen. Das Mandelbaumtor keine Grenzmarkierung mehr. Die Ringmauer würde fallen, und die Menge bis ans Meeresufer strömen, in den Hafen von Haifa, wo die Frachtschiffe und Dampfer ankerten. Handel und Wandel kämen in Schwung. Die große, weite Welt stünde offen, und historische Barrieren würden durchbrochen. Endlich erwachte unsere Nation aus dem Schlaf und nahm ihre Zukunft in die eigenen Hände!

Mariam gehörte einer längst vergangenen, vom Winde verwehten Geschichte an. Diese Geschichte war zu banal, um historischen Wert zu beanspruchen. In meinen Manuskripten lebte die Historie, und ich war ihr Puls! Völker existieren in ihren Chroniken. Also schrieb ich historische Erzählungen. Im Pathos der Heldenepen verschwinden die individuellen Schicksale, der Einzelne wird unwichtig. So verblasste Mariam zu einer vergessenen Liebe.

Doch zuletzt ging alles verloren – Mariam, die Erinnerung an sie und ich selbst. Ja, sogar Jerusalem. Wir standen an zwei Ufern, getrennt von einem breiten Fluss, von

Gewehren und einer Besatzungsarmee. Ich diente als Soldat in einem Trupp der revolutionären Bewegung. Jenseits des Flusses und des Jordantals führten wir Guerillaaktionen durch. Unser Exil begann.

Eine Ikone

Ein Jahr verging, und viele weitere folgten. Ich reiste umher, zwischen Hauptstädten, Organisationen und Firmen. Schließlich landete ich bei einer amerikanischen Ölgesellschaft, die mich von Kuwait nach London und von dort nach Rom und New York schickte. In New York heiratete ich eine Amerikanerin, eine Friedensaktivistin gegen den Vietnamkrieg. Nach zwei Jahren ließen wir uns scheiden, aber ihr verdankte ich die Green Card. Ich übersiedelte nach Österreich und heiratete noch einmal. Ein Jahr darauf gingen wir auseinander. Anschließend gab es eine Eva, eine Evelyn, eine Susi ... Als ich nach Saudi-Arabien zog, heiratete ich eine Araberin. In Saudi-Arabien traf ich auch Sara wieder. Vaters Bauunternehmen beherrschte den Markt. Mein Schwager führte mich durch die Straßen und zeigte mir Gebäude und Paläste, die mit unserem Baumaterial errichtet wurden. Steine vom Westjordanland waren am Golf sehr begehrt. Der Golf, das hieß Dubai, Scharika, Abu Dhabi und Umm Al-

Kaiwein. Der Markt prosperierte, das Erdöl sprudelte, und wir schwammen in Petrodollars. Ich stieg voll ins Geschäft ein und beschaffte das Material und die Arbeiter aus dem Westjordanland.

Das Projekt meines Vaters stand auf dem Höhepunkt, und ich bewies, wie erfolgreich ich sein konnte. Ich baute Häuser und Fabriken, verkaufte Apartments und Wohnungen. Im Golfkrieg erfüllte ich Aufträge der US-Armee und lieferte ihnen Bagger und Bulldozer, mit denen sie Gräben ausheben und Straßen aufbrechen konnten. So wurde ich Millionär. Danach gründete ich unter meinem Namen eine Gesellschaft, die Witwen und Waisen in Palästina betreute. Ich war berühmt als reicher Wohltäter für Bedürftige und als Mäzen für Literatur und Kunst, obwohl ich selbst nur politische Artikel und einige Erzählungen veröffentlicht hatte. In erster Linie aber galt ich als angesehener Wirtschaftsboss.

Mit anderen Exilanten kehrte ich schließlich nach Palästina zurück und betrat nach vielen Jahren der Fremde endlich wieder Jerusalem. Einige Monate darauf starb meine Mutter. Vater war schon lange tot. Er hatte uns mehrere Sägewerke hinterlassen. Ich übernahm die Leitung und kaufte mir in Ramallah ein Haus, wo ich mit einer philippinischen Dienerin und einer ausgezeichneten Köchin aus Marokko wohnte. Sonst gab es nichts – keine Liebe, keine Ehefrau, keinen Sohn, keine Tochter, keine Freunde. Einige alte Kameraden waren wie ich irgendwohin ausgewandert, andere waren gestorben, Gott erbarme sich ihrer. Ich führte ein trostloses Leben, nicht einmal ein Hobby besaß ich. Die Literatur hatte ich aufgegeben, ja mich selbst. Für Sehnsüchte blieb kein Platz übrig. Aber ich erhielt einen neuen roten Pass, mit dem ich an der Brücke bevorzugt abgefertigt wurde, immerhin ein Zeichen meiner hohen Wertschätzung.

Eines Tages, als ich meinen Betrieb inspizierte, bekam ich einen seltsamen Telefonanruf, der mir die Vergangenheit und längst vergessene Träume ins Gedächtnis rief. Es war der Priester, inzwischen ein bedeutender Erzbischof. Er sprach mich freundlich an und erinnerte an die Zeit im Dorf, an unsere Freundschaft, die gemeinsamen Interessen und literarischen Ambitionen. Ich bedauerte – die Literatur habe vor mir die Flucht ergriffen. Er lachte über die Bemerkung und meinte liebenswürdig, Tätigsein mache den Menschen aus, und ich sei doch sehr aktiv. Ich registrierte diese Anspielung auf mein karitatives Wirken und erklärte, ich sei gern bereit, jeden Betrag für jede Sache, die er mir vorschlage, zu spenden. Er dankte mir und versicherte, er sei glücklich, das zu hören. Es bekräftige unsere freundschaftliche Beziehung und seine hohe Meinung von mir. Seine Antwort beunruhigte und schmerzte mich, beschwor sie doch wieder herauf, was ich so gern vergessen wollte. Ich versuchte ihn auszuforschen, vielleicht würde er etwas ausführlicher berichten. Aber er antwortete höflich und ausweichend, die Zeiten hätten sich gewandelt und die Menschen auch. Heute sähe manches wohl anders aus. Ich verstand, dass er mich weder verdammte noch anklagte. Zum Schluss lud er mich ein, seine Bibliothek in Jerusalem zu besuchen. Er war schon vor Jahren nach Jerusalem umgesiedelt. Seit seiner Ernennung zum Erzbischof kämpfte er gegen die Besatzung, über seine Stellungnahmen wurde viel geschrieben.

Ja, die Welt und die Menschen hatten sich wirklich verändert, und wir waren alt und gebrechlich geworden. Bei meinem nachmittäglichen Spaziergang brauchte ich einen Stock, auch wenn ich mich sonst kräftig und gerade wie eine Palme hielt. Meine Haare waren ergraut und schütter, meine Hände mit Leberflecken getüpfelt. Ich litt unter Verdauungsschwierigkeiten, hohem Blutdruck, Diabetes und Herzrhythmusstörungen. Zeitweilig hatte ich verstopfte Arterien, die ich mir in London reinigen ließ. Aber ich verehrte die Wissenschaft und Kultur, glaubte an den Motor Geld, an Unternehmergeist und die Informationstechnologie. Jetzt hatten wir eine Autonomiebehörde und übten die Macht aus. Ich für mein Teil verfügte über die Macht des Kapitals. Das öffnete mir alle Türen, ich wusste immer, was sich hinter den Kulissen abspielte. Wir wohnten auch nicht mehr im »Westjordanland«, sondern in Palästina. Neuerdings war Amerika unsere Zuflucht, die Sowjetunion war dahin, die Welt orientierte sich am Markt. Wir passten uns an und bekamen ein Palästina von ihren Gnaden. Aus Revolutionären wurden Funktionäre. So änderte sich auch meine Situation. Den Ibrahim von früher gab es nicht mehr, das einstige Jerusalem war verloren.

Ich war mit dem Erzbischof unterwegs zum Suk. Der Tag neigte sich dem Ende zu, die Menschen waren verschwunden. Jeder verkroch sich in seiner Wohnung aus Angst vor der dunklen Nacht und den Militärpatrouillen. In den überdachten Straßen sah man nur noch Laternen, Straßenkehrer und motorisierte Karren, so klein wie Kinderspielzeug, die behände durch die Gassen kurvten und umherliegende Kartons, Plastiktüten und Kisten aufsammelten. Jerusalem war heruntergekommen und verwelkt wie das Gesicht einer alten Vettel. Wir kamen am Armenischen Kloster vorbei, und ich dachte an Mariam, an den Jasmin, den Knöterich und den Paternosterbaum, an die Nacht im Hostel. Damals sah ich gut aus, die Welt sah gut aus – so voller Hoffnungen und Träume. Damals entfaltete ich meine weißen Flügel und schwang mich empor mit Jerusalems Spatzen und Tauben. Ich flog hoch über die Kuppeln und Kirchtürme und sah meinen Schatten über die Erde gleiten. Mit den Seelen schwebte ich durch die Zeiten, denn Jerusalem ist voller Seelen und Geister, voll von Geschichte. In den Gassen schmiegen sich die Häuser an uralte Bögen und Steinquader, die noch um die Trauer unserer Vorfahren und die Leiden des Messias wissen. Sie zeugen von Religionen, von Römern und Beduinenstämmen, von versunkenen Städten unter den Trümmern und Erdschichten. Jetzt eben schritten wir über die Vergangenheit, so wie einst eine spätere Generation über unsere Gegenwart hinwegschreiten würde – eine Generation voll tiefer Zweifel an ihren Vorfahren.

Ich sah den Erzbischof an, der nachdenklich neben mir herging. Ich wünschte, er möge mir sein Herz öffnen und aussprechen, was wir verschwiegen. Ich wollte ernsthaft mit ihm reden. Mit beinahe kindlicher Naivität fragte ich: »Sag mir, mein Freund, glaubst du an die Seele?«

Er lächelte freundlich vor sich hin, während er die Abfallhaufen vor den Geschäften und die bekümmerten Gesichter der Händler in der hereinbrechenden Dunkelheit musterte. »Natürlich glaube ich daran.« Nach einer Pause fügte er hinzu: »Aber auch an den Leib und die Trauer der Menschen.« Er sah mich an. »Und wie ist es mit dir?«, fragte er sanft.

Ob ich an die Seele glaubte? Selbstverständlich. Und an den Leib? Gab es da einen Zweifel? An die Menschen? Ich wusste es nicht. Und noch etwas wusste ich nicht: Wer von uns prägte die Seele dieser Stadt? Oder besaß Jerusalem in Wirklichkeit gar keine Seele?

Schlagartig wurde mir klar, was wir erreicht hatten – Jerusalem war verloren. »Aber Jerusalem ist doch eine heilige Stadt«, sagte ich grüblerisch, »warum findet sie sich mit dem Unrecht ab?«

Er schwieg. »Ich verstehe das nicht!«, fing ich wieder an. »Was bedeutet überhaupt heilig, wenn rundum Unterdrückung herrscht?«

Wortlos hörte er mir zu. Auch ich versank in meinen Gedanken. Was sollte ich sagen, womit beginnen, und wie würde er reagieren? Schließlich blieb ich mitten auf der Straße stehen. Der Winkelzüge überdrüssig, stieß ich hervor: »Sag mir um Gottes willen, weißt du etwas von Mariam?«

Der Erzbischof sah mich mit einem langen Blick an, dann erwiderte er bedächtig: »Willst du wirklich wissen, wo sich Mariam befindet?«

Meine Hände fielen herab. Ich lauschte in mich hinein. Zweifel und Angst lauerten dort, Unruhe und Einsamkeit. Besser, ich zog mich zurück und wechselte das Thema. »Siehst du, mein Freund, wohin es mit uns gekommen ist?«

Wir gelangten zum Fußgängertunnel am Jaffa-Tor, wo tausend Wege abzweigten. Das Gewirr der Schächte und Geländer in den Zementmauern erinnerte an ein vergittertes Gefängnis. Da drüben lag Westjerusalem. Es schaute zu uns herüber und zeigte uns sein Gesicht, das wir nach der Katastrophe von 1948 fast vergessen hatten.

Damals wurde das Land geteilt, seither gab es zwei Körper und zwei Seelen. Wer macht uns wieder ganz? Dort lag der andere Körper, die andere Seele. Und hier? Wie sollte ich je meine Seele finden, wenn ich auf tausend Wegen umherirrte? Nein, das waren nicht meine Wege. Und doch lief ich unablässig auf ihnen weiter, wie ein Zug, der sich auf eine Nebenstrecke verirrt hat. Warum blieb meine Seele am Boden kleben und hob nicht mehr ab? Halbherzig suchte ich sie hier, stellte mich dumm und verdrängte meine Trauer. Aber ganz, ganz tief drinnen steckte in mir noch immer jene Schriftstellerseele, nur wagte meine Zunge nicht, die Wahrheit zu bekennen.

Der Erzbischof rief mich zurück: »Willst du es wirklich wissen?«

Ich zog ihn am Arm mit. Wir sahen hinüber zu dem anderen Jerusalem, jener geschminkten europäischen Dirne mit dem fremden Gesicht, die sich meiner nicht erinnerte, ja die mich leugnete, genauso wie ich sie. Doch jetzt, unter diesem heiligen Himmel, übermannte mich die Sehnsucht nach einer Richtung, einem Weg. Ich wollte wissen, was ich mir stets verhehlt hatte: Warum habe ich mich so verändert?

Stumm sah ich ihn an. Würde er mich überhaupt verstehen? Ich war als ein anderer heimgekehrt. Ein Teil von mir war jener Schriftsteller geblieben, der Geist des Künstlers lebte noch in mir, auch wenn die Angst ihn fesselte. Wer war ich einst? Wer hilft mir heraus aus dem Brunnenloch? Nichts bringt das Verlorene zurück als die Rückkehr zu den Verlorenen. Ich muss Mariam finden.

Er sah mich an und fragte noch einmal eindringlich: »Willst du es wirklich wissen?«

»Selbstverständlich.«

»Dann hör mir gut zu. Es gibt einen Mann, der es dir sagen oder vielmehr enthüllen kann. Hör zu, und denk darüber nach. Dieser Mann heißt Michel und ist eine Art Mönch. Er soll Wunderkräfte besitzen, Gedanken lesen und die Zukunft offenbaren. Er kennt Dinge, die uns verschlossen sind – Hypnose, Seelenwanderung, Weissagung und dergleichen, na, du weißt schon.«

»Was soll das? Telepathie?«

»Ich begreife wirklich und wahrhaftig nicht, wie es vor sich geht. Aber Yvonne erzählt so merkwürdige Geschichten. Die Leute glauben, dass dieser Mönch Verborgenes entdeckt und Künftiges prophezeit. Es ist mysteriös.«

»Also ein Hellseher und Geisterbeschwörer!«

»Keine Ahnung. Yvonne glaubt daran.«

»Und du?«

»Ich bin verunsichert. Ich habe ein Buch über diese Wissenschaft oder Kunst gelesen und begann zu zweifeln. Wenn es nun Dinge gäbe, die wir nicht kennen? Eine Welt, die uns unerreichbar ist? Ich bin selbst verwirrt und möchte es begreifen.«

Ich blieb stehen und starrte ihn entgeistert an. »Ausgerechnet du sagst so etwas! Jetzt mal rundheraus: Ich soll einen Mönch aufsuchen, damit er mir offenbart, wo Mariam sich aufhält? Unfassbar!«

Geduldig lächelnd hob er die Hand. »Schon gut. Ich will dir nichts aufdrängen. Ich sage nur, versuch es. Verlierst du etwas dabei, wenn du es ausprobierst?«

»Ists möglich, Eure Eminenz? Durch einen Scharlatan soll ich sie suchen lassen?«

»Ich halte ihn nicht für einen Scharlatan. Er ist wirklich

erstaunlich. Was ich erfuhr, ist sehr interessant. Er wurde in einem Kloster erzogen und erlernte dort natürlich ein Handwerk. Er ist ein Meister im Verzieren von Ikonen und Schnitzen von Heiligenbildern. Danach befasste er sich auch mit Malerei und Musik, bevor er sich der Theologie und schließlich den Heiltechniken des Reiki zuwandte. Möchtest du wissen, was das ist?«

»Mich interessiert bloß, wie ich Mariam finden kann.«

Schweigend ging er weiter. Das Klopfen seines Spazierstocks machte mich nervös. Ich packte ihn am Arm. »Du verbirgst mir doch etwas. Wohin ist sie gegangen? Was ist mit ihr geschehen? Hat sie ein Mädchen oder einen Jungen geboren? Bitte, sag es mir.«

Wieder sah er mich lange an. Wir standen unter einer Laterne. Das Licht fiel auf seinen Kopf und verwandelte sein schütteres Haar in einen weißen Glorienschein. Die Zeit fließt und fließt. Der Erzbischof ist ein alter Mann, und ich auch. Ach, Zeit, was hast du uns geraubt! Ich schüttelte ihn, um zu erfahren, was mich noch erwartete.

»Ich bitte dich«, sagte ich sehnsüchtig. »Es gibt nichts mehr, woran ich mich festhalten kann, keinen Sohn, keine Tochter, keinen Trost. Mir bleibt nur die Erinnerung. Verrate mir etwas von ihr, ein einziges Wort, eine Andeutung, bitte.«

»Und das viele Geld?«, murmelte er leise.

Ich zupfte ihn am Ärmel. »Alles Schall und Rauch, das weißt du ja selbst.«

Er nickte. »Jetzt hast du es endlich begriffen?«

»Du verdammst mich für längst Vergangenes«, rief ich. »Du rächst dich, indem du mich quälst. Aber der Messias war ganz anders! Ich muss mich doch sehr wundern.«

Wieder blieb er stehen und hob die Hand. »Ich rate dir, so gut ich kann. Verlierst du etwas, wenn du es versuchst?«

»Meinst du, ich finde Mariam durch einen Betrüger?«, schrie ich gequält. »Mehr hast du nicht zu bieten?«

»Ich kann dir morgen den Bus der Genossenschaft vorbeischicken. Er bringt dich zu dem Mönch Michel.«

»Warum bist du so hartnäckig? Was steckt dahinter? Ich verstehe das nicht.«

»Es ist der Anfang eines Wegs, probier es. Wenn du gefunden hast, wonach du suchst, dann gib mir Bescheid. Ich bin neugierig. Ich möchte gern wissen, was du erfahren hast.«

Am nächsten Tag klingelte Aziz, der Busfahrer, an meiner Tür. »Ich nehme Sie mit zu dem Mönch«, sagte er. Ich stieg in den Kleinbus, der mit Büchern und Kartons voll gepackt war. Ein Korb Obst, den Yvonne dem Mönch sandte, stand auch dabei.

Aziz war ein Mann in den Fünfzigern, von vierschrötiger Statur, mit dickem Bauch. Sein spärliches Haar sträubte sich wie ein Besen, und er schnaufte wie ein Blasebalg. Er lispelte und brachte kein Zungen-R zu Stande. Obendrein stotterte er und räusperte sich ständig. Ich wurde ganz nervös und hoffte, dass er wenigstens für einen Moment Ruhe gäbe. Aber Aziz schwieg nicht. Er redete und redete, wobei er mich ständig »Herr Professor« titulierte. Ich hätte ihn am liebsten aus dem Fenster geworfen, um aufzuatmen. Doch ab und zu erzählte er wieder so interessante, spannende Geschichten, dass ich wie gebannt lauschte. »Der Mönch, Herr Professor, vollbrachte ein Wunder ...« Oder: »Der Messias erweckte Tote zum Leben, Herr Professor, und dieser Mann tut das auch ... Der Messias heilte die Kranken, dieser Mann heilt sie ebenfalls ... Der Messias machte Blinde sehend, er tut das Gleiche. Glauben Sie mir?«

Ich sah ihn an und grinste wütend. War das der Sendbote, der mich zur Erkenntnis führen sollte? Halb verrückt, halb verblendet, und dazu dieser Sprachfehler!

Ich schaute in die Ferne und versuchte herauszufinden, wo wir uns gerade befanden. Doch auf den gewundenen Straßen über die Hügel und Berge um Jerusalem fiel die Orientierung schwer. Ringsum dehnten sich Weinplantagen und Haine mit Oliven-, Feigen- und Mandelbäumen. Eine Erde, rot wie Henna, und Felsen in bräunlichem Weiß. Steinerne Wälle und Feldraine. Dazwischen Gruppen von Bauern. Eine Bäuerin hier, eine Bäuerin da. Hoch auf dem Berggipfel eine Ortschaft. Warum erbaute man sie so weit oben? Hatten die Menschen Angst vor Feinden oder wollten sie dem Himmel näher sein?

Der Fahrer plauderte wichtigtuerisch: »Sie müssen wissen, Herr Professor, wir haben im Dorf einen Derwisch, der redet mit Dämonen, das heißt, er ist mit ihnen befreundet. Er trägt ein zerlumptes Gewand und stutzt seinen Bart nur alle zwei, drei Jahre. Er übernachtet in der Moschee oder zwischen den Gräbern. Wenn man ihn unterwegs trifft, hört und sieht er einen gar nicht. Er ernährt sich von Almosen und Spenden. Im Vorübergehen langt er auch mal nach Gartenfrüchten oder einem Brotfladen. Niemand jagt ihn weg oder verbietet es ihm. Und wissen Sie, warum? Weil er ein Gesegneter ist.«

»Wohl eher geistesgestört.«

»Ich bitte Sie, Herr Professor! Gesegnet ist er. Hüten Sie sich, Herr Professor, mit diesen Dingen ist nicht zu spaßen. Hier sind Geister am Werke, wenn sie das hören, werden sie sehr böse.«

»Wirklich?«

»Na, gewiss!«

Ich lächelte vor mich hin. Das also war der Weg des Erzbischofs!

Aziz ereiferte sich: »Wissen Sie, was er damals vor dem Erdbeben gesagt hat? Sie erinnern sich doch an das Beben? An dem Tag spaltete sich die Erde, ganze Wohnhäuser und Geschäfte stürzten ein. Die Menschen schwirrten umher wie die Motten, es ging zu wie in einem Ameisenhaufen. Jeder stieß den anderen beiseite und stürzte davon, um sich vor Gottes Zorn zu retten. Dabei hatte der Derwisch sie gewarnt. Glauben Sie mir, Herr Professor? Bei Gott, einige Tage zuvor warnte er sie. Er bekam einen Anfall, heißt es, und begann wie ein Kleinkind herumzukriechen. Er legte sein Ohr auf den Asphalt und rief den Leuten zu: ›Auf die Berge, ihr Geschöpfe Gottes, auf die Berge!‹ Hören Sie mir zu?«

»Natürlich.«

»Ich dachte, Sie wären eingenickt.«

»Aber nein. Ich höre zu und denke nach. Was passierte dann? Sind die Leute in die Berge geflüchtet?«

»Wären sie doch! Sie lachten nur und sagten mitleidig: ›Der Ärmste, jetzt reiten ihn wieder die Dämonen.‹ Das Unheil brach los, die Erde spaltete sich und schluckte sie mitsamt ihren Gärten und Läden. Alles war mit dickem Staub bedeckt, viele Menschen lagen unter den Trümmern begraben.«

»Was wurde aus dem Derwisch?«

»Er war auf die Kuppel geklettert und schrie immerfort: ›Auf die Berge, ihr Geschöpfe Gottes, auf die Berge!‹ Die Leute stoben auseinander, aber er hockte da oben. Die Erde schluckte alles, nur nicht die Kuppel. Der Derwisch blieb unversehrt. Glauben Sie mir?«

Ich brummte ärgerlich vor mich hin.

»Zweifeln Sie etwa? Ein Gesegneter kennt das Verborgene und durchschaut die Schicksale der Menschen. Der Mönch ist auch so einer. Glauben Sie es?«

Ich knurrte: »Vorwärts, dass wir endlich zu dem Mönch kommen!«

»Wie Sie wünschen, Herr Professor.«

Er schien sehr mit sich zufrieden zu sein. Schließlich brachte er mich auf den rechten Weg.

Die Asphaltstraße wurde schon bald schadhaft und holprig. Doch der Bus fuhr rumpelnd immer weiter. Ich kurbelte das Fenster hoch, um mich vor dem wirbelnden Sand und Staub zu schützen. Endlich langten wir in Khirbe an.

Die Leute starrten, als wollten sie mich mit ihren Augen verschlingen. Ich war ein Fremder, und sie lebten hier am Rande der Welt, auf einem Berggipfel gleich unter dem Himmel, weit entfernt von allen Behörden. Selbstverständlich gab es trotzdem eine Fernsehantenne und einen Telefonanschluss, der den Bürgermeister mit der Polizei und den Vororten von Jerusalem verband. Zum Rathaus bestand allerdings keine Verbindung. Khirbe hatte weder Strom noch Kanalisation und fließendes Wasser. Die einsame Antenne im Gästeraum des Bürgermeisters funktionierte nur, weil Aziz bei jedem Besuch Batterien mitbrachte. Eine Ladung ging, die nächste kam, alles mit dem Bus der Genossenschaft. Diese gehörte zu einem weit verzweigten Netz, das sich über die umliegenden Dörfer und Vororte von Jerusalem erstreckte.

Der Bus stoppte vor der Ambulanz der Genossenschaft, die in einem alten Haus untergebracht war. Eigentlich gehörte es einer Familie, die zur Hälfte ausgewandert war. Die Männer lebten in der Stadt oder arbeiteten in den Siedlungen und in Israel. Jetzt wohnte nur noch Umm Muhammad mit ihren Schwiegertöchtern und einer ganzen Horde Kinder in dem Haus.

Umm Muhammad lugte aus der Tür neben der Ambulanz. »Bringst du die Arznei?«, rief sie Aziz zu. »Hab sie dabei!«, antwortete er eifrig. »Und das Duftwasser?« – »Auch das!« – »Die Zigaretten?« – »Alles mitgebracht!« – »Gut, dann komm herein und trink einen Tee mit deinem Gast.«

Aziz drehte sich augenzwinkernd zu mir um und flüsterte bedeutungsvoll: »Der Buschfunk hat bereits gemeldet, dass Sie hier sind. Jetzt werden Sie was erleben. Das Beste an Khirbe ist nämlich Umm Muhammad. Bei ihr gibts gefüllte Teigtaschen, Hulbatee, Feigen, Käse und knusprige Brotfladen. Gott hat Sie mir gesandt!«

Er trommelte auf seinen Bauch und lächelte mir ermutigend zu, als habe er selbst die Einladung ausgesprochen. Die Frauen und Kinder beobachteten uns neugierig. Ich bemerkte einen kleinen Jungen, der flink wie ein Teufelchen hinten auf den Bus sprang und schnell zwischen den Kisten verschwand. Die anderen standen an den Fenstern und winkten ihm zu. »Los, Taufik! Mach schon!« Aziz schrie: »He, du verflixter Bengel! Komm da runter!« Die Großmutter rief hinter der Tür hervor: »Sakina, schau nach dem Schlingel! Taufik! Sakina!«

Sakina kam herausgerannt, sie trug einen langen Kittel und Gummilatschen. Mit vorgerecktem Bauch und schwankendem Hinterteil stürmte sie auf die Kinder los. Eins schlug sie, das andere bekam Ohrfeigen. Sie zwickte und schubste und zog ihnen die Ohren lang. Die Kinder stoben auseinander wie Hühner, unter die eine wilde Katze eingefallen ist. »Taufik!«, schimpfte sie. »Na, du wirst was erleben!«

Dann wandte sie sich an mich und sagte ganz freundlich, als hätte sie nicht eben gekeift und geschlagen: »Herzlich willkommen! Der Tee ist angesetzt, das Brot bäckt auch schon. Bitte, treten Sie ein. Fühlen Sie sich wie zu Hause.«

Ich lächelte sie an und versuchte heiter zu erscheinen. Aber der Ärger mit den Kindern, der Lärm und Umm Muhammads Neugier erinnerten mich an frühere Zeiten im Dorf und die Geschichte mit Mariam. Waren solche Leute nicht schuld an unserem Unglück? Hatten sie nicht die alte Frau aufgehetzt? Waren sie nicht der Beweggrund für die Brüder gewesen, aus Brasilien zu kommen, um die Schande mit Blut reinzuwaschen? Wäre damals nicht der Krieg ausgebrochen, hätten sie mich längst ins Jenseits befördert. Eine Welt wie ein Gefängnis war das. Dieses Volk blieb begraben unter seiner prähistorischen Erde ...

Ich schlenderte zur Ambulanz, um einen Blick hineinzuwerfen. Nur ein Gehilfe war darin. Im Untersuchungszimmer sah ich eine einfache Pritsche mit weißem Paravent und einen Medikamentenschrank. Ein weiterer Raum war für die Wartenden bestimmt. Wo wurden die Kranken geheilt? Wo kamen die Toten hin? Wie stellte dieser Mönch es an, die Leute hinters Licht zu führen?

Der Gehilfe fragte, was ich wünschte. Ich gab vor, die Toilette zu suchen. Dort wusch ich mir das Gesicht und die Hände, um hellwach zu sein, wenn ich den Mönch und sein Brimborium beobachtete. Doch da kam schon Aziz und meldete mir strahlend: »Frisches Brot, Feigen, Käse und ein Plätzchen unterm Baum – das wiegt die ganze Welt auf.«

Eingezwängt saß ich inmitten der Leute. Ich aß und trank und rülpste höflich. Aziz stieß mich an. »Bitte sehr, Herr Professor, eine Feige aus der Hand der gesegneten Hadscha. Bitte, kosten Sie mal.« Er nahm die Feige aus Umm Muhammads Hand, teilte sie und reichte mir die Hälfte. Als ich sie schälen wollte, rutschte sie mir weg und fiel zu Boden. Die Frauen kicherten wie über einen guten Witz. Die Kinder hörten die Frauen lachen und sahen, was mir passiert war. Erst flüsterten sie miteinander, dann begannen sie laut zu singen: »Schüttle Feigen, Feigenpflücker! Schüttle Feigen, Feigenpflücker!«

Als die Mütter das hübsche Volkslied hörten, lachten sie lauter. Schließlich rief Umm Muhammad dazwischen: »Genug, schämt euch! Bringt den Tee! Fort mit euch, ihr Bälger! Verschwinde, Taufik, du Taugenichts, und du und du auch! Lasst uns in Ruhe miteinander reden.« Sie wandte sich zu mir und begann mich auszuhorchen, was mich nach Khirbe geführt hatte. Hoffentlich kein Leiden, Gott behüte? Vielleicht gar eine Lähmung oder Krebs? Oder saß ein Sohn von mir bei den Juden ein und vermoderte im Gefängnis?

»Etwas in der Art«, sagte ich ausweichend.

Mitfühlend schlug sie die Hände zusammen. »Nichts zu machen! Bei Gott, ich habs geahnt. Sobald ich Sie sah, dachte ich: Der Ärmste, bestimmt hat er Sorgen, weil sein Sohn eingesperrt ist. Muss er lange sitzen? Wie viele Jahre haben sie ihm aufgebrummt?«

Sie wartete meine Antwort nicht ab. Eilig versicherte sie mir, dass ich nicht umsonst gekommen sei. Der Mönch wisse um das Verborgene und heile die Krankheiten. Er fertige Amulette an, die könnten auch einen Zauber brechen und Gefangene befreien. Dann erzählte sie eine wundersame Geschichte, die eigentlich nichts mit dem Mönch zu tun hatte, jedoch in seine Welt der Geisterkräfte genau hineinpasste.

»Hören Sie diese Geschichte. Sie ist wahr, das kann ich beschwören. Eine Vorfahrin meiner Mutter war eine gesegnete Frau, eine Hadscha, die mit den Dämonen auf vertrautem Fuße stand. Nun hatte mein Großvater einen Sohn, den die Türken zur Osmanenzeit in Istanbul gefangen hielten. Bevor sie ihn einsperrten, übte er dort ein hohes Amt aus. Ungefähr zwei Jahre saß er im Gefängnis, dann hieß es, dass er vielleicht gehenkt würde. Mein Großvater hockte da und weinte und jammerte wie eine Frau. Er magerte ab und wurde dünn wie ein Fädchen. Er aß nicht mehr und trank nicht mehr, niemanden wollte er sehen. Großmutter ging zur Hadscha und bat sie: ›Ich flehe dich an, Hadscha, tu ein gutes Werk! Unternimm etwas. Hab Erbarmen mit dem Scheich und mit meinem Sohn.‹ Die Hadscha suchte die Heiligengräber auf und schlief dort vierzig Nächte. Am Wallfahrtsort gab es nämlich deren zwei, in dem einen lag der Heilige, in dem anderen sein Sohn. Die Hadscha schürzte ihr Kleid und kniete sich auf den Heiligen.«

Ich unterbrach sie. »Auf dem Heiligen kniete sie?«, fragte ich ironisch.

Aziz wies mich zurecht: »Sie meint ja sein Grab. Spotten Sie nicht, sonst werden die Geister böse.«

Umm Muhammad verteidigte mich, immerhin war ich ihr Gast: »Nun lass ihn doch. Er spottet ja nicht, er fragt nur. Sie kniete also auf dem Grab und rief: ›Bei der Ehre meiner Ahnen! Du, Freund Gottes, bring uns Hasan zurück!‹«

Ich bemerkte die plötzliche Stille unter dem Feigenbaum und bei der Ambulanz, wo die Kinder spielten. Alle lauschten der Geschichte mit weit aufgerissenen Augen. Einige Kinder lugten hinter den Stämmen zu uns herüber und beobachteten die staunenden Gesichter der Frauen, des Fahrers Aziz und des Gehilfen. Die ehrfürchtige Scheu und Furcht der Erwachsenen übertrug sich auf die Kinder. Selbst ich spürte diese Ehrfurcht, trotz all meiner Zweifel und meines skeptischen Verstands. Sie überflutete mich und rührte den alten Bodensatz in der Tiefe meines Unterbewusstseins wieder auf.

Umm Muhammad sah uns reihum an und fragte: »Wisst ihr, was danach passierte?«

Wir brachten kein Wort hervor, das Schweigen lastete schwer auf uns. Nur das Schnaufen von Aziz war zu vernehmen.

»Also«, fuhr sie fort, »sie lag da zwischen den beiden Gräbern. Um Mitternacht hörte sie ein Geräusch, ein Gemurmel aus der Tiefe. Sie bewegte sich nicht. Jemand sagte: ›Weshalb schläft sie hier? Warum geht sie nicht heim?‹ In der nächsten Nacht wurden die Worte lauter: ›Schläft sie immer noch hier? Warum kehrt sie nicht zurück?‹ In der dritten Nacht begann ein Dröhnen wie von einem Erdbeben. Das Grab erzitterte, Licht brach daraus hervor und erhellte die Dunkelheit. Die Stimme rief: ›Erhebe dich, brave Frau, und begib dich nach Hause!‹ Doch sie blieb liegen und rührte sich nicht von der Stelle. Vierzig Nächte hielt sie dort aus. In der letzten Nacht verkündete die Stimme: ›Hadscha! Geh heim, wir bringen Hasan zurück!‹ Sie regte sich nicht. Der Zweite meinte: ›Die ist aber hartnäckig!‹ Dann holte er Hasan herbei. Die Dunkelheit wich, und sie erblickte Hasan, wie er leibte und lebte. ›Hadscha‹, sagte er, ›richte meinem Vater aus, dass ich morgen komme.‹ Da ging sie hin und sprach: ›Hasan wird entlassen. Heute Mittag zum Gebet habt ihr ihn wieder.‹ Sie setzten sich hin und warteten auf den Gebetsruf. Als der Muezzin rief, trat Hasan in Fleisch und Blut wahrhaftig bei ihnen ein. Na, was sagt ihr nun?«

Ringsum herrschte tiefes Schweigen. Wenn sich ein Kind bewegte, zischten sie: »Pst!« Reglos saßen sie da, in ihrer Fantasie sahen sie das Heiligengrab und die Hadscha, die ihr Kleid schürzte und flehend auf dem Grab kniete. »Bei der Ehre meiner Ahnen! Du, Freund Gottes, bring Hasan zurück!«

Umm Muhammad berührte meine Hand. »Mit Gottes Hilfe wird auch Ihr Sohn heimkehren. Gehen Sie zu dem Mönch und vertrauen Sie sich ihm an. Er wird ein gutes Wort für Sie einlegen.«

Der Raum war überfüllt. Von überall her, aus Khirbe und anderen Dörfern, waren die Leute gekommen. Kranke,

Frauen, die nicht stillen konnten oder deren Ehemänner neu verheiratet und emigriert waren, und sitzen gebliebene Mädchen. Der Mönch hinter der Tür hatte mit seiner Arbeit bereits begonnen. Die Wartenden schwiegen, ängstlich und ehrfürchtig wegen der waltenden Geister. Niemand konnte wissen, ob sie nicht gerade vorbeiliefen oder umherschwebten. Denn wenn ein Gesegneter sie rief, dann erwachten sie und kümmerten sich um die Hilfesuchenden.

Eine Frau flüsterte mit ihrer Nachbarin: »Was hat er dir gesagt?«

»Er sagte, gegen Krebs hilft nur der Glaube«, antwortete sie ergeben. »Glaubt man fest genug an die Heilung, so wird man gesund mit Gottes Hilfe. Ist denn dein Vater genesen?«

Die andere schlug die flachen Hände leicht auf ihre Knie. »Leider nicht«, meinte sie traurig. »Aber sein Zustand hat sich schon geändert.«

»Also geht es ihm besser?«

»Viel besser.«

Unwillkürlich fragte ich dazwischen: »Und die Behandlungskosten?«

Verwundert und geringschätzig fuhren sie zu mir herum.

»Tut mir Leid«, entschuldigte ich mich, »doch es heißt ja: Der Bedürftige gehorcht zuerst der Not.«

Die beiden Frauen musterten mich und meine Kleidung. Wie ein Bedürftiger sah ich ja nicht gerade aus. »Mein Sohn ist bei den Juden im Gefängnis«, erklärte ich rasch.

Sofort änderten sich ihre Blicke. »Gott helfe Ihnen!«,

rief die eine Frau herzlich. »Hoffentlich kehrt er gesund zu Ihnen zurück.« Die andere sagte mitfühlend: »Gott steh Ihnen bei. Sie müssen nur glauben und vertrauen. Bitten Sie den Mönch, dass er Ihnen ein Amulett schreibt.«

»Aber die Kosten?«

Die Erste machte eine unbestimmte Handbewegung. »Was weiß ich? Jeder zahlt anders, was er eben vermag.« Sie war genauso neugierig wie ich. »Was wollten Sie ihm denn geben?«

Ich überlegte einen Moment, dann sagte ich ungewiss, um mehr Informationen zu erhalten: »Was er verlangt.«

»Er verlangt gar nichts«, erklärte sie entschieden. »Man spendet freiwillig. Einen Schekel oder hundert, so viel man aufbringt. Wenn Sie von ihm weggehen, ist Ihnen, so Gott will, leicht und frei ums Herz. Manche Leute sagen, sie seien geflogen.«

So lief das hier! Er profitierte von der Unwissenheit der Leute. Er nutzte die armen Bauern aus und schmarotzte vom Unglück der Bedürftigen. Einer war krank, der Nächste eingesperrt, die Dritte kinderlos. Er betäubte sie mit seinem Opium. Aber wenn man ihn verhörte, würde er behaupten, er verrichte ein gottgefälliges Werk. Und sie waren nur zu gern bereit, sich ausbeuten zu lassen. So wurden wir, von klein auf, abgerichtet. So wuchsen wir auf, so wuchsen unsere Schmerzen und Niederlagen. Das sollte der richtige Weg sein?

Es war bereits Nachmittag, als ich bei ihm eintrat. Er stand neben dem Schreibtisch, vor sich einen Stapel Papiere und Hefte. Er sah nicht nach einem Mönch mit

Zaubertricks aus. Wie betrog er die Leute? Er war kein Pater, auch kein Priester oder Mönch. Mit seinem langen braunen Ärmelgewand, dem Strick um die Taille und den Sandalen an den Füßen glich er eher einem Buddhisten. Wäre sein Kopf in der Mitte rasiert gewesen, hätte ich ihn für einen Franziskanermönch gehalten. Aber sein Haar war üppig und recht lang, das sprach dagegen. Ich schätzte ihn nicht viel älter als dreißig.

Er kam mir entgegen. »Mein Name ist Michel«, sagte er freundlich. »Bitte, nimm Platz. Wie kann ich dir helfen?«

Ich setzte mich nicht. Ich stand da und wusste nicht, wo beginnen. Sollte ich ihn anfahren? Du bist ein Betrüger! Deine Geistermärchen sind Opium für das Volk. Mit deinem Simsalabim führst du uns in die Niederlage. Doch seine Augen, seine Miene und seine ruhige Stimme hielten mich davon ab. Aufgeblasen wie ein Ballon war ich hereingekommen, jetzt ging mir die Luft aus. Ich war noch zornig, aber auch voller Zweifel und trauriger Bitterkeit. Es überstieg meine Kräfte. Unfassbar, dass wir so tief sinken konnten. Wie viele Kämpfe hatten wir im Exil für das Volk und die Revolution ausgefochten, wie viele Mitstreiter verloren. Und bei der Heimkehr finden wir solche Scharlatane, die unsere Menschen zurück in die Vergangenheit führen, in die dunkle Höhle! Nein, ich würde nicht schweigen. Allerdings, diese Augen und diese Gelassenheit … Der hatte vielleicht Nerven!

»Du scheinst angespannt und nervös«, sagte er ruhig. »Setz dich doch.« Er griff nach meinem Arm und drückte mich auf einen alten Korbstuhl, der mitten im Zimmer stand. Einige Sekunden sah er mir gerade in die Augen, dann raunte er beschwörend: »Schon gut, schon gut. Gleich entdecken wir, was dich quält. Entspanne dich, sorge dich nicht. Alles wird gut.«

»Also Hypnose?«, fragte ich unsicher.

Ohne den Versuch, es zu bestreiten, antwortete er: »Wenn wir sie brauchen ... Aber zuerst einmal Energie.«

Verkrampft rief ich: »Was denn für eine Energie?«

Er rückte ein wenig von mir ab. Mit kühler Sicherheit konterte er: »Ich sagte nur Energie, nichts anderes.« Nachdenklich sah er mich an, dann lächelte er. »Aha, ich verstehe! Du hast gehört, was die Leute vom Brechen eines Zaubers und von Seelenbeschwörung erzählen.« Er ging zum Schreibtisch, nahm ein englisches Buch und schwenkte es. »Hier geht es um ›meditation‹ und ›medication‹«, sagte er, »also um die Energie des Menschen, um seine Fähigkeiten und verborgenen Kräfte.«

»Du meinst wohl eher den Messias und seine Fähigkeiten?«, fragte ich ironisch.

Er ließ sich nicht aus der Ruhe bringen. »Es gibt durchaus Hinweise, dass der Messias sich der Energie bediente, als er Tote wiederbelebte, Kranke heilte oder Brot vervielfachte. Genau wissen wir es nicht, aber alle Anzeichen deuten auf eine Bündelung von Energie. Der Messias war seiner Zeit, ja unserer Zeit, weit voraus. Er hatte erkannt, welche Kräfte der Mensch in seinem Innern speichert. Weißt du, dass der Mensch lediglich zwanzig Prozent seiner Fähigkeiten anwendet? Der Rest bleibt ungenutzt und liegt brach. Ich führe den Menschen Energie zu. Ich reiße an der Schnur und lasse sie frei. Ich verstärke ihre Kapazität. Ich bündle ihre ungenutzten Ladungen zu einer

Lichtbombe. Wenn sie explodiert, erhellt der Schein das ganze Universum. Der Glanz breitet sich weithin aus, und wir sind aller Ketten ledig.«

»Welche Ketten? Was soll das?«

»Die Ketten des Körpers und der Seele, die Ketten der Religion und der Nationalität. Sogar die Juden sind dann keine Juden mehr, es gibt keine Besatzer, keine Auserwählten oder Minderwertigen. Gemeinsam kommen wir frei von unseren Fesseln. Wir überwinden die nationalen und religiösen Unterschiede.«

Ich sprang auf. »Was redest du da? Bist du denn kein Mönch? Was hast du für eine Religion?«

»Ist das wichtig, wer ich bin und woran ich glaube?«, fragte er bedächtig.

»Und dieses Gewand, das du trägst?«

»Nur eine Äußerlichkeit.«

»Der Glaube der Mönche?«

»Ein fruchtbarer Boden, auf dem alles Mögliche gedeiht. Ich gehöre nicht zu ihnen, ich gehöre ihnen nicht.«

»Wem gehörst du dann?«

»Den Menschen.«

»Was ist mit Gott?«

»Er gehört den Menschen.«

»Wie kann ich ihn finden und erreichen?«

»Durch Energie. Konzentriere dich auf dein Inneres, dort findest du Gott. Willst du meine Hilfe? Ich bin bereit. Probieren wir es. Es geht ganz einfach, wir werden uns tief versenken.«

Ich stand auf und wich vor ihm zurück. »Was hast du vor? Willst du mich aus der Fassung bringen?«

»Ich will deine Verkrustungen aufbrechen und in die

Tiefe vordringen. Lass es mich versuchen, vielleicht antwortest du. Ich werde deine Leiden und Schmerzen erkennen. Du wirst mit mir zur Wahrheit gelangen und in Harmonie mit dir und den Menschen sein.«

»Ich brauche das nicht!«, schrie ich wütend.

Er hob die Hände. »Bitte sehr, ganz wie du willst.« Er wurde sich des scharfen Untertons bewusst und besänftigte: »Tut mir Leid. Ich möchte nur, dass du entspannt und ausgeglichen bist. Komm, wann immer du willst, ich warte auf dich. Wenn du mich brauchst, findest du mich hier. Ich helfe dir gern.«

Damit verstummte er. Auch ich schwieg, weder bedankte noch entschuldigte ich mich. Ich beschimpfte ihn nicht als Scharlatan oder Taschenspieler. All mein Groll verblasste und löste sich in Nichts auf. Ich wusste nicht mehr, was richtig und falsch, was logisch und absurd war. Vollkommen verunsichert, begann ich mich zu fragen: Ist er wirklich ein Scharlatan und Taschenspieler? Er hat mich nicht angelogen und nichts bemäntelt. Er behauptete keineswegs, übersinnliche Kräfte zu besitzen. Kein Wort von Geistern oder Ahnen. Nicht einmal auf Gott berief er sich. Nur von Energie hatte er gesprochen, vom Menschen und von Fähigkeiten, die tief in jedem Einzelnen verborgen lagen. Redete so ein Schwindler? Das sollte Gaunerei sein? War das der Weg, den der Erzbischof meinte?

Plötzlich wurden meine Überlegungen jäh unterbrochen. Von draußen hörten wir Kindergeschrei und einen lauten Aufprall. Augenblicke später kreischten und jammerten die Frauen. Bei Umm Muhammad schlug die Tür zu. Der

Mönch lauschte, dann rannte er los, ich hinterdrein. In der engen Straße hatte es einen Unfall gegeben. Der Genossenschaftsbus war an den Rand einer tiefen Schlucht gerollt. Der Hang führte steil hinab zu einem ausgetrockneten Flussbett. Nur ein Felsbrocken und die Äste einer alten, mächtigen Eiche bewahrten den Bus vor dem Absturz. Hinter dem Lenkrad saß Taufik, Sakinas Sohn. Sakina schrie wie verrückt vor Angst und ohrfeigte sich jammernd. Ihre Schwiegermutter Umm Muhammad schlug die Hände zusammen und beschwor Gottes Macht und Stärke.

»Oh weh, du Ärmste!«, rief sie Sakina zu. »Dein Sohn ist verloren.«

Sakina begann noch lauter zu schreien, Hilfe suchend blickte sie die Umstehenden an. Doch alle schüttelten fassungslos den Kopf. Je mehr Zuschauer kamen, umso verzweifelter klagten Umm Muhammad und ihre Schwiegertochter.

»Wieso lässt du ihn im Bus herumspielen?«, schrie Umm Muhammad.

Sakina antwortete: »Ich habs ihm weiß Gott nicht erlaubt! Er ist mir ausgerissen!« Sie packte einen kleinen Jungen im Alter ihres Sohnes, zog ihn an den Haaren und schüttelte ihn, damit er es bestätigte. »Said, sag es! Ich habs nicht zugelassen! Ich doch nicht!« Der Junge wand sich hin und her, um ihr zu entkommen. Er stieß sie mit Füßen und versetzte ihr schmerzhafte Tritte. Aber sie hielt ihn fest und wiederholte: »Ich hätte das erlaubt?«

Danach hörte ich, wie eine Frau hinter vorgehaltener Hand einer anderen zuraunte: »Heute ist es aus mit ihr.

Die Ärmste! Er wird sie bestimmt verstoßen.« Ich fuhr zusammen und schrie die beiden an, als seien sie dafür verantwortlich, was mit Sakina geschehen würde: »Warum sollte er sie verstoßen? Was hat sie denn verbrochen?« Sie starrten mich feindselig an und wandten sich geringschätzig von mir ab. »Das ist der mit dem eingesperrten Sohn«, sagte die eine. »Wenn schon!«, ereiferte sich die andere. »Muss er sich einmischen? Was geht ihn das an?«

Ich drehte mich um und sah den Mönch, der in den Ästen herumkletterte, um zum Bus zu gelangen. Er hatte sein Gewand verknotet, sodass seine nackten weißen Beine zum Vorschein kamen. Nur seine Gummisandalen verhinderten, dass er abrutschte. Mein Herz, mein armes Herz! Seine Schläge gerieten aus dem Takt, der Schweiß rann mir von der Stirn und aus allen Poren. Ich setzte mich auf den nächsten Felsbrocken und verfolgte die Szene mit rasendem Herzklopfen. War es Angst? War es Traurigkeit? Oder Wut?

Ich beobachtete, wie er den Strick um seine Taille zu einem Lasso band und die Autotür aufklinkte. Endlich bekam er Taufik zu fassen. Ich sah noch, dass er den Jungen wie einen kleinen, zerzausten Vogel auf den Arm nahm. Als er ihn vom Rand des Abgrunds der Menschenmenge zuwarf, fiel ich in Ohnmacht.

Ich erwachte im Gästezimmer, er saß neben mir auf dem Boden. Ich bemerkte einen Fernseher mit Antenne, einige Matten und Polster, arabische Kaffeekannen und Thermosflaschen für den Tee. Kaum schlug ich die Augen auf, sagte er leise: »Nur ein kleiner Schwächeanfall. Ruh dich aus.« Ich blieb liegen und sah mich um. An der Wand hing ein Poster mit der Aksa-Moschee und das Foto des Bürgermeisters. Durch die offene Tür konnte ich die Dachterrasse und den Schatten eines Wacholderbaums erkennen. Ich setzte mich auf, um hinauszuschauen. Der Himmel war klar, die Luft wehte mild. Eine leichte Brise fächelte herein und verwandelte den Raum in ein Schiff, wir waren die Passagiere. Aus der Ferne drang der appetitliche Duft von frisch gebackenem Brot zu uns. Mir lief das Wasser im Munde zusammen, das Herz ging mir auf, und plötzlich atmete ich wieder die Luft der Heimat, spürte ich ihre Seele, ihre Menschen. Ach, die dichten Zweige des Wacholders, das Aroma der Zypressen, der diamantblaue Himmel! Der Frühling bricht unser Innerstes auf wie Mandelblüten. Das ist sie, die Heimat, die wir immer ersehnt hatten.

Ich drehte mich zu ihm um. »Sag mir, wer bist du?«

Er lächelte mich an. »Interessiert dich das wirklich?« Er saß wie ich auf der Erde, den Kopf an die Wand gelehnt, und schaute zur Tür hinaus, wo die Zypressen und der Wacholder tiefdunkel gegen das klare Himmelsblau abstachen. Er ähnelte jemandem, sein Gesicht schien mir vertraut. Irgendwie glich er meinem Onkel, ich wollte es jedenfalls glauben.

»Ich bin als Waise in einem Kloster aufgewachsen«, sagte er. »Lange habe ich vergeblich nach meiner Herkunft geforscht, bis ich schließlich mich selbst entdeckte und auf mich allein baute. Alles habe ich ausprobiert – Kunst, Religion, Philosophie, Theologie. Aber erst im Reiki fand ich zu mir. Ringsum sah ich die Menschen im Blut waten – Araber, Juden, Armenier, Tscherkessen –, unterschiedliche Gemeinschaften und Völker und doch mit ähnlichen Überlieferungen. Überall Gemetzel und Massaker im Namen der Religion und der Nationalität. Ich sah, was den Armeniern geschah und den Tscherkessen, dann den Arabern und den Juden. Das Seltsamste an der Sache ist, dass die Geschichte sich immer wieder umkehrt. Heute bist du Täter, morgen Opfer. Verblüffend ist das, unbegreiflich. Ich suche in diesem unendlichen Universum, ich lese, meditiere und versenke mich und fühle dennoch eine tödliche Kälte. Ich liebe niemanden auf der Welt, und keine Menschenseele fragt nach mir. Sobald du dieses Gewand anzieht, vergisst du dich selbst, und die Leute vergessen dich. Du bist nichts und zugleich alles. Verstehst du?«

Schweigend und ruhig hörte ich ihm zu, hingegeben dem Schattengewölk des Wacholders und dem glänzenden blauen Himmel im Sommerwind.

»Hast du jemanden von deiner Familie gefunden?«, fragte ich traurig.

Lächelnd sah er mich an. »Was interessiert das noch? Als kleiner Junge war mir die Frage nach meinen Eltern das Allerwichtigste. Ich sehnte mich so sehr nach ihnen. Später stellte ich Fragen, die weit über meine Nächsten und mich hinausreichten. Auch du suchst nach irgendetwas.«

»Wonach denn?«

»Du suchst eine Liebe, die du verloren hast. Als ginge es in der Liebe nur um eine Frau!«

»Worum sonst?«

»Du wirst es erfahren.«

»Wann werde ich es wissen?«

Er öffnete die Hände. »Das liegt ganz bei dir«, antwortete er kühl.

Er redete in Rätseln. Gar nichts wusste er! Er machte ein paar Anspielungen und wartete, dass ich sie deutete – die Masche aller Wahrsager, egal, ob sie mit Magneten oder Mandelöl hantierten, in den Spiegel starrten, Muscheln warfen oder aus dem Kaffeesatz lasen.

Er ging zur Thermosflasche und goss Tee ein. Er füllte zwei Gläser und reichte mir eins. Danach setzte er sich neben die Tür und schaute in die Ferne. Er hatte eine helle Haut, und in seinen honigbraunen Augen lag ein grüner Schimmer. Traurig blickten sie drein, genauso melancholisch wie die meines Onkels, des Künstlers. Jedenfalls wollte ich es glauben.

Ich redete ihn wieder an, versuchte ihn auszuhorchen: »Ein junger Mann wie du würde wohl eine Frau finden, die ihn nimmt.«

Er lächelte duldsam. »Was meinst du damit? Meine Suche gilt etwas anderem. Was willst du noch wissen?«

»Wie und wovon du lebst und was du arbeitest.«

»Ich male. Ich verziere Ikonen und schnitze Heiligenfiguren. Ich behandle die Leute mit Reiki.«

»Ein Künstler also.«

»Und ein Geistlicher.«

»Verdienst du viel mit deiner Arbeit?«

»Ist das wichtig?«

»Natürlich!«, sagte ich schnell.

Wortlos lächelnd sah er mich an. Ich dachte daran, wie ich in seinem Alter gewesen war, wie ich mit meinem Vater gestritten hatte. Ich erinnerte mich an Mariam und das Hostel. Alles erwachte wieder, Mariam und meine

Jugend. Wäre ich nur nicht ausgewandert! Hätte ich mich nicht aus den Staube gemacht! Vielleicht besäße ich dann etwas, woran ich mich festhalten konnte! Woran ich glauben konnte!

Am Abend, nachdem die Honoratioren von Khirbe ein großes Tablett Mansaf geleert hatten, berieten sie, wie der Bus geborgen werden sollte. Er hing noch immer am Rande des Abgrunds zwischen der Eiche und dem Felsbrocken. Der Bürgermeister erklärte, dass sie nun keinen Fernsehempfang mehr hätten, weil die Batterien im Bus lagen. Ohne Fernsehen war der Gästeraum verwaist. Keine Nachrichten, keine Serien. Gerade die Serien waren aber sehr wichtig, vielleicht sogar wichtiger als die Nachrichten. Denn was meldeten die schon? Es war doch jedes Mal das gleiche Elend. Sie kannten das alles auswendig. Krieg und Zerstörung in Sudan. Krieg und Zerstörung in Afghanistan. Krieg und Zerstörung in Somalia. Vor Griechenland lief ein Schiff auf Grund. Alles längst bekannt, es schlug einem auf den Magen. Dagegen eine Serie! Sie zeigte, wie es sich in einem prächtigen Palast lebte. Da gab es einen Gartenpark mit Teich und zuckersüße Mädchen oder mädchenhafte junge Männer.

Jemand in der Runde fragte wissbegierig, ob es denn stimme, dass manche Ausländer sich wie Frauen benähmen, und ob es bei uns in Jerusalem auch solche Männer gebe. Ich antwortete, die Frauen seien im Leben das Beste und ein Segen.

»Das Beste und ein Segen?«

Alle redeten durcheinander. Die Bergung des Busses war vergessen. Das Gespräch drehte sich nur noch um die

Frauen. Einer rief mit lauter, bebender Stimme wie in einen Lautsprecher: »Bei Gott, die Frauen sind der größte Fluch! Sie besitzen weder Verstand noch Verständnis. Sie haben keine Religion. Wenn Gott uns zürnt, schickt er uns ein Mädchen. Am besten, man begräbt es und ist die Sorge los.« Ein anderer klagte tief betrübt: »Nichts als Kummer hat man mit ihnen. Fünf Töchter, Freunde! Warum, was habe ich verbrochen? Ich bete und faste, ich lebe gottesfürchtig. Dieses Jahr bin ich gepilgert. Während der ganzen Pilgerfahrt habe ich zu Gott gefleht. Doch bei meiner Rückkehr empfing man mich mit einem Geleit und der Unglücksbotschaft. ›Gratulation!‹, riefen sie.‹ ›Du hast eine Tochter!‹ Fünf Mädchen, ihr guten Freunde. Erklärt mir, was ich tun soll.«

Jemand sagte, ohne zu zögern: »Heirate nochmals!«

»Wie denn?«, jammerte der andere. »Alles, was ich besaß, ist für die Pilgerfahrt draufgegangen.«

Ich stieß Michel an und zischte: »Was ist nun mit dem Bus? Erinnere sie daran!«

Er rührte sich nicht und lauschte ihnen mit größter Aufmerksamkeit, als erörterten sie tief schürfende philosophische Probleme.

Nicht weit von mir meinte jemand: »Der Ärmste! Seine Frau bringt nur Töchter zur Welt. Ihr müsst eine Lösung für ihn finden. Unternehmt etwas!«

Er neigte sich zu Michel und flüsterte ihm etwas ins Ohr. Ich sah Michel geduldig lächelnd nicken. Dann murmelte er einige Worte, die ich nicht verstehen konnte. Was hatte er gesagt? Weshalb lächelte Michel, statt ihn zu beschimpfen? Stimmte er zu? Wollte er die Energie anwenden? Wollte er sie wirklich mithilfe der Energie schwängern?

Ich wurde unruhig. »Was hat er gesagt?«, fragte ich leise.

Kopfschüttelnd musterte er mich wie einen ungezogenen Jungen. Es erboste mich. Warum wollte er mir nicht mitteilen, was er dachte? Weshalb schloss er mich aus?

Ich hörte zu, wie die Männer von ihren Problemen sprachen. Manchmal redeten sie hasserfüllt, manchmal erbittert, dann wieder töricht und naiv. Ich fühlte mich unbeschreiblich fremd. Nichts verband mich mit dieser Welt. Ich hätte ebenso gut in Senegal, Bengalen oder am Amazonas sein können. War es möglich, dass von hier die Befreiung ausging? Hier sollten die internationalen, weltumspannenden Ideen der Befreiungsbewegungen und des Kampfes um Gerechtigkeit umgesetzt werden? Sie waren nicht einmal im Stande, einen kleinen Bus am Rande eines Abgrundes zu bergen. Stattdessen palaverten sie von Mädchen und Frauen. In mir kochte es, unversehens platzte mir die Geduld. »Ihr Leute! Was ist denn nun mit dem Bus!«

Sie fuhren zu mir herum, doch nur kurz, dann schwatzten sie in Grüppchen weiter. Der eine redete vom Ölpreis, der andere über Schekel und Dinar. Der Jammerer von vorhin klagte noch immer über seine Sorgen mit den vielen Töchtern.

Ärgerlich erhob ich mich von der Matratze und rettete mich aus meinen Grübeleien aufs Dach, um frische Luft zu schöpfen. Plötzlich hörte ich eine Frau durch die Nacht schreien: »Bitte nicht! Um Gottes willen!« Es überrieselte mich, denn gleichzeitig waren Schläge und Wehklagen zu vernehmen. In der Ferne heulte ein streunender Hund wie eine Eule. Sofort dachte ich an Sakina, ihren Mann und ihren Sohn Taufik. Besorgt kehrte ich um und rief ihnen von der Türschwelle zu: »Ihr guten Leute, da schreit jemand!«

Einer lachte. »Bestimmt kriegt Sakina eine Tracht Prügel«, meinte er leichthin. »Wenn er sie bloß nicht verstößt.«

»Scheidung und Prügel?«, rief ich empört.

Sie starrten mich erstaunt an. So viel Aufregung und eine so laute Stimme hatten sie von mir nicht erwartet.

»Setzen Sie sich doch, mein Lieber«, beschwichtigte mich der Bürgermeister. »Beruhigen Sie sich. Bringt den Tee, holt Kaffee. Es war heute alles ein bisschen zu viel.«

Ich ging zu ihm und versuchte mich zusammenzunehmen. »Sakina wird zu Unrecht beschuldigt, Herr Bürgermeister«, sagte ich höflich. »Sie war in der Küche.«

Jemand murmelte: »Was wissen wir denn, ob Sakina in der Küche oder bei der Nachbarin war?«

»Sie hat bei den Nachbarn herumgesessen und nicht auf den Jungen geachtet«, brummte ein anderer. »Weiber. So treiben sies. Machen lauter Blödsinn, und wir haben es auszubaden.«

»Aber Sakina hat nichts getan«, beteuerte ich gereizt. »Ich war dabei, und Michel auch.«

Unterstützung heischend, sah ich Michel an. Doch er schwieg. Ich sah Sakina vor mir, wie sie uns am Morgen empfangen hatte, wie sie mit vorgerecktem Bauch und schwerem Gesäß unter dem weiten Kittel in ihren Gummilatschen herausgerannt kam. Sie tat mir Leid.

»Komm, setz dich«, flüsterte Michel. »Du bist erschöpft.«

Doch ich wollte mich nicht setzen. Ich hatte erwartet, dass er sofort aufspringen und zu Sakina eilen würde, um sie zu retten. Er aber rührte sich nicht vom Fleck, wies nur auf die Matratze, wo ich zuvor gesessen hatte, und sagte freundlich: »Nun setz dich schon, du bist müde.«

Ich lehnte noch immer an der Tür und versuchte Fassung zu bewahren. »Sakina ist unschuldig«, beharrte ich. »Ich bin Zeuge. Sakina war in der Küche.«

Einer raunte: »Er ist aus Jerusalem und hat keine Ahnung. Die Jerusalemer Frauen sind sanft wie Milchrahm, und wir müssen mit den hartgesottenen wie Sakina auskommen.«

Alle lachten. Wieder schrie die Stimme durch die Nacht: »Um Gottes willen!«

Der Bürgermeister beobachtete mich. »Denken Sie an Ihre Gesundheit«, riet er fürsorglich. »Warum stehen Sie? Nehmen Sie Platz und kümmern Sie sich nicht darum. Sakina ist ganz zufrieden mit ihrem Leben. Außerdem, was wissen wir denn, ob es Sakina oder eine andere ist? Alle Frauen kreischen, mein Lieber, dauernd haben sie etwas zu keifen. Sollen wir jedes Mal, wenn wir eine schreien hören, hinlaufen und sie bloßstellen? Angenommen, es wäre Sakina. Wenn Sie sich da einmischen – Gott bewahre! –, fährt sie womöglich auf Sie los und verwünscht Sie: ›Verschwinden Sie‹, sagt sie, ›was fällt Ihnen ein? Er ist mein Mann, und das ist mein Heim. Was geht Sie das an?‹«

»Nein, das ist nicht möglich«, erwiderte ich leise.

»Oh doch!«, riefen sie durcheinander. »So ist das!«

Ich drehte mich zu Michel um und fragte wütend: »Ist das möglich?«

Mit gesenktem Blick wiegte er den Kopf und antwortete nicht. Ich schlug die Tür hinter mir zu und ging hinaus in die Nacht, zu den gespenstischen Zypressen, wo zwischen Hundegebell und Eulengekrächz eine Frau um Hilfe schrie.

Die Ellbogen auf einen Mauerrand gestützt, betrachtete ich die Dorfhäuser und den schwachen Dämmerschein, der zwischen den Wacholderzweigen und Zypressenstämmen hervordrang.

Hier gab es kein Licht, kein Wasser, kein Geld. Es fehlte sogar an Arbeitshänden, die etwas aufbauen konnten. Wie sollte man da eine Nation bilden? Mich befiel tiefe Hoffnungslosigkeit, wenn ich meine Situation und die des Volkes bedachte. Persönliches und Allgemeines überlagerten sich. Ich wusste nicht mehr, was Vorrang hatte – der Einzelne oder das Gemeinwesen. Was war wichtiger? Was prägte stärker – Erziehung oder Milieu, Mentalität oder Gesellschaft? Früher sagten wir: Die Veränderung des großen Ganzen führt zum Wandel des Individuums. Dafür lebten und starben wir. Es war unsere Überzeugung, ja unser Kredo. Doch es funktionierte nicht, weder das große Ganze noch das Individuum. Erst waren wir verbittert. Dann sagten wir: Aufklärung und Bildung braucht es vor allem anderen. Jahrelang haben wir diesen Weg verfolgt. Aber wohin führte er uns? Ach, du unglückseliges Land! Revolution und Veränderung waren schon lange kein Thema mehr, das hatten wir bereits ausprobiert und waren gescheitert. Jetzt begannen wir wieder ganz von vorn und tasteten uns in tiefer Dunkelheit voran. Die Worte des Bürgermeisters gingen mir nicht aus dem Kopf: »Wenn Sie sich da einmischen, fährt sie womöglich auf Sie los. ›Verschwinden Sie‹, wird sie sagen, ›was geht Sie das an?‹«

Ich hörte den Tritt von Sandalen, wandte mich jedoch nicht um.

Er berührte meine Schulter. »Denkst du immer noch an Sakina?«, fragte er sanft.

Und nach einer Weile: »Dürfen wir uns aufdrängen? Wenn Sakina keine Hilfe will, können wir sie ihr aufzwingen?«

Mir drehte sich der Kopf. »Keine Ahnung«, erwiderte ich ratlos.

In den Läden gab es noch keine Kunden. Auf der schadhaften Asphaltstraße, die uns gestern hergeführt hatte, waren keine Passanten zu sehen. So früh am Morgen lag das Dorf verlassen und menschenleer. Unter meinen Schuhen knirschten die Steine, als mahlten sie Glassplitter. Die Händler riefen mir hinterher, zudringlich und begierig verfolgten mich ihre Blicke, sodass ich mich doppelt fremd fühlte. Um mit mir allein zu sein, schlenderte ich zu einer einsamen Anhöhe. Als ich um die Biegung trat, sah ich die Berge vor mir liegen. Glatt und blau, halbseitig vom Licht beschienen, wölbten sich ihre Bäuche im Morgennebel. Die Farbe des offenen Landes stimmte mich traurig, alles wirkte dürr und trocken. Im Hochsommer zeigten selbst die Ölbäume kein frisches Grün mehr, staubgrau welkten ihre Blätter und Triebe. Wo war das Grün geblieben? Es gab Probleme mit dem Wasser, Probleme mit dem Anbau. Ein Boden, den die Hitze verbrannte und der Krieg zerfleischte, bringt keinen Bissen Brot hervor. Es war auch nicht der übliche Krieg, die gewohnte Okkupation. Das war Kolonisierung. Jeder Wohlstand, jedes Gedeihen wurde diesem heiß umstrittenen Fleckchen Erde verwehrt. Die Besiedlung grassierte gleich einer Pockenseuche und besprenkelte den Leib des Berges mit Fertigteilhäusern. Dicht an dicht schossen sie wie Ausschlag aus dem Boden. Die Bauern verdingten sich drüben aus Armut und trotz aller Bedenken als Tagelöhner und Bauarbeiter. Ihre Dörfer verödeten. Von morgens bis abends waren die jungen Männer fort. Die Frauen blieben ohne Hilfe zurück. Ihnen standen nur die Tiere und eine große Schar Kinder zur Verfügung. Die Alten konnte man nicht gut zur Arbeit einspannen. Wie sollte Khirbe da aufgebaut werden?

Frustriert und verloren ging ich über diesen Boden, der mich lieblos ertrug. Ziellos tappte ich wie über morastigen Grund. Als ich nach Jerusalem zurückgekehrt war, versuchte ich etwas zu finden, woran ich mich halten konnte. Doch ich fühlte nur Einsamkeit und Trauer um das Gestern. Die Erinnerung an Mariam holte mich ein. Die Sorgen von Jerusalem holten mich ein. In einer Welt, die mir fremd war, blieb mir nichts als das innere Exil. Wie anders war früher alles gewesen! Die Literatur war das Licht meines Lebens, das ganze Universum sah ich mit ihren Augen. Ich liebte, hasste, revoltierte, rebellierte. Ich verwarf mein beengtes Leben. Meiner Seele wuchsen Flügel, und ich durchstieß die Schleier des Verborgenen. Ich erkannte die Schönheit und betete sie an. Ich spürte meinen rasenden Puls. Willenlos wie ein taumelnder Falter warf ich mich ins Licht und verbrannte. Was hatte diese Glut gelöscht? Waren es die Jahre? War es das Exil? Oder die Einsamkeit? Waren es die fortwährenden Niederlagen? Oder bin ich einfach ein alter Mann, der versäumt hat, die Früchte des Sommers zu pflücken? Wie sehr wünsche ich mir jetzt ein Heim oder ein Kind, egal ob Junge oder Mädchen, irgendetwas, was mein Fühlen und Denken fesselt wie ein neues Buch, ein neuer Gedanke, eine neue Sicht! Etwas, was mich von mir ablenkt und nach außen kehrt!

Ich wollte endlich schlafen, es zog mich in mein Bett, wo ich mich unter den Kissen und Decken vor der Welt verkriechen konnte. Mein Zimmer erschien mir als ein Refugium des Glücks, ein warmer, schützender Kokon. Schlafen ist etwas Schönes. Das einzig Schöne, was mir auf dieser Welt geblieben ist.

Mit matten Schritten schleppte ich mich zur Ambulanz. Es war noch früh am Morgen, aber die Müdigkeit lastete auf mir wie ein gewaltiger Vogel, der mit seinen Schwingen meine Sinne überschattete. Ich sah alles grau in grau – blasse, verschwimmende Phantome und schemenhafte Bäume.

Als ich die Tür aufstieß, vernahm ich hinter der Wand bitteres Weinen. Eine Frau klagte und schluchzte, und Michel sagte: »Konzentriere dich, konzentrier dich mit mir.« Doch die Frau rief heftig: »Ich will sterben, ich muss sterben. Gib mir Gift. Oder gib mir eine Arznei.« Dann ein Aufschrei, so laut, dass die Fensterscheiben klirrten. Plötzlich wurde ich hellwach, meine Müdigkeit verflog. Die Stimme drang tief in mich ein. Sie schmerzte, sie zerriss mich. Minutenlang weinte und jammerte sie noch, schließlich beruhigte sie sich unter seinem suggestiven

Zuspruch, der ihr Unterbewusstsein einschläferte. Hatte er sie hypnotisiert?

Aber schon fing sie von neuem an: »Beim Allmächtigen! Ich war nicht dabei, ich habe ihn nicht gesehen. Verfluchtes Leben! Immer nur Ärger mit seiner Mutter und mit ihm. Obendrein die Bälger, die Kühe und Ziegen. So vieles will besorgt sein, Käse und Seife, Fladenbrot und Oliven. Wassertragen und Stallausmisten. Alles lastet auf mir. Doch wenn er zurückkommt, heißt es, Sakina hat dies angestellt, Sakina hat jenes verbockt. Sakina scharwenzelt herum und tratscht mit den Nachbarn. Sie redet so lange auf ihn ein, bis er mich an den Haaren packt und mit seinem Ledergurt verprügelt. Er tritt mich hier und tritt mich da. Sieh dir meinen Kopf an, den Arm, die Augen. Die Kinder bitten ihn, aufzuhören. Sie ziehen ihn weg und schreien. Aber seine boshafte Mutter rührt keinen Finger. Beim Allmächtigen! Ich bring sie um und nachher töte ich mich. Gib mir Gift oder gib mir Arznei! Ich küsse deine Hände, erlöse mich.«

Beinahe wäre ich aufgesprungen und hineingestürzt. Wieder hörte ich ihn seltsam eindringlich raunen: »Konzentrier dich mit mir. Konzentriere dich, konzentriere dich. Ich will dir helfen, dass du Ruhe findest.« Sie aber schrie weiter: »Gib mir Gift! Lass mich sterben!« Nach einer Weile wirkten seine unaufhörlich wiederholten Worte und seine melodische Stimme, sie wurde still. »Jetzt fällst du in Schlaf«, murmelte er. »Du schläfst ganz ruhig. Du bist entspannt und ohne Sorgen. Du bist glücklich.«

Als ich das Wort »glücklich« vernahm, stieß ich die Tür auf, stürzte mich von hinten auf ihn und schüttelte ihn.

»Du bist ja irre!«, rief ich. »Du redest ihr ein, glücklich zu sein!«

Er fuhr zu mir herum, völlig verblüfft von meinem Überfall und meiner Beschimpfung. Sprachlos starrte er mich an, seine Augen blinzelten nicht. Dann fasste er sich und sagte zornig: »Was tust du hier?«

Ich begann die reglos dasitzende Sakina am Arm zu ziehen. »Stehen Sie auf«, rief ich. »So stehen Sie doch auf!«

Er hielt mich fest. »Tu das nicht!«, befahl er. »Du schadest ihr.«

Ich beachtete ihn nicht und beugte mich nieder, um sie zum Aufstehen zu bewegen. Aber sie verharrte stocksteif, wie ein Stück Holz. Ich wurde noch wütender. »Hoch mit Ihnen! Los jetzt, kommen Sie mit!«

Plötzlich spürte ich zwei starke Arme, die mich quer durchs Zimmer schleuderten. Ich schlug gegen den Paravent und die Untersuchungspritsche, bevor ich zu Boden ging. Zum ersten Mal schrie er mich an: »Warum mischst du dich in meine Arbeit ein? Wieso betrittst du die Praxis ohne Erlaubnis? Sie haben hier nichts zu suchen, mein Herr. Gehen Sie, sofort!«

Ich verlor die Beherrschung, als ich hörte, wie er mich provozierte. Schämte er sich gar nicht vor mir und vor sich selbst? Wie konnte er es wagen, mich hinauszuwerfen? Weil ich ihn durchschaut und demaskiert hatte, setzte er mich vor die Tür! Er wollte unumschränkt in seinem Revier schalten und walten. Aber das würde ich nicht zulassen. Egal, was passierte, ich würde mich einmischen.

Langsam erhob ich mich. Ich hielt ihm den Zeigefinger vor die Nase und sagte entschlossen: »Du machst dir die Unwissenheit der armen Bauern zu Nutze, um dich hier einzunisten. Ich werde nicht erlauben, dass die Unwissenheit noch tiefere Wurzeln schlägt.«

»Weck Sakina nicht auf!«, sagte er angstvoll. »Das ist verboten, du würdest sie vernichten.«

Ich stieß ihn vor die Brust und erklärte entschieden: »Ob es dir passt oder nicht, ich wecke sie.«

Er fasste nach meiner Hand. »Hör auf damit«, bat er. »Es ist gefährlich. Sie würde Schaden nehmen.«

Ich schob seine Hand beiseite. »Dir soll ich sie überlassen? Deinen Hirngespinsten? Sind das deine höheren Dimensionen?«

Sein Blick erstarrte, während er mich gehässig angrinste. Plötzlich schien er ein anderer Mensch zu sein. »Höhere Dimensionen?«, knurrte er. »Was ist das überhaupt?«

Ich zog meine Visitenkarte heraus und warf sie ihm ins Gesicht. »Bitte sehr! Besuch mich in meiner Firma, wenn du es wissen willst.«

Sein Gesicht kam noch näher, dabei zischte er: »Was würde ich denn finden in deiner Firma? Ein Waisenhaus? Ein Heim für Witwen und Geschiedene? Oder ein Asyl für Straßendirnen und gefallene Frauen, für die nur das Kloster oder das Todesurteil bleibt?«

Ich stutzte. »Was meinst du damit?«

Das Blut wich aus seinem Gesicht, es wurde bleich und starr wie eine weiße Maske. Mühsam würgte er hervor: »Mariam hat deine Firma nicht gefunden.«

Mein Herzschlag stockte. »Was meinst du?«, flüsterte ich.

Wie versteinert sprach er weiter: »Das Kind hatte kein Obdach und wuchs als Findling in einem Kloster auf.«

Ich holte tief Luft. »Du?«, ächzte ich. »Das heißt …«

»Das heißt, es geht um Mariam und Mariams Sohn.«

Das Zimmer begann sich um mich zu drehen, und ich verlor das Bewusstsein.

Er verleugnete mich in Bausch und Bogen. Er behauptete, dass ich mich in meinem Verlangen, einen Erben zu finden, an Fantasiegebilde klammere. Fantasiegebilde? Jawohl, Wahnideen, Visionen, eben Hirngespinste. Sie entstünden aus dem Bedürfnis, eine innere Leere zu füllen. Emotionale Leere, materielle Leere, geistige Leere. »In deinem Zustand«, fügte er freundlich hinzu, »sind alle Formen der Leere auf einmal vertreten.« Ich redete auf ihn ein, wollte ihn unbedingt an mich binden. »Mein Sohn! Du bist mein Erbe! Du bist der Einzige, der mir noch geblieben ist. Alle sind sie von mir gegangen.«

»Nicht so hastig«, sagte er, »niemand ist gegangen außer dir. Als du zurückkehrtest, wolltest du die Vergangenheit vorfinden. Aber einmal Vergangenes kommt nicht wieder. Geh, und suche die Zukunft.«

Ich versuchte weiter, ihn zu überzeugen und zu locken. Er sah zum Fenster hinaus und ließ mich beinahe eine Stunde reden. Dann bemerkte ich seinen abwesenden Blick und fragte verärgert: »Wohin schaust du denn?« Sanft antwortete er: »Dein Reden bringt gar nichts, du wirst mich nicht umstimmen. Du kannst die Welt und all ihre Reichtümer in meine Hände legen, ich würde mich doch nicht ändern.« – »Ich wollte dich ändern?«, rief ich. Er erwiderte: »Die Menschen wandeln sich entsprechend den Umständen, eine Flüssigkeit fügt sich dem Gefäß. Ich aber sage Nein, ich ändere mich nicht! Ich behalte alles – mein Gewand, meinen Namen, mein Wissen, meine Kunst, meine Liebe zu den Menschen und Ikonen. Nichts werde ich ändern.«

»Warte«, unterbrach ich ihn. »Ein Onkel von mir war Kalligraf. Du gehörst zu uns, du bist mein Erbe. Dein Blick, dein Lächeln, das hast du von uns, du kannst es nicht leugnen. Das liegt in den Genen, das sind Erbanlagen.«

»Gene?«, konterte er. »Nichts als Einbildung. Sahst du nicht meinen Blick und mein Lächeln, bevor ich deine Geheimnisse enthüllte? Ich drang in dein Innerstes vor und entdeckte deine Geschichte mit Mariam. Ich stelle dir nur eine Diagnose, das ist meine Arbeit. Ich bin nicht dein Sohn.«

Unverrichteter Dinge setzte ich meinen Weg fort und forschte weiter nach seiner Mutter. Ich horchte Aziz aus. Von ihm erfuhr ich, dass der Mönch ab und zu eine alte Frau besucht habe, gerade in jenem Dorf, wo Mariam einst mit ihrer Mutter gewohnt hatte. Ich bat ihn, sie zu beschreiben, und er schilderte mir eine fast blinde Achtzigjährige mit Brillengläsern, so dick wie Untertassen. Dieser verwünschte Junge verleugnete mich also, weil ich ihn verleugnet hatte oder weil ich ihn überhaupt nicht interessierte. Ich verstand nichts von seiner Tätigkeit, und ich war ihm gleichgültig.

Aziz fuhr mich bis zum Eingangstor. Ich stieg aus, um das Haus zunächst von weitem zu betrachten. Die Steine waren schwärzlich nachgedunkelt und hatten ihren früheren Glanz verloren. Die Bäume überragten das Dach. Einzelheiten des Hauses, die lange Terrasse und die Balkone, die auf das Tal und die Berge um Jerusalem hinausgingen, konnte man auf diese Entfernung kaum erkennen. Aber eine leichte Brise trug wie eh und je den Duft der Zypressen und Pinien heran, und irgendwo klimperte wie damals ein Windspiel und belebte das tiefe Schweigen mit schemenhaften Visionen.

Ich klopfte an die Tür. Doch es kam keine Antwort. Das Haus blieb stumm. Gras wuchs auf den Stufen, die Spaliere waren zerbrochen. Der verwilderte Weg ließ vermuten, dass niemand hier wohnte. Waren sie wieder fortgezogen? Hatten sie das Haus verkauft? Wohin war die alte Frau gegangen? Lag sie vielleicht schon unter der Erde? Hatte man sie mitgenommen oder in einem Sanatorium oder Krankenhaus untergebracht?

Ich brauchte nicht lange zu rätseln, denn beim Tor stieg eine alte dicke Frau aus dem Bus. Offensichtlich war sie im Dorf einkaufen gewesen und schleppte einen großen, netzartigen Beutel voller Brot und Gemüse, der fast zu schwer für sie war. Ich wartete, bis sie zwischen den Spalieren und dem Blattwerk der Bäume heraustrat. Sie sah mich an der Haustür stehen, bekundete jedoch mit keiner Bewegung irgendein Interesse an mir. Sie war von oben bis unten schwarz gekleidet, ihr graues Haar war zerzaust. Sie schien weit über sechzig, vielleicht in den Siebzigern. Keuchend kam sie näher. Als ich die Hand nach dem Sack ausstreckte, wehrte sie nicht ab. Ohne Kommentar oder Zögern überließ sie ihn mir, als habe sie diese Hilfe erhofft.

Sie sagte, das Haus sei offen und stehe zum Verkauf. Sie sei nur eine Stunde fort gewesen, um das Nötigste zu besorgen. Wenn ich das Anwesen in Augenschein nehmen wolle, möge ich das allein tun. Sie sei zu erschöpft vom vielen Laufen und dem Hin und Her beim Handeln. Ich solle mich in aller Ruhe umschauen. Und danke schön fürs Tragen. Wenn ich alles gesehen und geprüft hätte, solle ich zu ihr in die Küche kommen und einen Tee oder Kaffee trinken. Die Mutter lebe jetzt im Altersheim, ihre Kinder befänden sich seit Jahren im Exil. Niemand kümmere sich um das Haus und halte es sauber. Sie bitte um Entschuldigung, wenn ich den dicken Staub, die Spinnweben und ein paar Ratten bemerkte. »Sie wissen ja, im Freien gibt es nun mal Ungeziefer, Ratten und Vögel. Das Dachfenster ist kaputt, da kommt allerlei Viehzeug herein, ganz abgesehen vom Regen.« Also bitte, nicht so genau hinsehen. Die Möbel seien unwichtig, ich könne sie ohne weiteres entrümpeln oder unentgeltlich behalten, falls mir das Haus zusagte. Damit verschwand sie in der Küche und ließ mich mitten im Vorraum stehen.

Ich erinnerte mich, wie ich damals eingetreten war, als ich nach Mariam gefragt hatte. Ein schreckliches Gefühl der Einsamkeit packte mich, eine verzehrende Sehnsucht, ihre zärtliche Stimme wiederzuhören, sie wiederzusehen, ihren Blick, ihre Verwirrung zu spüren. Das Schönste war ihre Verwirrung. Sie hatte dann so einen Blick, viel versprechend und doch zurückhaltend. Dieser Blick zog an, er lockte und wich aus, sobald man näher kam. Besinnungslos rannte man ihr nach, um sie nicht aus den Augen zu verlieren ... Ich dachte daran, wie ich gekommen war, um sie zu sehen, sie festzuhalten. Ich sei Lehrer, hatte ich der Alten erklärt, und wolle Mariam in arabischer Sprache unterrichten. Sie hat nichts gelernt, ich habe nichts gelernt. Nun lehnte Michel mich ab, ja er verleugnete mich, vielleicht auch sie.

Ich ging durch die Räume und Korridore und suchte

irgendeinen Gegenstand von ihr. Doch ich fand nur Erde und Staub, der sich seit Jahren angesammelt hatte. In den Blumentöpfen steckten vertrocknete Pflanzenreste, dazwischen ein paar Disteln. Ich stieg die Treppe zum Schlafzimmer hinauf. Oben entdeckte ich Fotos von ihren Brüdern, einer mit Schnurrbart, einer mit Chevrolet, einer mit Braut in der Kirche. Ein Foto zeigte einen Mann mit langem Gewand und Kopftuch vor dem Haus. Das war ihr Vater, bevor er auswanderte. Auf einem späteren Foto sah er vollkommen verändert aus. Er trug ein Hemd, und das Bärtchen war abrasiert. Wie ein Wächter stand er vor seinem Geschäft und präsentierte Teppiche und orientalische Spezialitäten. Von der Mutter gab es ebenfalls ein größeres Foto, auf dem sie in schwarzen Kleidern, mit einem straffen grauen Haarknoten und ohne ihre dicke Brille zu sehen war. Bestimmt hatte sie die Brille zum Knipsen abgesetzt, ihre Augen starrten wie durch einen dichten Nebel. Von Mariam fand ich kein Foto. Weder in den Gängen und Zimmern, noch auf der Frisiertoilette, wo sie zu dutzenden herumlagen – Konterfeis von ihren Brüdern, von jungen Mädchen auf Schaukeln und Kindern mit Zöpfen und aufgeblasenen Gummifischen an irgendeinem Teich oder Strand. Mariam war die Einzige, die fehlte! Auch Michel war nicht dabei. So viele Kinder waren abgelichtet, nur mein Sohn nicht. Ein Würgen stieg mir in die Kehle, denn ich war verantwortlich für alles, was wir beide gelitten hatten, er und ich. Und Mariam? Wie lebte sie? Wohin war sie gegangen? Wo versteckte sie sich?

Ich suchte wie ein Besessener nach ihrem Zimmer. In allen Räumen gab es Betten und Schränke, Paravents und

Bilderrahmen, und in jedem Rahmen waren Fotos der Brüder und der Kinder mit Schaukeln, Gärten und Autos. Nur Mariam und ihr Sohn fehlten, und ich war schuld. Trotzige Wut stieg in mir auf. Ich fühlte mich wie jemand, der seine Familie verteidigen muss. Ich hatte Entbehrungen auf mich genommen, während sie hier ein bequemes Leben führten! Mariam war vergessen, als hätte es sie nie gegeben. Meine Mariam. Ich öffnete die Schränke und Schubläden, schaute hinter die Paravents und Türen. Nichts erinnerte an sie außer dem Windspiel. Beim leisesten Lüftchen flatterten und klingelten die Blättchen. Wir hatten es am Jaffa-Tor gekauft. Damals waren wir über die Treppen gesprungen und durch die Bögen gegangen, vorbei an Ikonen, duftendem Weihrauch und Karub, Schärpen und Gebetskerzen, Gemälden, Antiquitäten und Samtteppichen. Plötzlich blieb sie unter dem Windspiel stehen. Es hing zwischen Perlenschnüren und Karubketten. Sie tippte es an und ließ es klingeln. Ohne die Augen abzuwenden, trat sie zwei Schritte zurück. Sie war wie verzaubert. Als sie pustete, bewegte sich der Faden, und die Blättchen glitten auf und nieder wie silbrige Fische. Bimm bimm, bimm … Sie lachte hellauf und pustete wieder. »Schau doch, wie schön! Das ist aus China.« Ich schämte mich ihrer kindlichen Freude. Der Händler schmunzelte: »Sehen Sie? Hübsch, nicht? Wirklich reizend!« Ärgerlich zog ich meine letzten Scheine aus der Tasche. »Da haben Sie zwei Dinar, geben Sie es her.« Ein Dinar, das war eine Menge Geld! Er lächelte sie unverwandt an und ignorierte mich. »Noch einen«, sagte er. Ich hatte nur ein paar Münzen. Mariam holte fünf Dinar hervor, und ich steckte meine beiden Scheine wieder ein. Hier hing es nun. Das Windspiel der Liebe. Jetzt kostete es gar nichts mehr, weder zwei Dinar noch fünf. Auf und nieder schwang es im Lufthauch, und alles war wieder gegenwärtig.

Ich hörte ein Geräusch, ein Klirren wie von Messing oder Glas. Es kam von oben, vom Dachboden. Ich stieg die Treppe hinauf, um nachzusehen, und entdeckte eine Kammer voller Gerümpel, Truhen und kaputten Rahmen. Und hier, hinter einem Messingofen, fand ich endlich ein Foto von ihr. Ich zog es hervor, es war recht groß, aber geknickt. Sorgfältig verwahrte ich es in meiner Brieftasche, um es restaurieren und rahmen zu lassen und vor dem Verfall zu bewahren. Was ist nur aus uns geworden, Mariam!

Ich ging zu Frau Dschamila in die Küche. Es duftete nach Kaffee und Essen. Sie bat mich an den Tisch, ihr gegenüber, und begann mich auszufragen. Zwischendurch goss sie mir Kaffee ein und schälte Kartoffeln und Auberginen. Warum und woher ich ins Dorf gekommen sei, wollte sie wissen, und wie ich überhaupt von dem Haus erfahren hätte. Ich deutete an, dass ich es von früher kannte. Jetzt sei ich vom Ausland zurückgekehrt, hätte keine Bleibe und suchte nach einer Wohnung. »Da suchen Sie in diesem Kaff, wo Sie aus Jerusalem sind?«, wunderte sie sich. »Weshalb wollen Sie nach Ramallah ziehen? Kaufen Sie lieber in Jerusalem ein Haus. Dort sind viele Wohnungen zu haben. Diese Juden wollen sich ja überall einnisten. Aber Sie haben Vorrang! Besitzen Sie einen Ausweis? Auch einen Passierschein? Und Nachweispapiere? Dann kaufen Sie ein Haus in Jerusalem! Sie beziehen Miete und haben ein festes Einkommen. Dort herrscht Leben und Treiben. Was wollen Sie in der Einöde von Ramallah.«

»Einöde?«, wiederholte ich tadelnd. Sie winkte ab. »Na schön, im Dorf. Dieses Nest soll wohl besser sein als Jerusalem?«

»Sie sind doch mit dem Verkauf des Hauses beauftragt?«, sagte ich lächelnd. Sie zuckte mit den Schultern. »Gott behüte! Ich war dafür verantwortlich, aber ich habs aufgegeben.«

»Aufgegeben?«, fragte ich interessiert. Sie hob den Blick, stutzte und musterte mich einige Augenblicke. »Wie ist der Kaffee?«, erkundigte sie sich kühl. Es war ein Wink, keine weiteren Fragen zu stellen. Also schwieg ich.

Doch nach einer Weile kam ich zur Sache, ich wollte keine Zeit mehr verlieren. »Schade, wie das Haus heruntergekommen ist.« Sie sah mich an und sagte wieder: »Sie kennen es schon lange?« Ich wich einer direkten Antwort aus: »Das Schönste daran waren die Grünpflanzen. Diese vielen Ranken und Blätter! So etwas hatte ich nie zuvor gesehen. Ein Jammer, wie es jetzt ausschaut.«

»Demnach kannten Sie es gut«, bohrte sie. Auch das Dorf sei schöner gewesen, erwiderte ich, ja, sogar das Dorf. Doch wo war all das Grün geblieben, die Bäume, die Olivenhaine? Zwar seien die Straßen, Gebäude und Geschäfte modernisiert, aber nun wirkten sie weder städtisch noch ländlich. »Haben Sie die Umgehungsstraße gesehen?«, sagte sie. »Und die Siedlung nebenan? Da reden Sie von Grünzeug und Ölbäumen!« Ich fürchtete, dass dieses Gespräch genauso wie jedes nach meiner Rückkehr enden würde – bei Siedlungen, Siedlern und Besatzern. Rasch wechselte ich das Thema. Ich erwähnte den Priester und seine Frau Yvonne und meine Arbeit an der staatlichen Schule. »Wann war das?«, fragte sie hellhörig. »Wohl noch vor dem Krieg, vor siebenundsechzig?«

»So ist es«, bestätigte ich. »Danach bin ich ausgewandert.«

»Wohin denn?«

»Hierhin und dahin«, erwiderte ich unbestimmt. Ich erzählte, dass ich das Haus damals besucht hätte, um Sitt Mariam Unterricht zu geben.

»Sitt Mariam? Sie?« Zweifelnd musterte sie mich. »Dann sind Sie wohl auch Christ oder ...« Ich spürte, dass sie misstrauisch wurde. Vielleicht kannte sie unsere Geschichte. Unseren Skandal. »Oder Jude? Ein Siedler gar?«, scherzte ich. Sie antwortete nicht, beschäftigte sich mit ihrer Kaffeetasse. Um sie aus der Reserve zu locken, setzte ich hinzu: »Mariam war so schön. Wie eine Rose!« Sie nickte ein paarmal. Sie kennt Mariam, dachte ich, sie kann mir weiterhelfen.

Sie fragte kühl: »Haben Sie das Haus besichtigt? Gefällt es Ihnen? Der Preis ist sehr günstig. Möchten Sie es kaufen?« Ich versuchte mehr von ihr zu erfahren. Ausgeschlossen, dass ich eine Frau ihres Alters und Standes nicht zum Reden bringen konnte. Ohne große Mühe würde ich ihr die gewünschten Informationen entlocken. Ich brauchte nur etwas Zeit, um mich vorzuarbeiten. Zögernd erwiderte ich, weder der Preis noch die Entfernung von der Stadt spielten eine Rolle, auch nicht die Nähe der Siedlung. Aber das Haus, das arme Haus, sei so verödet und traurig. Es brauche dringend eine Renovierung. Sie sagte kurz angebunden, die einstigen Besitzer hätten es schon vor Jahren verlassen. Das Haus habe tatsächlich viel durchgemacht. Mal sei es bewohnt, mal unbewohnt gewesen. Nun werde es zum dritten Mal zum Verkauf angeboten. Das arme Haus!

Plötzlich fragte ich: »Was ist eigentlich aus Mariam geworden?« Sie blickte mich kurz an, wandte ihr Gesicht ab und entgegnete zugeknöpft: »Sie haben sie gekannt?«

»Ich gab ihr eine einzige Stunde Arabisch, danach bin ich abgereist.« Sie reagierte nicht. Wieder scherzte ich: »Sie stand mit Arabisch auf Kriegsfuß.« Sie nickte, ohne zu antworten. Ich schob nach: »Sie hatte eben niemanden, von dem sie es lernen konnte.«

»Oh nein«, platzte sie heraus, »später hat sie besser als ich gesprochen, gelesen und geschrieben.« Ich tat verwundert und erfreut: »Wirklich?«

»Ja, wirklich!«, rief sie schnell. Von neuem begann sie misstrauisch zu forschen: »Sind Sie Protestant, Katholik oder römisch-orthodox?« Lächelnd wehrte ich ab: »Landen wir schon wieder bei der Religion?« Sie wich meinem Blick aus und wandte sich dem Gemüse zu. »Ich frage nur, weil Sie mich an den Priester erinnert haben«, beharrte sie und verstummte. Auch ich schwieg. Nach einer Weile sagte sie langsam: »Im Dorf wohnte damals ein Muslim, er war Lehrer. Er unterrichtete an der Schule und gab Mariam Stunden. Dann ist er weggezogen und kam nie zurück. Vielleicht kennen Sie ihn?« Sie schüttelte den Kopf, als riefe sie sich selbst zur Ordnung. »Es ist so viele Jahre her«, sagte sie kühl. »Lieber Gott, wie die Zeit vergeht! Mariam war damals ein junges Mädchen. Heute ist sie dasselbe wie ich und Sie – alter Trödel.«

Das Wort traf mich wie eine Ohrfeige. »Alter Trödel«.

Mariam eine Matrone? Mariam alt und gebrechlich wie ich? Mariam leidet an Diabetes, hohem Blutdruck und Magengeschwüren? Sie soll senil und vergesslich sein? Nein! Unmöglich! Mariam ist hübsch und keck. Mariam tanzt und spielt mit dem Feuer. Ihr Bild stand wieder vor mir. Das Bild in der Brieftasche über meinem Herzen und das andere in meinem Kopf. Ich suchte sie beide.

»Was wird nun mit dem Haus?«, fragte sie. »Kaufen Sie es?« Ich überlegte. Wenn ich Ja sagte, musste ich kaufen. Aber dann erfuhr ich nichts mehr. Wenn ich ablehnte, musste ich gehen und würde auch nichts erfahren. Besser, ich legte mich nicht fest und hielt mir alle Optionen offen. Sie bemerkte meine Ratlosigkeit und meinte mitfühlend: »Sie können sich nicht entschließen? Wollen Sie nicht vorher ein paar Häuser in Jerusalem besichtigen?«

»Gute Idee!«, rief ich spontan. «Das wäre praktisch. Nur kenne ich niemanden, der mir dabei helfen könnte. Wissen Sie nicht jemanden? Haben Sie vielleicht dort ein Haus zu verkaufen?« Sie schüttelte bedauernd den Kopf. »Alles weg. Ich hatte eins, doch das ist dahin. Die Juden haben es weggenommen. Aber da gäbe es noch ein Haus, an der Straße. Das sollten Sie sich nicht entgehen lassen. Die Leute, denen es gehörte, wohnen seit Ausbruch des Krieges in Kuwait. Es ist hübsch und angenehm, hat auch einen Garten. Möchten Sie es sehen? Wenn Sie es nehmen, mache ich Ihnen einen guten Preis.«

»Und dieses Haus? Ich fürchte, dass es inzwischen verkauft wird.«

»Jetzt seien Sie mal vernünftig«, redete sie mir zu. »Vergleichen Sie zuerst dieses Haus mit dem in Jerusalem. Besichtigen Sie es, und denken Sie darüber nach.«

Sie stellte mir frei, das Haus jederzeit noch einmal in Ruhe anzusehen. Zugleich versprach sie, mit mir nach Jerusalem zu fahren und mich zu dem Haus an der Straße zu führen. Ich hatte ja Vorrang, auch wenn sich diese Juden überall einnisten wollten.

Am nächsten Nachmittag kehrte ich zu dem Haus zurück. Es war ein trüber, windiger Tag mit Sommerwolken und Regenschauern, dabei hatten wir schon Juni. Ich fand den Schlüssel, wie besprochen, unter dem Abtreter. Zaghaft und beklommen ging ich hinein, als bewegte ich mich in einem Museum, wo die Geister der Vergangenheit lebten. Keine Menschenseele. Die Küche war, wie Dschamila sie verlassen hatte – sauber aufgeräumt, geputzt und gewischt. Die Topfdeckel lagen abgewaschen neben der Spüle. Der Geruch von Essen und Putzmitteln erinnerte an häusliches Leben. Ein Windstoß fuhr herein. Im Vorraum klirrte Glas. Etwas Metallenes schepperte. Das Guckfenster nach Westen musste offen sein. Ich betrat das Zimmer, um es zu schließen. Plötzlich befand ich mich in einem Raum, den ich noch nicht kannte. Eine richtige Bibliothek! Ich bemerkte Regale voller Bücher und einen Marmorkamin. An der Seite hinter der Tür stand ein kleiner Schreibtisch mit einem Drehstuhl und einem Kopiergerät. Ein merkwürdiges Zimmer, eingehüllt in Staub und Büchermoder. Ich drückte den Schalter. Ein Kronleuchter strahlte auf und erhellte den Raum mit goldenem Licht, das die Augen blendete. Ich knipste den Leuchter wieder aus, doch das Bild in der Wandmitte hatte sich schon in meinem Kopf festgesetzt. Es zeigte einen jungen Mann, noch keine zwanzig Jahre alt. Er wirkte schmächtig und kränklich. Seine Augen ähnelten denen von Mariam und Michel. Es war Michel, oder nein! Es war Michaux. Ja, Michaux! Ihr Bruder, dieser Kranke, der Tote. Und dies war sein Zimmer gewesen. Die Atmosphäre faszinierte mich. Mit aller Macht kehrte die Erinnerung zurück. Sie umlagerte, sie bannte mich. Ein leichter Duft lag über dem Raum, das gleiche Aroma von Wacholder, Pinien und Gras wie damals, als wir uns in einer Höhle unter dem Felsen im Tal versteckt hatten. Es war Frühling. Sie ging mit ihrer Ziege spazieren. Die Ziege hatte einen Pony zwischen den Hörnern, und um den Hals trug sie eine blaue Perle, um den bösen Blick von ihrem ergiebigen Euter abzuwehren. Sie war ganz weiß und grazil wie eine Gazelle. Mariam behandelte sie, als wäre sie ihr Kätzchen oder Schoßhündchen. Eine bildschöne Ziege, wirklich. Aber Mariam und die Ziege zusammen, das hatte etwas Unheimliches, Sinnverwirrendes. Wie ein Zauber. Ein Mädchen in tiefem Schwarz und eine schneeweiße Ziege ... Mit einem Zweig verscheuchte sie die Ziege, wenn sie nach einer Weinrebe oder einem Pflaumenzweig langte. Dann ging sie weiter, und ich lief neben ihr her, während sie von dem Mönch erzählte. Sie weinte, und ich weinte, denn ich liebte sie, aber sie liebte den Mönch. Wir setzten uns auf einen Felsbrocken. Die Ziege schrie »mäh, mäh«. Doch ihre Stimme klang mehr nach einer Katze oder einem Geist. Dabei stierte sie mich an, und ich lachte, um meine Beklemmung zu überwinden. »Was ist?«, fragte Mariam. »Hast du etwa Angst?« Ich behauptete, die Ziege sei eine Dämonin, sie könne hören und sehen wie ein Mensch. »Wie ein Mensch, wie eine Dämonin?«, wunderte sie sich. »Du bist ja verrückt, na ja, eben ein Künstler, ein Schriftsteller. Ein verrückter Schriftsteller. Du spinnst.« – »Aber sieh doch, wie sie herschaut«, sagte ich. »Sie versteht uns! Könnte ihre Zunge reden, würde sie wie eine Dämonin sprechen.« Sie wischte ihre Tränen ab, sie hatte sich wieder beruhigt und scherzte: »Was hat die Dämonin dir denn verraten?« Ich antwortete nicht, starrte nur die Ziege an, und die Ziege starrte auf den Blumenstrauß und den Wacholderzweig. Mariam drängelte: »Was sagt die Dämonin gerade? Los, zeig mir, ob du Fantasie hast! Mach schon!« Mich ritten die Teufel, die Situation reizte mich – die Augen der Ziege, Mariams Geschichte und meine brennende, heimliche Liebe zwischen all den Büchern, schriftstellerischen Ergüssen und auch Größenwahn. Sie glaubte an meine künstlerische Fantasie, und ich wollte sein, wofür sie mich hielt. »Die Dämonin sagt, die Dämonin sagt …« Ich warf der Ziege den Blumenstrauß zu. Dann fuhr ich zu Mariam herum, verzog mein Gesicht zu einer Fratze und krallte die Finger, als wollte ich sie packen. »Ich bin der Dämon und jetzt fresse ich dich!« Ich sprang von dem Stein und schlurfte umher wie der Glöckner von Notre Dame. Sie brach in helles Lachen aus. »Verrückt!«, rief sie. »Total verrückt!« Ich ging auf sie zu, meine Finger waren noch immer gekrümmt, meine Züge verzerrt. Sie flüchtete, ich rannte ihr nach. Hinkend bog und wand ich mich, während sie kreischend davonlief. Sie rannte, ich rannte. Der Zweig wedelte in ihrer Hand, und die Ziege folgte ihr mit lautem Meckern und bimmelndem Glöckchen, das sie zusammen mit der blauen Perle am Hals trug. Später, in der Höhle, sank der Zweig zu Boden. Als wir uns umarmten, atmete ich den Duft der Liebe, der

Natur, der Wacholdernadeln. Ach, Mariam ... Ich schloss das Guckfenster vor dem Westwind und blieb stehen, um noch einmal tief Luft zu holen. Seufzend stieß ich die Erinnerung aus.

Benommen setzte ich mich. Ja, so war ich einst gewesen, verrückt, voller Fantasien. Wo lag dieses Gefühl begraben? Gab es denn irgendetwas auf der Welt, was diese Herrlichkeiten aufwog: weicher Samt, schwingende Federn, Musselinstoff, eine Wolke hoch droben, ein Windhauch, Sonnenstrahlen. Die Farbe der Welt in der Abenddämmerung und im Morgennebel. Der Geruch von Ackerboden und bewässerter Saat. Das Aroma der Aprikosen, duftende Mandelblüten und ein melancholisches Lied von Abdel Wahhab. Sie lachte, als ich ihn nachahmte: »Er hat es gesagt, leise gehaucht, in Nächten des Sommers ...« Das Glöckchen der Ziege bimmelte, das Windspiel der Liebe klimperte. »Geh schnell«, bat sie ängstlich. «Pass auf, dass sie dich nicht sieht.« Sie kicherte, dann meinte sie traurig. »Die Ärmste sieht immer schlechter. Hören kann sie aber gut. Still, sei still!« Ich sang flüsternd weiter: »Er ließ mich im Stich, doch regt sich im Herzen ein Sehnen, ein Traumbild ...« – »Sei endlich still!«, zischte sie. Aber mich konnte nichts zum Schweigen bringen als ihre Umarmung und ihr Stöhnen. Ach, Mariam!

Unter dem Kopierer entdeckte ich ein Blatt Papier, die schwärzliche Kopie eines handschriftlichen Textes. Womöglich ein Brief? Eine Tagebuchnotiz? Etwa ein Roman? »Er sagte zu ihr ... Darauf sagte sie ... und sie fühlte ... und er fühlte ... Danach gingen sie zu dem Hostel und ins Armenische Kloster ...« Was sollten diese Worte? Wer schrieb den Text? Wo war der Rest? Die Rede war jedenfalls von Mariam. Aber diese sichere Handschrift! Dieser Ausdruck! Doch hatte Dschamila nicht gestern behauptet: »Nachher hat sie besser als ich gesprochen, gelesen und geschrieben«? Demnach hatte Mariam das verfasst. Allerdings Romane? Warum eigentlich nicht! War sie nicht wie gebannt von meinen Erzählungen? Hatte sie nicht immer gesagt, wenn sie nur richtig Arabisch könnte, würde sie eine »tolle Story« aufschreiben? Sie meinte ihre eigene! Frauenliteratur also, das so genannte weibliche Schreiben. Eine Frau schreibt ihre Geschichte auf, weil sie »toll« war, zumindest in ihren eigenen Augen. Doch wie denkt die Welt darüber? Eine Frau verfasst keine Romane, sondern Gefühlsausbrüche. Also Memoiren, Bekenntnisse – mithin Verfehlungen. Sie wäscht ihre schmutzige Wäsche vor aller Welt. »Hier, seht! Das ist mein Inneres. Das ist mein Schmerz, das bin ich, und ich bin ein Opfer. Ich gebe zu, dass ich gefehlt habe, aber mein Fehltritt war aus Schwäche, deren Ursache ist meine Liebe, und deren Ursache meine Aufrichtigkeit. Ich habe geglaubt, was man mir sagte, deshalb ging ich in die Falle. Seht, und urteilt selbst.« Hatte sie mir das angetan? Ich war also der Täter, sie das Opfer. Hatte sie gar meinen Namen genannt? Erwähnte sie auch den Sohn? War es überhaupt ein Sohn oder vielleicht eine Tochter? Im Falle eines Sohnes handelte es sich bestimmt um Michel. Wenn es aber eine Tochter war, wo befand sie sich? Außerdem, wo waren die anderen Kopien, wo steckte das Original? Wo war das gesamte Machwerk?

Fieberhaft begann ich zu suchen, in den Schubkästen

des Schreibtischs, auf den Regalen, zwischen den Büchern, im Schrank. Erschöpft fiel ich auf den Drehstuhl und ließ ihn kreisen. Wieder las ich, was sie geschrieben hatte. »Er sagte zu ihr ... Darauf sagte sie ... dann zu dem Hostel und ins Armenische Kloster ... Bei Anbruch des Morgens ...« Und danach? Was schrieb sie über mich? Erschien ich als Schuft und Feigling oder als leichtsinniger Weiberheld? Überhaupt, liebte sie mich wirklich, wie sie behauptet hatte, oder war ich ein Ersatz für den Mönch? Stammte ihr Sohn Michel – wenn es denn Michel war – oder ihre Tochter tatsächlich von mir, wie sie mir beteuerte? Oder vielleicht doch von ihm? Natürlich hatte ich mir tausend Mal gewünscht, dass Mariams Sohn auch der meine sei, mein leiblicher Sohn. Aber wenn es nicht so war? Wie konnte ich weiterleben? Die Suche nach Mariam hatte meinem Leben ein Ziel gegeben. Es trieb mich vorwärts, der Zukunft entgegen. Mariam verband mich mit der Vergangenheit, aber ihr Sohn bedeutete die Zukunft.

Nach jeder Runde auf dem Drehstuhl starrte ich auf das Bild, in Michaux' Augen. Wie ein Irrer flüsterte ich vor mich hin: »Du Geist des Todes in all deiner Macht! Wenn es ein Leben im Tod oder nach dem Tode gibt und wenn du in den Lüften schwebst, so sende mir ein Zeichen! Sende mir die Verlorenen über die Wüsten hinweg, du Machtvoller!«

Ich drehte mich um. Hinter mir an der Wand hing ein Bild, ein Aquarell mit dem Ölberg und den kupfernen Klosterkuppeln von Dschismanija. Ich öffnete das Guckfenster. Im Glas gewahrte ich mein Spiegelbild über den Kuppeln und dem Ölberg. Ein Gedanke durchzuckte mich: War sie etwa dort bei den Nonnen? Ich sah zu Michaux' Bild hin, und er sah mich an. Sein Blick verfolgte mich! Er warnte: Lass die Toten ruhen. Doch in meinem Alter und meiner Lage schreckte mich nichts mehr. Wovor sollte ich mich fürchten? Vor dem Reich des Todes? Befand ich mich nicht selbst schon halb darin?

Mein Fuß stieß an einen Papierkorb voll zerknüllter Blätter unter dem Schreibtisch. Ich glättete einige – Rechnungen für Strom und Wasser. Dann ein zusammengepresstes Bällchen. Ich öffnete es und erkannte die Kopie einer Geburtsurkunde. Sie trug keinen Namen. Aber sie war datiert auf 1967, das Jahr der Niederlage, das Jahr meiner Emigration und ihrer Niederkunft. Die unscharfe, verwackelte Kopie war unbrauchbar. Eine datierte Geburtsurkunde ohne Namen. Trotzdem – eine Urkunde mit dem Datum seiner Geburt!

Ich stürzte mich von neuem in die Suche. Eine Kopie des Romans. Oder dann eine beglaubigte Urkunde. Sie sollte mir dieses Datum bestätigen, und an der leeren Stelle musste mein Name neben seinem erscheinen! Immer neue Fragen entstanden – tausend Fragen.

Ich stöberte wieder in den Schubkästen, im Schrank, unter dem Bett, hinter den Türen. Umsonst, da war kein Anhaltspunkt, der Aufschluss über sie oder ihn gegeben hätte. Ich stieg noch einmal in die Rumpelkammer mit den alten Koffern und Truhen. Die Koffer waren verstaubt und leer, außer einer kleinen Reisetasche, die unter einem Stapel Holz und Eisenteilen lag. Als ich sie öffnete, fand ich Säuglingskleidung, Wickelbänder und Windeln für einen Knaben oder ein Mädchen. Aber du, Mariam, was ist mit dir? Ich riss die erstbeste Truhe auf. Nur zerschlissene Gardinen, Ringe, Schrauben und Nägel. In der nächsten häuften sich alte Bücher und Broschüren aus den Fünfzigerjahren. Weiter, die dritte … Die dritte Kiste barg eine Kostbarkeit. Lauter Fotos von ihr – als Kind, als junges Mädchen, als Erwachsene. Mit der Ziege auf einem Felsen, vor der Kirche mit dem Priester und seiner Frau Yvonne. Mit ihrer Mutter bei verschiedenen Anlässen, unter der Pergola, in der Küche. An der Stadtmauer von Jerusalem, unter den Arkaden und auf einem Kamel inmitten von Touristen auf dem Ölberg, im Hintergrund die Aksa-Moschee. Wieder mit der Mutter und Studenten einer Pfadfindergruppe vor den kupfernen Kuppeln von Dschismanija, dann vor dem Altersheim. Eine Nonne stand neben Mariam und der alten Mutter im Rollstuhl. Es durchfuhr mich wie ein Blitz. Die Mutter ist dort, die Tochter ist dort, und diese Nonne ist die Tante! Also musste die Suche dort beginnen. Aber erst einmal die übrigen Truhen durchwühlen. Womöglich lagen da noch andere Fotos, die Urkunde, der Roman. Wo steckten die Kopien? Wo war das Original?

Schließlich entdeckte ich unter alten Zeitschriften ein Päckchen Papier in einem Lederbeutel. Ich öffnete den Beutel – da war ja der Schatz! Viele große Blätter, alle von Hand beschrieben. Es war zwar nicht das Original, nur eine Kopie, doch immerhin ein Anfang.

Ich nahm den Beutel mit, als ich hinunterstieg. In einem der Zimmer legte ich mich auf das breite Bett, neben dem eine Kommode mit einer alten Lampe stand. Ich zündete die Lampe an. Langsam begann ich zu lesen und tauchte tief in die Vergangenheit. Die Ereignisse überschlugen sich, sie waren ungeordnet und undatiert. Aber ich wusste ja, worum es ging. Alles wurde wieder lebendig – Geschehnisse, Szenen, Bilder … so wie ihre Augen sie gesehen hatten.

Sie erzählte ihm, was sie durchgemacht hatte, und er weinte mit ihr. Er war so freundlich, so sanft. Sensibel war er und schüchtern. Ein begabter Künstler, der auch Erzählungen verfasste. Sie träumte von Büchern, sie hoffte, einmal selbst etwas zu schreiben, was die Menschen lesen würden. Doch die arabische Sprache war ein unüberwindliches Hindernis. Wie sollte sie schreiben, ohne die Sprache zu beherrschen? Abgesehen davon, dass es ihr an der nötigen Erfahrung und Einsicht fehlte. Vielleicht könnte sie über sich selbst, ihre Brüder und das Nonnenkloster schreiben? Das Kloster war ein Gefängnis, aber auch eine Zuflucht, denn es bot ihr ein Versteck vor ihren Brüdern und dem Klatsch der Leute. Alle arabischen Mädchen in São Paulo kamen zu den Nonnen, um Sitte und Brauch zu genügen. Sobald sie etwas größer wurden, schickten ihre Eltern sie ins Heimatland, damit sie in einem reinen, unverdorbenen Milieu aufwuchsen. Genauso geschah es mit ihr. Ihre Familie brachte sie hierher und nahm ihr damit alles, was sie kannte, ihr Zuhause, ihre Geschwister und ihre Freunde. Sie fühlte sich eingesperrt und verlassen. Voller Heimweh dachte sie an die Schule und die Nonnen zurück. Sie sehnte sich nach ihren Freundinnen, besonders einer, die ihr näher war als eine Schwester. Die Brüder fehlten ihr und die häusliche Geborgenheit. Selbst die Gefährtin in der Fremde, ihre sanfte verwitwete Mutter, war zornig und traurig geworden. Sie behandelte sie streng und misstrauisch und schimpfte mit ihr. Auch sie fühlte sich benachteiligt, weil sie abreisen und ihre Söhne und ihren Haushalt zurücklassen musste. Hinzu kam die schwere Krankheit ihres Sohnes.

Wovon sollte sie also schreiben? Von Fremde und Einsamkeit? Von der Fremde in ihrem eigenen Land? Von ihrer Sehnsucht nach den Nonnen? Oder von Dingen, die sie nicht verstand, in einer Sprache, die sie kaum beherrschte? Er dagegen, er war Arabischlehrer. Er besaß alles – Jerusalem, seine Familie, die Menschen auf der Straße. Sie kannte Jerusalem nur von Fotos. Dieses ganze Land war für sie ein Bild geblieben, ein Schattenriss.

Ich las die Seite herunter. Die Worte nahmen mich gefangen, und als ich weiterlas, entführten sie mich in die Zeit vor dem Krieg, vor unserer Bekanntschaft und meiner Flucht.

Sie fühlte sich schrecklich einsam und verloren. Wovon redeten diese Leute, was ging in ihnen vor? Wo war die große, weite Welt geblieben? Wo das Leben und Treiben, die funkelnden Lichter und Geschäfte? Sie empfand São Paulo als ihre Heimat. Aber immer hieß es, das Heimatland liege im Orient. Sie wusste nichts von Orient und Okzident, wusste nicht ein noch aus. Sie war in einem Kloster aufgewachsen. Wie alle Mädchen liebte sie eine Nonne. Außer ihren Brüdern kannte sie niemanden vom anderen Geschlecht. Doch dann erschien jeden Sonntag ein italienischer Pfarrer im Kloster. Die Mädchen bekamen feuchte Augen, denn er war bildschön. Ein freundlicher junger Mann, der Italienisch und Französisch sprach. Er spielte Orgel und Klavier wie Chopin. Die jungen Klosterschülerinnen waren in einem gefährlichen Alter. Sie drängten sich auf der hinteren Kirchenbank, tuschelten und schwärmten von ihm, als wäre er ein Filmstar. Auch sie träumte, nicht ständig, aber hin und wieder schon. Sie war die Jüngste und Naivste, zugleich die Begabteste und Fantasievollste. Heimlich schrieb sie. Einmal las eins von den Mädchen in ihren Papieren. »Du bist ja eine echte Schriftstellerin!«, staunte sie. »Warum zeigst du das nicht dem Lehrer?« Nach einigem Drängen legte sie die Texte wirklich ihrem Lehrer vor. Am nächsten Tag rief er sie zu sich und sagte: »Hier, das ist mein Kommentar.« Er gab ihr eine mehrseitige Einschätzung. Sie enthielt viel Beifall und Mitgefühl. Das Wichtigste war: »Eine seltene Fantasie. Ich prophezeie eine glänzende Zukunft. Aber Vorsicht! Hier walten gefährliche Gefühle. In diesem Alter könnte die Enge des Milieus einen schweren Ausbruch provozieren. Jugend und Einbildungskraft bedürfen der sorglichen Lenkung ...«

Die Einschätzung gefiel ihr nicht, denn sie endete mit Warnungen und Ermahnungen. Trotzdem war sie tief beeindruckt, weil er ihr etwas Wichtigeres bescheinigt hatte: »Eine seltene Fantasie.« Und er verhieß ihr Erfolg, eine große Zukunft. Leider war nichts davon eingetroffen, weder Erfolg noch Zukunft. Nur der schwere Ausbruch und eine aufreibende Flucht ...

Die Seite war zu Ende. Gedankenverloren ließ ich die Bilder noch einmal an mir vorüberziehen. Während ich nach der nächsten Seite suchte, überlegte ich: Gefährliche Gefühle? Sie schrieb also heimlich? Vom anderen Geschlecht kannte sie nur ihre Brüder? Wo blieb der Mönch? Und die Liebesgeschichte? Was war mit diesem Pfarrer, der Orgel und Klavier spielte und den sie von fern anschmachtete? Das sollte die ganze Affäre gewesen sein?

Nichts als Fantasterei? Nein, nein, ausgeschlossen. Sie hatte so viel erzählt, geweint, geseufzt, und alles klang ehrlich. Ob sie all das erfunden und sich ausgedacht hatte? Wie hing ihre Heimreise ins Dorf mit dem Tod ihres Bruders zusammen? War seine Krankheit der Grund für ihre Rückkehr gewesen, oder führte ihre Rückkehr zu seinem Tod? Wer war schuld, er oder sie? Wer war hier eigentlich krank, er oder sie? War Mariam etwa krank? Hatte sie das mit dem Mönch erdichtet? Nein, unmöglich. Ich kannte sie doch, sie war aufrichtig. Aber kannte ich sie gut genug? Vielleicht war ich damals noch zu jung und naiv gewesen, vielleicht hatte es mir an Erfahrung und Einsicht gefehlt. Auch ich lebte in Illusionen und Träumen von der Kunst. Ich nahm die Menschen nur in meiner Vorstellung wahr und entdeckte die Folgen meines Wahns erst im Nachhinein, Wochen, Monate oder Jahre später, manchmal überhaupt nicht. Ich blendete aus, was mir nicht gefiel. Die Menschen waren Bilder. Was wusste ich damals schon über die Wirklichkeit? Selbst heute, nach sechzig Jahren? Denn kann man etwas darüber erfahren, ohne sich einzumischen? Ich hatte in einer Bilderwelt gelebt. Mariam war ein Bild, und ich war der Fotograf gewesen. Jetzt stellte sie mich dar. Wie hatte sie mich gesehen?

Wieder begann ich zu suchen. Ich suchte nach Bildern von mir.

Die beiden betraten das Hostel, um sich darin umzusehen und ihre restlichen Dollars auszugeben. Sie wollte die Welt entdecken – Jerusalem. Es wimmelte von Touristen. Sie war eine arabische Touristin, die in mehreren westlichen Sprachen kauderwelschte, die einheimischen kehligen Laute aber nicht herausbrachte. Er musste darüber lachen. »Erstaunlich, so viele Sprachen! Doch was ist mit Arabisch?« Er suchte besonders schwierige Wörter zum Nachsprechen aus. Sie sagte: »Lehre mich, dann mach ich keine Fehler.« Er erwiderte: »Ich lehre dich, damit wir beide Fehler machen.« Sie begingen den größten Fehler. Eine schwere Sünde. Ein tödliches Verbrechen. Was hatte man ihr im Kloster beigebracht, wozu war sie überhaupt im Kloster gewesen? Warum war sie geflohen? Wie konnte sie von einem Roman träumen, wenn sie das Leben nur vom Hörensagen kannte? Später hat sie es kennen gelernt, um einen hohen Preis …

Und weiter? Es ging nicht weiter. Der Rest der Seite war leer, bei allen fünf Kopien. Doch langsam! Was war wirklich geschehen? Hatte sie tatsächlich gesagt: »Lehre mich, dann mach ich keine Fehler«? Und erwiderte er: »Ich lehre dich, damit wir beide Fehler machen«? Was sollte das? Nichts dergleichen hatte ich gesagt. Vielmehr genau das Gegenteil. Oder etwas Ähnliches, aber in einem ganz anderen Zusammenhang. Nichts stimmte. Dollars wollten wir ausgeben? Sie hatte mich unter diesem Vorwand ins Hostel geschleppt. Als sie aus dem Rausch erwachte, flüchtete sie vor mir. Ich suchte Hilfe bei meinem Vater, sie aber ließ mich in der Klemme sitzen und verdrückte sich. Das war so ihre Art. Sie lockte einen, bis man näher kam, dann entwischte sie. Wie ein Verrückter rannte man ihr hinterher. Sogar jetzt noch. Trotz Niederlage und Exil, trotz aller Unglücksfälle und Desaster renne ich ihr nach wie ein Besessener. Sie winkte wie eine Fata Morgana in der Wüste und entfloh. Ach, Mariam, wo ist die Wahrheit?

Sie schrieb, er habe in ihr nur die ausländische Touristin gesehen. Ja, er hatte ihr zugetraut, dass sie Erfahrung mit Männern besaß. Sein Blick auf sie war gespalten. Er schaute zu ihr auf wie zu einer Lehrerin, und zugleich sah er etwas Unerhörtes in ihr, das seine Gedanken fesselte und seine Fantasie mit atemberaubenden Bildern und Gefühlen füllte. Tränen standen in seinen Augen, ihre Geschichte traf ihn mitten ins Herz. Sie hatte seine Sehnsüchte geschürt. Er wünschte sich, eine Romanze voller Risiken und Erschütterungen mit ihr zu erleben. Flucht und Opfer kamen darin vor, kühne Kämpfe und Exil, Kerker und Orkane. Er hielt sie für eine heißblütige Frau und entzündete sich an ihr. So wurde er der Gefangene seiner eigenen Erfindung. Ist das Glück nicht am größten, wenn die Menschen uns so sehen, wie wir gern sein möchten? Diese tiefe Befriedigung, wenn wir ihre Fantasie anregen! Gibt es ein schöneres Gefühl? Problematisch war allerdings, dass sie selbst die Gefangene ihrer Texte war. Denn auch sie lebte in einer Geschichte und glaubte, was sie sich vorstellte. Liebte sie ihn? Ganz sicher. Aber er? Liebte er das Original oder die Kopie? Liebte er sie und ihre Geschichte oder sie wegen ihrer Geschichte? Wenn sie das nur wüsste ...!

Die Seite fiel mir aus der Hand. Die Lektüre hatte mir einen Schlag versetzt. Das war ich also gewesen. Ein dummer Kerl. All die Jahre hatte sie mich belogen und gequält. Ich glaubte ihr jedes Wort, und jetzt zeigt sie, wie sie mit mir gespielt hat! War es möglich? Und die Schwangerschaft? Eine weitere Lüge? Nein, nein, das nicht. Da waren ja die Kleidungsstücke und Windeln. Vielleicht gehörten sie einem anderen Kind aus der Familie, einem ihrer Neffen, oder es waren Sachen von ihren Brüdern aus den Fünfzigerjahren, genauso wie die Broschüren. Falls das zutraf, gab es weder einen Erben noch eine Erbin. Das hieße, Michel hätte mich zu Recht verleugnet. Meine Suche war sinnlos ... Nichts überstürzen! Was sie geschrieben hatte, konnte niemand anders als Frau Dschamila beurteilen. Sie musste ich fragen.

Ich nahm die Papiere, verschloss die Haustür und kehrte nach Jerusalem zurück, um sie aufzusuchen, um nach dem Original zu suchen.

Bevor ich Frau Dschamila mein Anliegen eröffnete, musste ich erkunden, was für ein Mensch sie war, wo ihre Stärken und Schwächen lagen. Ob sie zu den schwierigen, unzugänglichen Typen gehörte oder eher zu den sanften und fügsamen. Im letzteren Fall würde ich sie überzeugen, dass unsere Geschichte ein einmaliger Ausrutscher, ja ein Schicksalsschlag war, wie ihn kein Schriftsteller und keine böse Zunge erfinden könnte. Gut, seit den Fünfziger- und Sechzigerjahren hatten sich die Anschauungen verändert, aber Frau Dschamila gehörte immerhin der traditionell geprägten Generation an.

Überrascht musste ich feststellen, dass solche Allgemeinplätze bei Frau Dschamila versagten. Seit ihrer Jugend arbeitete sie im Elias-Krankenhaus von Jerusalem. Sie hatte genug Unheil, Katastrophen und Widersprüche erlebt, um über Kleinigkeiten großzügig hinwegzusehen. Nichts erstaunte, nichts empörte sie. Als Verantwortliche für die Versorgung und die Magazine hatte sie schon zu viele Schwierigkeiten und Verlockungen hinter sich. Zu oft hatte man ihr mit Drohungen oder

Versprechungen nahe gelegt, bei so manchem, was da oben oder unten passierte, ein Auge zuzudrücken. Oben, das war die Verwaltung, wo die Papiere über die Liefermengen ausgefertigt und das Getreide und andere Nahrungsmittel mit Herstellungs- und Verfallsdaten registriert wurden. Unten fanden die kleineren Diebstähle statt. Alles wurde geklaut – Laken, Seife, Teller, Löffel, Damenbinden, Kinderwindeln, Zucker, Tee. Mit schweigender Standhaftigkeit entlarvte sie die kleinen und die großen Delikte. Dann stellte sie das Gestohlene ohne Skandal und viel Aufhebens wieder an seinen Platz zurück. Eigentlich war sie religiös, aber das Leben und die Menschen hatten sie gelehrt, sich vor allem an moralische Grundsätze zu halten. Mit der Zeit waren diese an die Stelle der Religion gerückt. Zündete sie eine Kerze an, sei es wegen der Jungfrau Maria oder des Teufels, so meinte sie jedes Mal einen Menschen, der etwas Gutes oder Böses getan hatte. Gutes und Böses reduzierten sich bei ihr auf Ehrlichkeit und Diebstahl. Sie war wortkarg und lächelte selten, über dumme Witze lachte sie nie. Vielleicht lag es an ihrer Kindheit, dass sie immer etwas mürrisch dreinblickte. Sie war als Waise in einem Kloster aufgewachsen. Später heiratete sie einen kränklichen Mann, der ihre Sorgen mehrte. Sie wurde noch schweigsamer und finsterer und hielt sich oft in der Kirche auf. Nach jahrelanger mühevoller Pflege starb ihr Mann. Plötzlich war sie von einer Bürde befreit, die ihre Seele belastet und ihren Körper ruiniert, die ihr den Schlaf geraubt hatte. Dieses Gefühl der Befreiung bereitete ihr ein schlechtes Gewissen. Sie hätte es nicht mit Worten ausdrücken können, aber es nagte an ihr. Mit all ihrer Kraft hatte sie sich für den Mann aufgeopfert. Sie schleppte ihn auf ihrem Rücken wie der Messias das Kreuz, ohne zu murren und zu stöhnen, ohne jemanden um Hilfe zu bitten. Niemals vernachlässigte sie darüber ihre Arbeit im Krankenhaus, sie hielt ihren Verantwortungsbereich bis an den Rand der Erschöpfung in Ordnung. Trotzdem hatte sie Gewissensbisse, weil sie seinen Tod als Erlösung empfand und aufatmete. Die Tretmühle, die jeden Morgen beim Erwachen begonnen hatte, war auf einmal abgestellt. Sie brauchte nicht mehr an die Termine für seine Medikamente und die Röntgenaufnahmen zu denken. Es war vorbei mit dem Schlangestehen vor der genossenschaftlichen Apotheke und beim Blutspenden. Nachts konnte sie ungestört von seinen Hustenanfällen, Fieberschüben und Schmerzattacken durchschlafen. Sie fühlte sich erleichtert und verzieh es sich doch nicht. Fast empfand sie es als Lästerung, als Auflehnung gegen den höchsten Willen und Gottes Prüfungen. Noch zuverlässiger als vorher erfüllte sie nun ihre Pflicht, hütete sie fremde Geheimnisse. So wurde sie zur Vertrauensperson für viele Angestellte, Frauen wie Männer, für Kranke und Unglückliche, Verfolgte und Flüchtlinge, die sich in den Magazinen versteckten, bis es tagte oder dunkelte oder die Dinge sich einrenkten. Irgendwann kam auch Frau Dschamila auf die Liste der Betroffenen, die durch Übergriffe der Siedler geschädigt wurden. Zwei junge Amerikaner mit Kippah und Schläfenlocken hatten das Obergeschoss ihres Hauses in Beschlag genommen. Zur Erklärung gaben sie an, Gottes Verheißung zu erfüllen, wonach das auserwählte Volk die Erde Palästinas besitzen werde. Da Frau Dschamila nicht zu den Auserwählten gehörte, verlor sie das

Recht auf ihr Eigentum. Sie zog vor Gericht und verstrickte sich in endlose Prozesse. Wieder und wieder wurde ihre Klage abgewiesen und schließlich verschleppt. Zuletzt verlor sie den Mut. Ihr mürrisches Gesicht verdüsterte sich immer mehr. Sie redete nur noch, wenn sie gefragt wurde, und lächelte höchstens einmal, wenn sie spottete. Fremde Hilfe erbat sie nur im äußersten Notfall, wenn sie bei einer Arbeit gar nicht allein zurechtkam.

Kurzum, es war nicht gerade einfach, Frau Dschamila in ein Gespräch über Mariam oder Mariams Sohn zu verwickeln. Ich musste mich schon durch ein Hintertürchen schleichen, damit sie nicht misstrauisch wurde und sich verschloss. Mein Vorwand war, dass ich nun, da ich das Anwesen ihrer Verwandten im Dorf kannte, gern auch das Haus an der Straße sehen wollte. Doch die Besichtigungen zogen sich hin, erst ein Haus, dann noch eins, bis es am Ende zehn Häuser waren. Anfangs fühlte ich mich schuldig. Ich nahm so viel von ihrer Zeit in Anspruch und spielte ihr mein Kaufinteresse nur vor. Aber allmählich spürte ich, dass auch sie unsere Spaziergänge genoss, zumal ich sie hinterher in ein Restaurant einlud, wo wir etwas aßen und tranken. Wir redeten nicht viel, meistens ging es um die Vorzüge und Mängel der Objekte. Nach jeder Besichtigung und jedem Imbiss plauderte sie ein wenig zwangloser. Sie verließ ihr Schneckenhaus, gab kluge, sarkastische Kommentare ab und stellte hintergründige Fangfragen. Eines Tages saßen wir im Restaurant eines Sieben-Sterne-Hotels. Jerusalem lag zu unseren Füßen wie ein Panoramagemälde von ewiger Schönheit. Vor uns standen die vielen Teller mit Appetithäppchen und eine Flasche Wein. Plötzlich fragte sie, ohne zu stocken: »Jetzt sagen Sie mir ehrlich, was wollen Sie eigentlich?« Sie musterte mich mit ihren kleinen, tief liegenden Augen in dem runzligen runden Gesicht und lächelte ein wenig ironisch, ein wenig boshaft und doch gütig und Vertrauen erweckend. Ich tat, als bewunderte ich die herrliche Aussicht, um ihren Blick von mir abzulenken und stotterte: »Ich will ... Jerusalem.« Ihr Lächeln wurde eine Spur spöttischer: »Wer möchte das nicht? Aber nun mal ehrlich.« Sie trank einen Schluck und knapperte ein Stückchen Käse von der Messerspitze. Dann meinte sie ernst: »Sie können mir ruhig alles sagen.« Sie legte die Hand auf ihre Brust und flüsterte: »Hier ist der Brunnen, in dem die Geheimnisse ruhen. Sagen Sies, was es auch sei.«

Ich wusste nicht, wie ich beginnen sollte. Ich schüttete ihr einfach mein Herz aus und erzählte die ganze Geschichte von Anfang bis Ende. Zum Schluss erklärte ich: »Gott hat mir in allem Erfolg beschieden außer in der Ehe und bei den Nachkommen. Heute stehe ich einsam da, ohne Freunde, ohne Verwandte, ohne Liebe ... Mein Herz ist schwer, Schwester, so schwer. Das Leben geht dahin, und mit der Liebe ists aus und vorbei. Aber die Liebe ist gerade das Wichtigste. Sie ist die Würze des Lebens, sie macht die Welt aus. Das Gewissen drückt mich, und mir schwirrt der Kopf. Hätte ich doch nie erfahren, dass er mein Sohn sein könnte! Ich hätte nicht zurückkehren sollen, um all das zu genießen! Diesen Anblick, diesen Himmel, diese Kuppel. Den Morgenwind, das Glockengeläut, den Duft von Moschus und Nelken. Sobald ich durch eine dunkle Gasse gehe, wird meine Kindheit lebendig, meine Jugend ersteht neu und mit ihr die Erinnerung an Mariam. Ich rieche den Weihrauch und höre die alten Gesänge im Suk. Trotz des Exils, trotz der Militärposten sind das meine vertrauten Gassen, und mir ist, als könne ich fliegen. Ich bin so voller Erwartung und Hoffnung auf Liebe. Ich habe ja nichts mehr gefühlt. Mein Herz war wie taub, mein Empfinden abgestumpft. All die schrecklichen Kämpfe lagen hinter mir, ich hatte mich schon an die Fremde und das Exil gewöhnt. Erst jetzt fühle ich mich aufgehoben. Das Herz regt sich wieder. Ich weine, ich sehne und erinnere mich.«

Dschamila sah mir ins Gesicht. Wir waren beide leicht berauscht, vom Wein, von der Schönheit Jerusalems und meiner Herzensbeichte. »Seltsam!«, sagte sie leise. »Ich dachte ... Mir schien, Sie hätten es auf die Bestände im Magazin abgesehen.« Verblüfft schaute ich sie an, schockiert von ihrer Reaktion, die so gar kein Mitgefühl zeigte, nicht einmal Tadel oder Vorwurf. Traurig dachte ich, dass wir einander nichts zu sagen hatten. Ich sprach von Mariam und der Vergangenheit, von Nostalgie und Herzenssehnsucht, und sie hatte bloß Reis, Zucker und Babywindeln im Sinn! Nachdem wir beide eine Weile in unsere Gläser gestarrt hatten, flüsterte sie: »Mariam also? Alles wegen Mariam?«

Ich schreckte auf. »Aber gibt es denn etwas Wichtigeres als Mariam?«

Stumm sah sie vor sich hin und zählte die Dattel- und Olivenkerne. Dann sagte sie kurz und bündig: »Natürlich, schon klar – ein Flüchtling braucht Unterschlupf.«

Dschamila erzählte. Damals, als die schwangere Mariam zu ihr kam, war ihr Mann noch am Leben. Mariam war auf der Flucht vor den Brüdern und dem Klatsch der

Leute. Sie brachten Mariam im Obergeschoss unter. Anfangs nahmen sie keine Miete, obwohl ihnen die Wohnung ein recht gutes Einkommen verschaffte, besonders während der Saison und an Feiertagen, wenn alle Hotels und Pensionen mit Pilgern und Touristen überfüllt waren. Eines Tages stand Mariams Mutter vor der Tür. Danach besuchte sie ihre Tochter immer öfter, und jedes Mal steckte sie ihr ein paar Dollars zu. Später fand Mariam bei den Armeniern Arbeit in einem Fotostudio. Von da an zahlte sie regelmäßig Miete, sodass die Lage sich entspannte. Als sie niederkam, bemühten sich die Frauen um eine Geburtsurkunde für das Kind. Die Mutter gab das Geld, die Tochter gab ihr Einverständnis, und Dschamila regelte die Angelegenheit im Krankenhaus. Sie setzte ihren Namen und den ihres Mannes an die Stelle, wo die Eltern vermerkt waren. Viele wussten, dass sie keinen Nachwuchs bekamen, dass die Urkunde also gefälscht und das Kind ein Findling unbekannter Herkunft war. Doch die Frauen dachten an die Zukunft, das Kind brauchte seine Rechte und eine Identität. Alles lief glatt, und als ihr Mann starb, behielt das Kind dessen Namen.

»Was ist mit meinem Namen?«

Vorwurfsvoll sah sie mich an. »Und Mariams Name?«, sagte sie traurig.

»Wo sind die beiden jetzt?«

»Zwei Jahre darauf fuhr ich zu einem Besuch nach Beirut. Bei meiner Heimkehr waren sie verschwunden, wie von der Erde verschluckt.«

»Was wurde aus dem Kind?«

»Es verschwand mit ihr.«

»Hinterließ sie denn gar nichts, keinen Hinweis?«

»Sie hatte nichts mitgenommen, keine Sachen, keine Kleidung. Als ich die Hoffnung aufgab, dass sie zurückkehrte, raffte ich alles zusammen und lagerte es auf dem Zwischenboden.«

»Haben Sie es gemeldet?«

»Ihrer Mutter gab ich Bescheid.«

»Nicht der Polizei und dem Sicherheitsdienst?«

Sie musterte mich wieder mit diesem Blick. »Und der Armee auch?«, spottete sie.

Ich antwortete nicht. Aber ich nahm mir vor, die Suche fortzusetzen, ja erst richtig damit zu beginnen. Diesmal würde ich das Obergeschoss des besetzten Hauses durchstöbern, trotz der beiden jungen Kerle. Aber ich musste sehr bedachtsam und planmäßig vorgehen.

Äußerste Vorsicht war angezeigt. Wir durften nicht ertappt werden, wenn wir uns einschlichen. Die beiden Männer hatten bereits eine Besitzurkunde über das Objekt erwirkt. Wieso eigentlich? Nach welchem Recht und Gesetz? Frau Dschamila fand keine Worte. Wie sollte man es auch erklären, dass zwei Juden aus New York kamen, die Wohnung einer Frau in Beschlag nahmen und sich eine Besitzurkunde verschafften? Dabei besaß Frau Dschamila einen Kuschan, ein Eigentumsdokument mit mehreren Stempeln – einem osmanischen, einem britischen und einem jordanischen! Was musste sie durchmachen wegen dieses Urteils und dieser Männer! »Böse Nachbarn«, pflegte sie zu sagen. Nur Probleme hatte man mit ihnen. Als sie versuchte, vernünftig und logisch mit den beiden zu reden, drohten sie ihr und bewarfen sie mit Abfällen – Bananenschalen, verfaultem Obst, Sardinendosen, sogar Steinen.

Wir mussten warten, bis die beiden Fremden einmal weggingen. Sie würde unten am Eingang bleiben, um die Gasse zu beobachten, und bei Gefahr den Klingelknopf drücken. Ich würde derweil die Wohnung durchsuchen.

Der erste Tag lief nicht gut an. Kaum stand ich oben vor der Tür, schrillte dahinter die Klingel. Hastig rannte ich die Treppe hinunter, um nicht auf die beiden Fremden zu treffen. Doch es war nur Frau Dschamila, die mir entgegenkam und entschuldigend lächelte. »Am Eingang falle ich zu sehr auf. Jeder mustert mich, ob aus Angst oder Neugier.« Sie winkte ein paarmal mit der Hand. »Zurück, versuchen Sie es nochmals ...« Ich werkelte an der Tür, bis sie aufsprang, und ging hinein.

Das Haus war geräumig und schön mit seinen bunten Fenstern, den Bögen und breiten Veranden, von denen man die Palmen der Aksa-Moschee, die goldenen Kuppeln und die Wohnviertel sehen konnte. Dicht an dicht schmiegten sich die Steinhäuser mit ihren Lichtöffnungen, Holzerkern und Dachspalieren aneinander. Direkt vor mir hing die Wäsche der Nachbarn. Ein Vorhang war gespannt, um die Bewohner vor den Blicken der Fremden zu schützen. Eine Frau lugte herüber und fixierte mich mit unverhüllter Feindseligkeit. Dann schaute sie nach unten und sah Frau Dschamila an der Schwelle stehen. Freudig rief sie ihr zu: »Sitt Dschamila! Haben Sie etwas verloren?« Dschamila hob den Kopf und erwiderte trocken: »Jawohl – alles.« Die Frau schüttelte ein Hemd aus, bevor sie es aufhängte. »Ach, Sitt Dschamila, machen Sie sich nichts daraus! Bald finden Sie es wieder.« Sie warf mir einen freundlichen Blick zu, lächelte sogar verschwörerisch und sagte noch einmal: »Sie finden es bald wieder.«

Die Suche begann. Das große Wohnzimmer lag, wie früher üblich, in der Mitte. Die anderen Räume gingen davon ab. In einem Zimmer standen Kisten und ein Computer. An den Wänden hingen Schwarzweißfotos und Poster, auf denen finstere Männer mit Vollbärten, Schläfenlocken und Kippot abgebildet waren, auch Zeichnungen mit Panzerfäusten, Gewehren, Sternen und Fackeln. Aber sonst war die Einrichtung genau so, wie Dschamila sie beschrieben hatte. Betten und Schränke im Schlafzimmer, eine Sofagarnitur im Wohnzimmer, Möbel aus Olivenholz mit Intarsien und Glas aus Hebron. Nur die Kisten und der Computer waren neu. Neu war wohl auch der Geruch im Raum. Ein seltsames süßliches Gemisch, wie aus altem Fett und Schweiß. Fremde Gerüche einer fremden Existenz. Dann diese Kisten. Alles Mögliche lag darin, Bücher, Waffen, Broschüren. Mit Mariam hatte das nichts zu tun. Auch die Truhen und Schränke enthielten keinerlei Hinweis auf sie oder das Kind. Dafür war Dschamila überall gegenwärtig. Die ganze Einrichtung zeugte von ihr, von ihrem Vater und ihrem Großvater. Ein offenes, großzügiges Haus mit Südfenstern und alten Glasscheiben. Ich streckte den Kopf hinaus und rief leise nach Frau Dschamila. Sie hörte mich nicht. Die Nachbarin mit der Wäsche sprang ein und rief zu ihr hinunter: »Sitt Dschamila! Antworten Sie!« Frau Dschamila hob den Kopf, winkte mit der Hand und sagte etwas, was ich nicht verstand. Wieder half die Nachbarin. »Schauen Sie in die Truhen auf dem Zwischenboden«, richtete sie mir aus, dabei lächelte sie.

Ich machte mich von neuem auf die Suche. Hinter der Tür fand ich eine Leiter, stieg hinauf und ertastete mehrere Truhen. Ich zündete die trübe Lampe an und öffnete eine Luke, um Licht und Luft hereinzulassen. Dann klappte ich die erste Truhe auf. Lauter Kindersachen lagen darin. Aber Motten und Schimmel hatten ihr Werk getan. Ein Hemdchen, durchlöchert wie ein Sieb, ein Jäckchen, zernagt und verschlissen. Dreißig Jahre, ja fünfunddreißig, ruinieren sogar Eisen, Autos und Straßenasphalt. Da bildest du dir ein, die Sachen von einem Baby könnten bleiben, wie sie einmal waren? Ist denn das Kind geblieben, wie es war? Jetzt ist es ein Mann! Worauf war ich eigentlich aus? Ich suchte einen Ausweis, eine Geburtsurkunde, irgendein Zeugnis, mit dem sich beweisen ließ, dass dieser Mann mein eigenes, leibliches Kind war. Auch wenn er einen anderen Namen trug, war er trotzdem mein Erbe und ein Zweig an meinem Baum.

Ich wühlte hier und kramte da, in Kartons, Truhen und Kisten. Nichts. Keine Papiere. Und die Zeit lief. Drüben kreischte die Nachbarin: »He, Ismail! Pass auf, dass du nicht runterfällst!« Ich glaubte zu ersticken. Diese Hitze, dazu die Gerüche, der Mottendunst! Schließlich fand ich ganz unten in einer Kiste einen Kalender, in dem jeder Tag eine Seite hatte. Auf der ersten las ich: »Milchflasche, Nido-Pulver, Cerelac-Babynahrung, Puder, Creme, ein Kilo Äpfel.« Am darauf folgenden Tag stand: »200 Dollar erhalten.« Außerdem: »Küchenschwämme, Eier, Käse«, und dann noch: »Tee fürs Baby gegen die Bauchschmerzen, Brot und Oliven.« Später waren hier und da zwischen den Haushaltsdingen und Einkäufen kleine Bemerkungen eingestreut.

»Die Welt macht mich schwindlig. Mir zerspringt der Kopf. Mein Herz ist beklommen. Das Kind raubt mir die

Nerven. Ich komme um vor Einsamkeit. Besuche eine nahe gelegene Bibliothek. Nehme Unterricht in Arabisch. Der Lehrer meint, ich sei die Beste. Wer in einer Sprache schreibt, sagt er, schreibt in allen Sprachen der Erde.«

Ich überblätterte einige Seiten und gelangte zu undatierten Eintragungen. Dennoch waren sie von der Zeit imprägniert wie mit Öl, das in Fäden darüber hingelaufen und im Papier versickert war. Die Zeit hatte die Tage durchtränkt und war zu Geschichte geronnen. Sie hatte also Tagebuchnotizen geschrieben, Herzensergüsse – aber keinen Roman. Niemand hatte diese Bekenntnisse gelesen außer mir und natürlich Mariam. Demnach war das Geheimnis von niemandem gelüftet worden. Es würde keinen Skandal geben.

Auf einer Seite stand: »Eines Tages wird er nach dem Kind suchen und es nicht finden. Hasse ich es? Man sagt, Mutterschaft sei wie ein Wunder. Reine Liebe, reine Zärtlichkeit, Selbstlosigkeit und Aufopferung. Ich empfinde nur Ärger und Empörung, möchte am liebsten davonlaufen. Warum bin ich gebunden? Dieses Gefühl quält mich, versklavt mich. Mein Kopf schmerzt, mein Herz ist bedrückt. Ich bin so einsam.«

Einige Leerzeilen. Dann ein Stimmungsumschwung.

»Bei den Armeniern finde ich wieder zu mir. Gestern war Weihnachten. Ich ließ den Jungen bei Dschamila und feierte dort. Ich trank und tanzte und rauchte, aber als ich erwachte, war ich allein. Ich erinnerte mich an das Kind und begann zu weinen. Alle umringten mich. ›Was hast du, Mariam? Lebe dein Leben. Du bist noch jung. Du bist hübsch. Mach dir keine Sorgen. Deinem Sohn geht es gut. Morgen wird er groß, ein Sohn ist eine Stütze. Nichts bleibt, wie es ist, außer den Banden des Bluts.‹ Ein Mann wird er sein? Und was wird aus mir? Was soll ich tun? Tanzen? Schreiben? Oder das Kind hüten? Ich leihe mir Bücher aus, ich schreibe wieder. Ich suche mir eine Arbeit.«

Es folgten Auflistungen der Einkünfte und Einkäufe. Mehrere Seiten waren gefüllt mit Notizen über das Kind.

»Er lacht, er spielt, er krabbelt, er läuft. Ich vergöttere ihn! Er ist mein Leben. Vartuk hat mir gesagt: ›Haik liebt dich.‹ Ich lachte ihn aus und erwiderte: ›Ich liebe nur mich und mein Kind.‹ Er ist mein Ein und Alles. Ach, wie schmerzt mich diese Liebe! Mutter sagt: ›Wir mögen unsere Kinder noch so streng behandeln, am Ende verzeihen wir ihnen immer.‹ Mutter hat mir verziehen. Wird mir auch der Vater im Himmel vergeben? Meine Tante sagt etwas anderes: ›Liebe ist der Geist Gottes, und in ihm ist Ruhe.‹ Am Sonntag werde ich meine Tante besuchen.«

Der Ruf der Nachbarin rüttelte mich wach: »Beeilt euch, Leute! Was treibt ihr so lange?« Aber die Notizen – kurze, abgerissene Bemerkungen – fesselten mich.

»Am Sonntag nach Nazareth gefahren. Den Jungen in der Klosterkrippe abgegeben. Ein Buch und Nachschlagewerke entliehen. Lebensmittel gekauft, Fahrkarte besorgt.«

Leere Zeilen, leere Seiten, bis zum letzten Blatt. Wo ist die Geburtsurkunde mit seinem Namen? Nirgends war sein Name erwähnt. Ich suchte und suchte. Papiere und Kisten türmten sich um mich, und die niedrige Lampe heizte die sommerliche Gluthitze noch auf. Plötzlich schrillte unten laut die Klingel. Ich hörte die Nachbarin, sie rief mich wie einen spielenden Jungen. »Ismail, komm runter! Beeil dich, Ismail! Pass auf, dass du nicht fällst.«

Von neuem schrillte die Klingel. Hastig verstaute ich die Sachen in die Kisten. »Mach schon, Ismail, beeil dich! Vorsicht, dass du nicht fällst.« Aber ich fiel doch. In meiner Panik rutschte ich mehrere Sprossen von der Leiter. Ich rappelte mich auf und humpelte weiter. Die Klingel! Ich schloss die Tür hinter mir und wankte die Treppe hinab. Als ich Frau Dschamilas Wohnung erreichte, brach ich zusammen.

Beim Abendessen war ich am Ende. Ich sei an allem schuld, sagte ich zu Dschamila, ich hätte alles zerstört. Sie widersprach traurig: »Nein, ich bin schuld. Ohne meine Sturheit wäre Mariam hier geblieben, und ich hätte jetzt einen Erben, der den Kuschan für das Haus übernimmt und mir Ruhe schenkt. Wer soll denn das Haus erben, wenn ich einmal sterbe? Wer führt die Gerichtssache weiter? Wer setzt die Kerle vor die Tür?« Der Bissen blieb mir im Halse stecken, als ich sie so reden hörte. Mariams Sohn war plötzlich heiß umworben! Ja, ich rivalisierte mit Dschamila um ihn als Erben! Doch weshalb klang ihre Stimme so traurig?

»Ich bin eben vom alten Schlag«, sagte sie. »Ich mags nicht, wenn ein Mädchen sich nachts herumtreibt. Zu Weihnachten besuchte sie die Armenier und blieb bis früh am Morgen weg. Mein Mann war vor einigen Wochen gestorben, ich trug noch Schwarz. Sie ließ den Jungen bei mir und ging feiern. Der Kleine schrie, er verlangte nach seiner Mutter, und ich war so von Herzen traurig, mein Gewissen gab keine Ruhe. Ich fühlte, dass ich meinen Mann vernachlässigt hatte. Glauben Sie mir, Ibrahim, der Mann war ein Engel. Trotz seiner Schmerzen klagte er nie, immerzu hat er sich bei mir bedankt. ›Gesegnet seien deine Hände‹, sprach er. ›Gott schenke dir Kraft, du Beste von allen. Du bist mein Leben.‹ Ich, die Beste von allen! Ich, sein Leben? Dieser Mann achtete mich trotz meiner Unfruchtbarkeit. Ich hatte ihm weder einen Jungen noch ein Mädchen geboren, nicht mal ein kleines Mäuschen. Eine Schönheit war ich auch nicht. Nie habe ich gelacht. Wenn meine Miene sich einmal aufheiterte, sagten alle: ›Die Sonne kommt heraus.‹ Aber mein Khalil gab mir das Gefühl, etwas Besonderes zu sein. Stets munterte er mich auf und schenkte mir Freude und Geborgenheit. Als er erkrankte, hatte ich nur noch Angst. Ich wurde wieder die Waise mit dem gebrochenen Herzen. Ich fürchtete mich vor der Welt, vor seiner Krankheit und den Schmerzen. Es war grauenhaft – Bestrahlungen, Blutwäschen, Chemotherapie. Der Gram fraß mich auf. Nach seinem Tod war ich ganz zermürbt von meiner Angst und seiner Qual. Ich nahm Urlaub und schlief mich aus. Tag und Nacht schlief ich. Endlich wachte ich auf. Ich öffnete das Küchenfenster und roch den Jasminduft. Mir war, als atmete ich zum ersten Mal seit Jahren. Die Sonne schien so schön, und der Morgenwind war süß wie Zucker. Ich hätte fliegen können. Da hob ich den Kopf und seufzte: ›Danke, lieber Gott, danke, danke.‹ Dann begriff ich erst, was ich fühlte. Was hatte ich eben gesagt? Hatte ich Gott gedankt, dass er ihn zu sich nahm? Er war ein Engel gewesen, immer gütig und großmütig. Gegen ihn war ich nur ein armseliger Erdenwurm. Ich ging zum Priester, beichtete und empfing das heilige Abendmahl. Der Priester beruhigte mich: ›Das ist normal. Kopf hoch. Du bist großartig. Der Herr gibt und der Herr nimmt. Gott hat es so gewollt. Lebe dein

Leben.‹ Doch der Herr wollte nicht, dass ich meine Freiheit genießen sollte, denn Mariam nahm mich in Beschlag. Sie ließ das Kind bei mir und ging aus. Das Kind schrie, ich wusste nicht, was ihm fehlte. Ich trug es umher, aber es schrie. Ich gab ihm zu trinken, es schrie weiter. Ich kochte ihm Kamillentee, natürlich war alles umsonst. Der Kleine schrie nach seiner Mutter. Ich war nicht seine Mutter, nur auf dem Papier war ichs. Doch glauben Sie mir. Der Junge war mein Leben, jedenfalls das Schönste in meinem ganzen Leben. Wenn Sie seine Augen gesehen hätten! Seine Bäckchen! Er war rund wie eine kleine Ente und hatte Grübchen auf dem Handrücken. Ich fasste seine Händchen und küsste die süßen Finger. Er schaute mir zu mit seinen Äuglein, die leuchteten wie Narzissen und Mandelblüten. Ach, war er schön! Wenn Sie ihn nur gesehen hätten, Ibrahim! Niemanden habe ich so geliebt wie ihn. Ich liebte ihn mehr als einen Sohn, glauben Sie mir. Aber dann ... Ich war zu stur ... Trinken wir etwas. Holen Sie die Flasche da, machen Sie auf. Gießen Sie mir auch ein Glas ein. Was haben Sie? Sind Sie müde? Das mit dem Fuß ist nicht weiter schlimm, nur verknackst. Morgen früh ist alles vergessen. Wo waren wir stehen geblieben?«

Ich flüsterte: »Der Junge war wie eine kleine Ente und hatte Grübchen auf dem Handrücken. Seine Äuglein leuchteten wie Narzissen und Mandelblüten.«

Sie nahm einen Schluck aus ihrem Glas, ich trank ebenfalls. Wir schwiegen beide. Als ich sie nach einer Weile ansah, bemerkte ich Tränen in ihren Augen. Ich streckte die Hand aus und streichelte ihre. Sie drückte meine Hand und sagte traurig: »Ich bin schuld. Nichts habe ich verstanden. Wäre ich nur nicht so halsstarrig gewesen!

Mariam wäre hier geblieben, und ich hätte jemanden daheim. Sehen sie, meine Wohnung ist immer düster und leer. Ohne die Nachbarn würde ich vor Einsamkeit umkommen. Mariam, ach, Mariam! Ich bin schuld, ich war zu jung und zu dumm. Heute tut es mir Leid. Nach all den Jahren und all dem Kummer verstehe ich Mariam. Aber damals habe ich mit ihr geschimpft: ›So einen süßen Jungen lässt man keinen Augenblick allein. Bist du überhaupt eine Mutter?‹ Weinend umarmte sie das Kind. Sie weinte und weinte. Später begriff ich und sagte mir: Wenn sogar ich Angst spürte und Wärme brauchte, wenn mir die Last zu schwer wurde, wenn ich mit meinem harten Gesicht Sehnsucht nach einer Umarmung hatte – wie konnte ich ihr dann vorwerfen, was sie fühlte? Wissen Sie, manchmal wird uns jemand lästig, obwohl wir ihn lieben. Wir möchten die Last abwerfen, um einmal durchzuatmen. Verstehen Sie das?«

Seufzend nickte ich: »Natürlich.«

In Gedanken versunken fuhr sie fort: »Und hinterher bereuen wir und vergraben uns. Verstehen Sie? Der Preis ist schreckliche Einsamkeit, Eiseskälte. Sehen Sie mein Haus. Kalt ist es und leer. Wären Sie nicht hier, läge ich jetzt schon in tiefem Schlaf. Hätte ich doch meinen Khalil noch hier! Auch mit seiner Krankheit. Wäre Mariam hier und das Kind. Dann fühlte ich mich nicht so verlassen. Sie und ich, wir haben die gleichen Sorgen. Kommen Sie wieder, ich bitte Sie, schwören Sie es mir.«

»Warum soll ich es beschwören?«, fragte ich erstaunt.

»Schwören Sie bei Gott, versprechen Sie, dass Sie mich nicht vergessen. Wenn Sie das Kind finden, meinen Sohn, Ihren Sohn ... Der Kuschan gehört ihm. Vergessen Sie es nicht. Nehmen Sie das Dokument und bewahren Sie es auf, mein Haus ist zu offen und ungeschützt. Wenn Sie Michel finden …«

Wie erlöst flüsterte ich: »Haben Sie Michel gesagt? Ja, natürlich, geben Sie mir die Urkunde.«

Am Morgen setzte ich die Suche fort. Die Nachbarin war wieder auf dem Dach, um die Wäsche aufzuhängen oder auszubreiten. Frau Dschamila postierte sich unten und beobachtete die Gasse. Ich hinkte mit meinem verstauchten Fuß zur Tür.

Bevor ich hineinging, gestand sie: »Ich habe Herzklopfen. Wenn sie uns nur nicht erwischen! Sie würden schießen.« – »Keine Bange«, erwiderte ich großspurig, »ich schaff das schon.« Aber in Wahrheit hatte auch ich Angst, ja ich fürchtete mich, denn sie besaßen Waffen, und ich hatte gar nichts. Sie verfügten über Richter und Gerichte, eine ganze Armee und eine Regierung. Ich humpelte und fühlte mich wie ein alter Gaul, dessen Zeit abgelaufen ist. Die Bahn ist zu lang, das Rennen zieht sich hin, und der Klepper lahmt. Was solls. Was habe ich schon zu verlieren? Da gibt es nichts zu verlieren, nichts zu gewinnen. Ich bin allein, ohne Angehörige, ohne Erben. Ich habe keinen Sohn, keine Geliebte, niemanden. Gewinne ich nichts, so verliere ich doch auch nichts.

Ich betrat die Wohnung zum zweiten Mal, Dschamila blieb unten und hielt Wache.

Was mochte diese Truhe enthalten? Fotos, ein Kreuz, Zeitschriften, ganz unten Ikonen. Ein Neues Testament, noch in Zellophan verpackt. Ein zurückgesandter Brief.

Ich öffnete den Umschlag und zog eine weiße Karte heraus. Korallenzweige waren darauf abgebildet, und das Blut des Messias. Ein kleiner Engel schleppte ein Kreuz auf seinem Rücken. Darunter standen in großer, verblasster Schrift einige wenige Worte: »In Gottes Geist finden wir Frieden. Deine liebe Tante Schwester Eugenie. Nazareth, am 26.12.1969.«

Bei der Tante hatte sie sich also versteckt, bei Schwester Eugenie, und ihre Mutter lebte dort im Altersheim. Ich erinnerte mich wieder an das Foto mit der Tante und der alten Frau im Rollstuhl. Mariam hatte dahinter gestanden. Oder daneben? Mutter, Tante und Tochter waren beisammen. Sie selbst hatte auf dem Foto wie eine Nonne ausgesehen. Bei dem Gedanken, dass Mariam bei den Nonnen wohnte und ein reines Leben führte, atmete ich auf. Ich verstand es selbst nicht, aber ich hatte eine Aversion gegen das Armenische Kloster, die nächtlichen Feiern und das Weihnachtsfest. Das Kind bis zum Morgen schreien zu lassen! Sie gab den Kleinen einfach bei Frau Dschamila ab, ging zur Fete und betrank sich. Dschamila hatte sie ausgeschimpft: »Wie kannst du als Mutter so etwas tun!« Insgeheim setzte ich hinzu: Wie konntest du ihn und mich verlassen! Ich wusste, dass es verrückt war. Doch so fühlte ich nun einmal, so wurde ich erzogen. Da war ich nicht besser als Dschamila, sogar schlimmer. Schließlich trug ich den Namen unseres Stammvaters Ibrahim. Jedenfalls fühlte ich mich bei der Vorstellung erleichtert, Mariam lebe bei Schwester Eugenie wie eine Nonne. Aber wenn sie sich an dieses Leben gewöhnt hat? Würde sie mich jetzt noch akzeptieren und zu mir zurückkehren? Langsam, langsam, nichts überstürzen. Schritt für Schritt. Vielleicht findest du sie ... Doch was war das? Es klingelte und die Nachbarin rief: »He, Ismail, komm runter! Schnell, beeil dich. Pass auf, fall nicht.« Die Klingel schrillte. Die Nachbarin schrie. Ich geriet in Panik. Mein Fuß schmerzte, ich verlor die Nerven. Wankend stieß ich gegen einen Stuhl und einen Kleiderständer. Schritte näherten sich. Ich schloss die Tür ab und sah Dschamila vor mir auf der Treppe stehen. Die Nachbarin fuchtelte mit beiden Händen und kreischte voller Angst: »Du kriegst Prügel! He, Ismail!«

Dschamila hastete unter der Last ihres Körpers und ihrer Jahre an mir vorbei, die Treppe hinauf. »Los, los!«, keuchte sie. »Rauf zur Antenne!« Ich rannte ihr hinkend und ächzend hinterher. Keine Luft! Mein armes Herz! Nein, nicht fallen, nicht jetzt. Nur weiter hinauf, hinauf. Wir erreichten das Dach. Schnaufend hielten wir an. Ich schaute nach unten und erblickte Kippot, Maschinengewehre, Luftkoffer, Schläfenlocken. Die Nachbarin sah herüber, starr vor Angst. Sobald die Tür zuschlug und die beiden Männer drin waren, schlichen wir uns wie Diebe hinunter.

Ohne Aufsehen erreichten wir Dschamilas Wohnung und verriegelten die Tür. Ohne ein Wort fiel sie aufs Sofa. Wir verharrten stumm und regungslos, als spionierten wir noch immer die Hausherren aus. Denn sie waren die Hausherren und wir nur die Untermieter!

Eine alte Verheißung

Ein herrlicher Morgen. Nazareth, majestätisch thronend auf dem Gipfel. Glockengeläut des Herzens. Zu dir komme ich, du unser aller Gebetsnische. Auf der Suche nach unserer frühen Liebe, dem Duft der Vergangenheit und einem grünen Zweig komme ich zu dir. Schattig schlummern die weiten Wege, die ich hinter mir ließ, um dein Licht zu schauen und deine zärtliche Sonne zu schöpfen. So kehre ich heim, verjüngt zum Knaben, für immer getauft vom Orient.

Man sagte mir, Mariam sei drüben im Kloster gewesen. Das Kloster gehöre zur Genossenschaft, ebenso das Zeltlager für die jungen Leute und Sportler. Ihre Mutter befinde sich im angeschlossenen Altersheim. Mariam sei wieder abgereist. Im nächsten Sommer, mit Beginn der Saison, werde sie zurück sein.

Ich machte mich von neuem auf den Weg. Wohin ging Mariam? Nach Lod. Und von da? Nach Ras Nakura. Und dann? Auf Pilgerfahrt zur Grabeskirche und zum

Ölberg. Soll ich denn ganz Galiläa absuchen? Sie zog weiter die Küste entlang von Ras Nakura bis Nakab. Oder darf ich Ihnen einen Rat geben? Warten Sie bei der alten Frau. Zu Beginn des Sommers kommt sie.

Ich betrat das Kloster und das Gebäude, in dem sich das Hospital mit dem Altersheim befand. Hinten im Wacholderdickicht bemerkte ich das Zeltlager.

Vereinzelt sah ich alte Leute, weiß gekleidete Ärzte und Nonnen. Der Hof war groß wie ein Hallenbad. Die Kacheln glänzten, unter mir erkannte ich mein Spiegelbild.

Ich fragte die Nonne am Eingang nach dem Zimmer. »Wer sind Sie?«, erkundigte sie sich. »Ein Verwandter«, sagte ich bittend. »Ich komme aus Jerusalem.« Sie lächelte. »Herzlich willkommen! Hier sind Sie zu Hause. Wie geht es Ihnen?«

»Der Weg war schwierig«, erwiderte ich. »Eine lange Reise, obwohl es so nahe liegt. Ich musste von einem Bus in den anderen umsteigen, um herzugelangen. So viele Stationen! Und es wimmelte von Ausländern. Ich kam mir vor wie im Westen, es roch auch so, wie in New York. Mir war bange vor der Kontrolle. In Haifa hatte es eine neue Aktion gegeben. Aber wie durch ein Wunder durfte ich passieren. Ich sah Polizisten und Armeeposten, sie suchten nach einem Araber. Nun ja, bei meinem Aussehen ...« Sie musterte mich. Beschämt fügte ich hinzu: »... und meinem Alter ließen sie mich durch. Hier allerdings ...« Ich sah mich um. Rollstühle und Tragen. Eine Frau ging am Krückstock. Ein alter Mann quälte sich zittrig vorwärts. Unter seinen Füßen schimmerte sein Spiegelbild. Beinahe wäre er ausgeglitten. »So wird es mir bald auch ergehen«, meinte ich traurig.

»Sie müssen nicht so schwarz sehen«, flüsterte sie. »Hier erneuert sich das Leben. Schauen Sie nur einmal durchs Fenster da, unter dem Balkon.« – »Ein Zeltlager«, antwortete ich. »Richtig. Hier die Alten, dort die Jungen. Verstehen Sie jetzt?« Und ob ich verstand. Aber dieser Lärm! Was war das bloß für ein Lärm?

Ich trat auf den Balkon. Ein Gewimmel wie am Jüngsten Tag! Trupps von jungen Leuten errichteten Absperrungen, pflasterten Wege und strichen Eisenteile. Sie hoben Gräben aus, schleppten große Körbe und Farbeimer. Durch die Lautsprecher wurden Weisungen gegeben. Dieses Geschrei, dieser Tumult! Wie konnten die Alten das ertragen? Die Nonne beteuerte, in den Zimmern herrsche absolute Stille. »Sie werden es selbst merken.« Ich merkte es wirklich, denn als ich die Mutter in ihrem stillen Zimmer aufsuchte, saß sie in tiefes Schweigen versunken im Rollstuhl. Draußen die Jugend und drinnen die reglose Mutter.

Der Arzt erklärte mir, sie sei nicht taub, sondern abwesend, sie lebe in ihrer eigenen Welt. Manchmal wache sie auf und reagiere. Dann frage sie nach Mariam und den anderen Kindern. Sie erinnere sich an Dinge, die es nie gegeben habe, und bringe Fantasie und Realität durcheinander, was in diesem Alter nur natürlich sei. In diesem Alter ... Er sah mich prüfend an. »Aha, verstehe«, sagte ich beklommen. Ich setzte mich auf die Stuhlkante und betrachtete sie. Sie trug keine Brille, ihr Kopf war mit dünnem weißem Flaum bedeckt. Die Adern ringelten sich in ihrer Hand wie Würmer. Schrecklich, was im hohen Alter aus uns wird! Etwas wie ein Gewächs, ein rindiger Stamm. Das Schlimmste war aber nicht ihr Äußeres, sondern dieser Dämmerzustand, diese Abwesenheit. Das Erlöschen des Bewusstseins.

Ich flüchtete mich vor dem Geruch des Todes auf den Balkon. Der Arzt folgte mir und begann mich auszufragen. »Was gibts Neues in Jerusalem? Wie ist die Lage? Was machen Sie beruflich? Sind Sie ein Verwandter? Wie war der Weg hierher? Was ist das für eine Aktion gewesen? Hat man Sie belästigt? Kennen Sie jemanden in Galiläa, bei dem Sie übernachten können?« Er zeigte mir ein kleines Gasthaus hinter dem Gebäude, das nicht kontrolliert oder durchsucht werde. »Treffen wir uns nach Sonnenuntergang im Lager«, sagte er. »Dort ist heute Abend Gesang und Tanz. Also, bis dann.«

Wo aber steckte die Tante? Jene Tante, die immer durch das Mandelbaumtor kam ... Wie hatten wir uns damals wegen dieses Tors gestritten! Ich erinnerte mich genau, und manches war heute lächerlich. »Ein Paradies«, hatte sie gesagt. Jetzt dachte ich: Es ist wirklich ein Paradies. Gibt es Schöneres als den Karmelberg und die Quellen von Galiläa? Ängstlich geduckt war ich durch das Tor gegangen, damit kein Polizist mich stoppte und nach meinem Passierschein fragte. Aber nichts hatte mich von dieser Reise abhalten können, weder die Angst noch der lange Weg oder die Aktion. Wo war die Tante?

Leise klopfte ich an die Tür. Eine kräftige Stimme rief: »Herein!« Zaghaft, ein Bein drin, eins draußen, lugte ich hinein. Ich sah zwei Nonnen. Eine war größer als ich, trotz ihres vorgerückten Alters hielt sie sich kerzengerade. Die andere trug eine Brille mit dickem Rahmen, doch ihre Augen blickten klug und eindringlich. »Wer sind Sie?«, fragte sie. »Wie ist Ihr Name? Was wünschen Sie?«

Das Westjordanland und die Berge um Jerusalem. Einen Lebenssinn. Ich bin einer, der alles verloren hat – seine Träume, seine große Liebe und die Zukunft. Der nichts unversucht ließ, um ein Ziel und eine Aufgabe zu finden. Der den Namen seines Großvaters und die Eigenschaften seines Vaters erbte und selbst keinen Sohn hat, der ihn froh macht und seinen Namen übernimmt. »Ich habe Fehler begangen, und ich bereue. Wie kann Jesus zulassen, dass ich in alle Ewigkeit angeklagt bin und keinen Richter finde, der mir Recht verschafft und das Urteil aufhebt? Ich drehe mich im Kreise, in meiner Sehnsucht nach der Vergangenheit, nach einer schönen Frau, die mir einst gehört hat, nach einem Sohn, der seinen Vater nicht kennt. Ich habe beide verloren, meinen Sohn und seine Mutter Mariam. Jetzt bin ich hier und suche das Ende des Fadens. Bitte, helfen Sie mir.«

Sie blickte zu Boden, sie überlegte. Billigte es Jesus oder nicht? Verzieh er mir oder nicht? Ich fürchtete das Urteil. Auf der Stuhlkante sitzend, schaute ich hinaus auf den Balkon. Plötzlich begannen die jungen Leute im Chor ein Lied zu singen, das ich einmal auf einer Kassette gehört hatte, in Italien. Ich fuhr über eine Bergstraße und sah die blühenden Mandelbäume, die schattigen Zedern und Zypressen. Ein Duft wehte von Westen her über die Küste und das Flussufer. Fairuz sang vom Meer und von den Schiffen, die uns in die Fremde trugen, vom immer währenden Weggehen. Zu jener Zeit war meine Rückkehr ein Traum, eine Hoffnung, in der ich lebte und die sich jedes Mal wieder in Nichts auflöste.

Die Jungen sangen, und die Lautsprecher schmetterten ihr Lied in die Luft. Mir stiegen die Tränen in die Augen.

Sie sah es und trat zu mir, nahm mich bei der Hand und führte mich auf den Balkon. »Mariam war hier«, sagte sie. »Vielleicht kommt sie heute, vielleicht morgen oder übermorgen, ich weiß es nicht. Doch sie kommt bestimmt, Sie müssen nur Geduld haben. Ihre Mutter ist hier, und ich bin auch hier. Sie besucht uns im Kloster. Heute Abend wollen die Jungen das Richtfest feiern. Aus ganz Galiläa und dem Westjordanland treffen Gäste ein. Haben Sie die Mutter schon nach Mariam gefragt?« Ich sagte: »Aber sie ist ja taub!«

»Manchmal vergisst sie die Welt und wird starr wie ein Standbild aus Stein. Am nächsten Tag erwacht sie und redet mit vollem Bewusstsein und richtig vernünftig. Versuchen Sie es.«

»Verzeihen Sie mir?«, fragte ich. Sie lächelte und erwiderte mit leisem Vorwurf: »Wer bin ich, dass ich zu verzeihen hätte?« Mich fest ansehend, flüsterte sie: »Verzeihen Sie sich denn?« Sie reichte mir die Hand zum Abschied. Ich küsste ihre Hand und sagte: »So weit ich auch fortgehen werde, das Paradies liegt hier, bei Mariams Tante.« Und ich erzählte ihr, was wir damals gesprochen hatten. »Worte«, meinte sie nachsichtig, »alles Schall und Rauch. Das Paradies aber ist das Paradies.«

Ich öffnete die Tür und trat ein.

Das Gasthaus in der Nebenstraße lag nur zwei Minuten von der Klostermauer entfernt. Es wirkte wie ein großer Familiensitz, der Vorgarten ließ kein geschäftliches oder touristisches Unternehmen vermuten.

Ich durchquerte den kurzen schmalen Weg und klingelte. Ein lächelnder Kellner erschien und brachte mein

Gepäck hinein. Ohne langes Fragen führte er mich zu der unauffälligen Rezeption an der Seite eines größeren Salons. Keine Formalitäten, keine Werbung, kein Lärm. Ich gestand dem Mann, dass ich ohne Aufenthaltserlaubnis und Passierschein gekommen sei. Er setzte seine Brille auf und trug die Zimmernummer ein. »Habe ich Sie danach gefragt?«, sagte er freundlich. »Ich weiß ja, wer Sie sind. Man hat mir schon Bescheid gegeben. Eben ist der Doktor hier gewesen. Möchten Sie einen Kaffee oder Orangensaft? Herzlich willkommen! Fühlen Sie sich wie zu Hause.«

Er setzte sich zu mir an die kleine Bar. Wir tranken ein Bier und redeten über die allgemeine Lage. Nach einer Stunde wusste ich alles über ihn und die Geschichte des Hauses. Es hatte seinem Onkel gehört, der nach dem Schicksalsschlag, nach der Gründung Israels, ausgewandert war. Die Behörde hatte das Gebäude konfisziert, es wurde Regierungsbesitz. Der Staat vermietete es nach dem Gesetz, und nach dem Gesetz mietete er es vom Staat zurück. Er betrieb es als Gasthaus für Durchreisende und Pilger. Da es nahe beim Kloster lag, waren die meisten Gäste von meiner Art. Sie besaßen keinen Passierschein. Wer immer aus Jerusalem oder vom Westjordanland kam, nahm bei ihm Logis, seit vielen Jahren schon, seit der Katastrophe.

»Seit siebenundsechzig?«, fragte ich.

»So ist es.« Lächelnd zupfte er an seinem weißen Schnurrbart. »Sieht man mir das nicht an?«, scherzte er.

Auch ich lächelte. »Natürlich sieht man es«, sagte ich traurig. »Wie könnte es anders sein? Wir sind alt geworden.«

Er hob sein Glas und rief mit dröhnender Stimme: »Wovor fürchtest du dich? Nur Mut! Wir sind noch jung genug!«

Was war bloß mit diesen Leuten los? Unbekümmert wie die Spatzen waren sie! Verrückt nach Tanz und Gesang. Keine Gelegenheit ließen sie aus, um zu feiern, zu trinken, zu singen! Hatten sie denn nicht dasselbe durchgemacht wie wir? Sie waren doch auch von den Stürmen umhergewirbelt worden!

Er zwirbelte seinen Schnurrbart. »Erst wenn das Herz ergraut, ist dein Leben zu Ende. Lache und amüsier dich, so bleibst du obenauf! Mein Lieber, ich bin ungefähr in deinem Alter, stimmt doch? Aber wehe, man sagt mir, ich sei ein alter Mann. Ich habe ein junges Herz und fühle mich jung. Jeden Tag erlebe ich eine neue Affäre. In diesem Hotel, nennen wir es mal Hotel, haben schon viele hübsche Mädchen gewohnt. Zart wie Basilikum waren sie, mit Augen wie Schwertern, die einen Mann außer Gefecht setzen. Soll ich dir was anvertrauen? Glaub nur nicht, dass die Zeit einem die Kraft raubt. Die Einstellung ist alles, mein Bester. Dein Kopf bestimmt, was aus dir wird. Ich habe mich in jede verliebt, egal ob sie süß oder bitter war. Trotzdem ist mein Herz noch immer nicht satt. Auf die Jugend des Herzens kommt es an, so ist es doch?«

Ich schielte aus den Augenwinkeln zu ihm hin. »Mag sein«, sagte ich unschlüssig.

Enthusiastisch rief er: »Die Welt hat so viel Schönes zu bieten! Wer mit sechzig verbittert, ist ein Dummkopf. Na, noch ein Bierchen? Jusuf, bring uns eine neue Flasche aus dem Kühlschrank! Ich habe sie zwar für den Herrn von oben kalt gestellt. Aber das Hemd ist einem schließlich näher als der Rock! Der Herr ist ein Roter, ein Russe. Früher war er Schauspieler, Künstler, was weiß ich. Der Ärmste! Man hat ihm eingeredet, er solle sein Leben im Lande des Honigs verbringen. Doch statt Honigtöpfe, isst er ... Rat mal, was?« Er haute mir auf die Schulter. »Zwiebelköpfe!«, lachte er. »Ich schwöre – nichts als Zwiebelköpfe.« Wieder schlug er mir auf die Schulter. »Mein Lieber, die sowjetischen Juden sind schmutziger als die vom Westen. Keine Ahnung, warum. Die Roten pfeifen doch auf alles, wenn sie eine Dollarnote sehen. Die wollen Sowjets gewesen sein? Haben bei uns agitiert mit Lenin und Stalin und sonst wem! Aber ich, mein Lebtag habe ich nur geglaubt, was ich mit eigenen Augen sah. Was in Büchern steht, ist für arme Spinner. Einer, der die Welt und die Menschen kennt, fällt darauf nicht herein. Soll ich dir was erzählen? Nach meiner Rückkehr aus Libanon, nach der Emigration, ich war damals noch sehr jung, arbeitete ich in einer Plantage, die sie in einen Kibbuz umgewandelt hatten. Weißt du, was ein Kibbuz ist?«

Ich nickte.

»Nein!«, schrie er. »Das weißt du nicht! Es gibt weiße und rote Kibbuze, und es gibt weiß-rote Kibbuze. Ich habe in einem roten gearbeitet, mein Lieber, das heißt einem kommunistischen oder sozialistischen, sollen sie es nennen, wie sie wollen. Jedenfalls waren sie recht anständig mit mir. Nicht wie mit ihresgleichen, das gerade nicht. Aber immerhin bekam ich meinen Lohn genau auf die Lira, nie haben sie einen einzigen Mallim zu wenig gezahlt. Sie luden mich sogar in ihren Klub ein. ›Komm, bilde dich mit uns‹, sagten sie. ›Du bist Arbeiter, und wir sind Arbeiter. Alles, was wir in unserem Klub besprechen, dreht sich um die Arbeiter.‹ Na schön, dachte ich, warum nicht. Also, mein Lieber, nach Feierabend ging ich hin und hörte mir ihre Reden und Diskussionen an. Ein, zwei Monate verstrichen. Der Schnee schmolz, und es begann zu sprießen und zu grünen. Eines Tages sagten sie zu mir: ›Vorwärts, Nihak! Steig in den Spähwagen und fahr los.‹ Wohin? ›Ganz egal, fahr einfach los.‹ Aber wohin?, fragte ich, da ist eine Mauer und eine Hecke, und dahinter liegt bebauter Boden, dort wohnen Nachbarn und Bauern. Morgen werden sie einen Aufstand machen und über uns herfallen! Einer brummte: ›Gesindel!‹ Ich hörte es deutlich, obwohl er sehr leise sprach. Sie sagten: ›Fahr rein und walz den Verhau und den Stacheldraht nieder.‹ Ich war jung und eben erst zurückgekommen. Ich fürchtete, sie würden mich rauswerfen und wieder zu meinem Onkel an die libanesische Grenze schicken. Also fuhr ich rein. Plötzlich waren sie da! Ein Steinregen prasselte auf mich nieder, von oben und unten, von rechts und links. Ich wusste nicht, wo ich mich verstecken sollte. Hinter mir saß einer, der zwei Tage zuvor aus einem Buch vorgelesen und über die Arbeiterfrage und das Gemeinwohl doziert hatte. Er schrie mir zu: ›Los, Nihak! Beweg dich, vorwärts! Überfahr sie!‹ Überfahren? Das waren doch Bauern – Männer, Frauen, kleine Kinder! Er schrie weiter: ›Vorwärts, Nihak! Mach sie platt!‹ Ich hielt an und stieg aus. ›Ich fahre nicht‹, erklärte ich. Dann ging alles ruck, zuck, im Handumdrehen brach der Kampf los. Geschosse pfiffen, Tanks rollten. Woher kamen die auf einmal? Unfassbar, aber ich habs mit eigenen Augen gesehen. Wusstest du, dass es so etwas gibt?«

»Natürlich weiß ich es.«

»Was sagst du dazu?«

»Prosit!«

Er starrte mir ins Gesicht. Seine Augen waren weit aufgerissen, Bierschaum stand um seinen Mund. Ich nahm einen Schluck und dachte: Verflixt! Nicht schon wieder diese politischen Diskussionen

Nach einer Weile wischte er sich den Mund ab. »Jusuf!« Energisch rief er seinen Sohn. »Wo bleibt das Bier? Das Bier für den Russki! Das kriegt er nicht, erst mal sind wir dran. Und überhaupt – sie holen die Russen, und wir sollen dafür verschwinden. Ich verschwinde nicht! Das habe ich mir fest vorgenommen, nachdem ich sah, was bei meinem Onkel in Südlibanon passiert ist. Ich werde nicht verschwinden! Also war ich schön still, arbeitete weiter bei ihnen und verdiente mir meine Lira. Jede Nacht fuhr ich nach Nazareth. Ich hatte einen Plan, und ich erfüllte ihn, Schritt für Schritt, Tag für Tag. Ich holte das Haus zurück, das Haus meines Onkels Dschamal. Egal, ob gemietet oder gekauft, ich musste es haben. Ich wollte einfach drin sitzen, essen und trinken, heiraten und Kinder aufziehen, wie es mir passte. Die Frau starb, ich heiratete noch mal, ich hatte eine ganze Herde Kinder. Frag mich, was Freiheit bedeutet, ich sags dir: Genieße dein Leben. Wenn es aus ist, kommt es nicht wieder. Den Boden wollen sie? Sollen sie ihn konfiszieren. Sie wollen den Besitz? Sollen sie ihn beschlagnahmen. Aber das Leben, den Herzschlag … nein, das ist unmöglich. Ich kümmere mich um nichts. Ich stelle mich blind und taub, damit ich sie nicht sehen muss. In meinem Kopf sind sie einfach nicht da. Ansonsten halt ich mich ans Gesetz, das Gesetz über Abwesende und

Anwesende, ein Gesetz, das genau auf uns zugeschnitten ist. Sie schneiden zu, und wir ziehen es an. Wir sind abwesend? Sie werden selber die Abwesenden sein. Und zwar per Gesetz, das kann ich mir ausrechnen. Ich tu so, als sehe ich sie nicht, verstehst du? Muss ich denn unbedingt kämpfen und töten und wild drauflosstürzen? Nichts da, mein Lieber. Morgen übernehmen deine und meine Kinder die Knesseth durch Abstimmung an den Wahlurnen, alles ganz gesetzlich. Verstehst du, was ich meine?«

Er drehte sich um und rief ärgerlich: »He, Jusuf! Das Bier! Der Russe kriegt das nicht zu trinken, die werden sich nicht bei uns voll laufen lassen. Wie hatte er gesagt? ›He, Nihak, vorwärts, überfahr sie!‹ Ich soll Menschen überfahren? ›Alles gesetzlich‹, sagte er. Schön, fahr ich eben. Aber ich lenke um und überroll sie von hinten, per Gesetz. Verstehst du?«

Ich lächelte ihn an, er lächelte zurück. »Aufs Herz kommt es an, nur aufs Herz. Hab ich Recht?«

Ich antwortete nicht. Ich überlegte, ob es stimmte, und, wenn es stimmte, wer von uns beiden dann richtiger handelte.

Er trank sein Glas aus, klopfte mir auf die Schulter und meinte vertraulich: »Erklär mir mal, warum ich nicht glücklich bin. Denen zum Trotz bin ich glücklich! Da können sie aushecken, was sie wollen, egal ob Steuern oder Gesetze. Sollen sie mich ›Gesindel‹ nennen. Ich sitze hier, trinke mein Bier und empfange nette Menschen wie dich. Ich amüsiere mich und betrachte die Frauen, wie es mir gefällt. Ich fühle mich jung.«

Ich fragte scherzend: »Jung oder verjüngt durch Viagra?«

Er lachte kollernd: »Viagra? Soll ich mich etwa umbringen?« Er rückte näher und raunte mit einem bitteren Auflachen: »Was bleibt einem noch in diesem Alter? Unter uns gesagt: Man muss schon ein wenig auf sich aufpassen. Was das andere betrifft, na ja, du weißt ja selbst ... Aber das Herz ...« Er kam dicht an mich heran und sah mir ins Gesicht. »Das Herz ist das Wichtigste und dass es jung bleibt. Stimmts oder nicht?«

Ich stieß mit ihm an und erwiderte lächelnd: »So ist es. Feiern wir heute Nacht!«

Am Abend ging ich mit Abu Jusuf zur Feier. Nachdem wir gemeinsam gegessen, getrunken und einander das Herz ausgeschüttet hatten, legte ich mich vorsorglich zu einem Schläfchen nieder, sonst hätte ich die Nacht nicht durchgehalten. Als ich aus meinem Zimmer trat, bemerkte ich am Ende des Gangs den Russen. Er grinste mich an und brummte einige Worte, die ich nicht verstand. Nur »Schalom« schnappte ich auf. Ich ignorierte ihn und beschleunigte meinen Schritt Richtung Treppe. Doch er eilte mir nach. Ich ging schneller, er steigerte sein Tempo. Gleichzeitig langten wir bei der Rezeption an. Abu Jusuf übergab gerade dem Nachtdienst die Zimmerschlüssel und einige Instruktionen. Er lächelte uns zu, noch mit seiner Arbeit beschäftigt. Der Russe überschüttete ihn mit einem Wortschwall, und wieder verstand ich nichts. War das Hebräisch, Russisch oder Jiddisch? Nach einer Weile erkannte ich arabische Wörter. Nur sprach er sie so undeutlich aus, dass sie mir wie ein formloser Teigklumpen vorkamen, man wusste nicht, sollte ein Brotfladen oder eine Brezel draus werden. Ich unterschied »Habibi«, mein Liebling, obwohl er »Chabibi« sagte. Und natürlich »Abu Jusuf«. Ich winkte Abu Jusuf heran. Er beugte sich über die Theke zu mir. »Dieser Russe verfolgt mich!«, flüsterte ich ängstlich. Er klopfte mir auf die Schulter und erklärte schnell: »Er kommt mit uns.« Mir war, als hätte er einen Eimer kaltes Wasser über mich gekippt. Ich zog ein mürrisches Gesicht und blickte finster drein. Der Russe indes pfiff vergnügt vor sich hin, während er durch die Fensterscheibe die Passanten und Autos betrachtete. Ich hatte das gleiche Gefühl wie damals in Dschamilas Haus, als die beiden Amerikaner die Treppe heraufgestiegen kamen, als wären sie die Eigentümer und wir nur Untermieter. Am liebsten wäre ich in mein Zimmer zurückgekehrt und hätte auf die Feier verzichtet. Doch ich ging ja wegen Mariam hin. Sie würde dort sein. Wenn ich jetzt kniff, wäre meine Reise und das ganze Suchen sinnlos gewesen. Ich würde hingehen, allerdings allein. Aber sollte ich wirklich auf Abu Jusufs Begleitung und Unterhaltung verzichten? Konnte ich ihn dem Russen ausliefern? Das wäre zu gemein. Damit würde ich diesem Eindringling erlauben, dass er zwischen uns trat! Nein, unmöglich. Ich würde also mit ihnen gehen, doch er durfte mir keinen Schritt zu nahe kommen, ich wollte sein Gesicht nicht sehen, und er sollte mich nicht anreden. Ich würde vergessen, dass er existierte. Und so geschah es. Wir legten die wenigen Meter bis zum Platz zurück. Abu Jusuf war in der Mitte. Auf einer Seite ging ich, auf der anderen der Russe. Wir sprachen kein Wort miteinander. Nur Abu Jusuf plauderte und scherzte. Ich hörte zu, der Russe hörte zu. Er nickte andauernd und grinste mich bei jeder Gelegenheit an, zwinkerte mir zu oder bekundete sein Einverständnis. Leise fragte ich Abu Jusuf, was mit ihm los sei. Er drückte mir die Hand und raunte: »Der ist mit Wodka voll getankt. Keine Sorge. Er achtet überhaupt nicht auf Sie.«

Abu Jusuf erklärte mir alles nach der Feier. Ilja, so hieß er, war früher am Tschechow-Theater angestellt gewesen und dann pensioniert worden. Besser gesagt, der ganze bisherige Staat wurde pensioniert. Der Staat war pleite, das Theater löste sich auf. Schriftsteller, Künstler und Tänzer flüchteten ins Ausland. Auch die schöne Nina. Vor dem großen Bankrott war sie Iljas Geliebte gewesen. In den Tagen der Konjunktur hatte er Frau und Kinder verlassen und war Nina gefolgt. Damals waren Theaterautoren wichtige Persönlichkeiten. Sie besaßen Macht und Ansehen, eine Wohnung und ein festes Gehalt. Die kleine Nina sonnte sich in Iljas Ruhm und mochte ihn trotz des Altersunterschiedes und trotz ihrer unterschiedlichen Auffassungen und Überzeugungen. Sie zogen zusammen. Von da an schrieb er immer weniger. Er magerte ab und begann zu trinken. Als der Staat in Konkurs ging, war es aus mit dem Ruhm. Ilja trank mehr und mehr. Er befand sich in einer verfahrenen Situation. Weder war er jung genug, um ihren Lebenshunger zu befriedigen, noch vermögend genug, um ihre Wünsche zu erfüllen. Die Auswanderung nach Israel schien eine Alternative zu sein. Nina schloss sich einer Gruppe an, und er schloss sich Nina an. Aber dann begann Nina sich zu vermarkten, der Amüsierbetrieb verlangte junges, frisches Fleisch. Hingegen Ilja? Was hatte er schon zu bieten? Wie und in welcher Sprache sollte ein Autor über ein Milieu schreiben, das er nicht kannte? Dieser Staat unterstützte niemanden. Jeder half sich selbst, die Nachfrage bestimmte das Angebot. Ilja hatte nichts anzubieten und verkroch sich in einem kleinen, billigen Hotel, um dort die Rückkehr nach Moskau abzuwarten. Aber Moskau wollte ihn nicht wiederhaben. So wurde er wie unsereins. Nach dem Gesetz war er gleichzeitig existent und nicht existent. Es gab noch etwas anderes, worin er mir ähnelte. Er suchte nach Nina, ich suchte nach Mariam. Trotzdem war Ilja besser dran als ich. Egal, wie es kam, er blieb immerhin Jude, ich war nur Muslim. Er besaß einen Passierschein, ich nicht. Er wurde nicht vom Gespenst des Shin Beth verfolgt, mich würde das Gesetz gnadenlos überfahren. Eigentlich war er ganz glücklich bei seinem Wodka. Das Essen schmeckte, die Tabbule mundete, und jetzt wollte er nichts weiter als tanzen und stampfen und Nina vergessen.

Die Feier begann mit Essen, Trinken und Musik. Darauf folgte die Dabka. Zu den Klängen der Rohrflöte und dem Klatschen der Zuschauer flogen die jungen Leute nur so über die Bühne. Anschließend trat eine Truppe mit Trommel, Laute und Hackbrett auf, ein junger Mann sang herrliche Volkslieder. Das Publikum war begeistert. Mit feuchten Augen wiegten sie ihre schweißnassen Köpfe. Ich nippte an meinem Glas wie ein Storch. Der Russe war voll bis zum Überlaufen und rollte uns zwischen die Füße. Nach einer Weile rappelte er sich wieder auf und schwenkte seine Serviette zum Beweis, dass er glücklich und zufrieden war und die Araber liebte. Abu Jusuf zog ihn herunter und zischte: »Setzen Sie sich! Geben Sie Ruhe.« Ich beobachtete die beiden, einer gebärdete sich als ein Sultan, der andere kniff den Schwanz ein. Es war lächerlich und traurig zugleich. Abu Jusuf war wütend, aber auch ängstlich, und der Russe tanzte außer Rand und Band. Anfangs sah ich ihnen neugierig zu, dann lachte ich, und schließlich beneidete ich den Russen, denn er ließ die Zügel schießen und kümmerte sich überhaupt nicht darum, ob die Leute ihn anstarrten. War es, weil er sich als Fremder an keine Regel gebunden fühlte? Weil er als Künstler keine Scham und Schande kannte? Oder weil es ihn in eine Kultur verschlagen hatte, die er weder verstand noch verstehen wollte? Wie auch immer, er wedelte mit seiner Serviette, schwankte hierhin und dahin und warf die Gläser um, dass der Arrak auf die Teller mit den Sonnenblumenkernen und Pistazien schwappte. Er drehte sich zu uns um, presste die Hände auf seine Brust und stammelte: »Macht nichts, Chabibi ... tut mir Leid.« Er trank, stieß brüllende Schreie aus, taumelte und rülpste. Zuletzt sackte er zusammen. Er schloss die Augen und stammelte: »Ach, Nina!« Bald darauf zog er sich am Tisch hoch, wischte seine Tränen ab und lachte schon wieder. Er nahm einen Schluck und grölte: »Ah, Chabibi!«

Der Tanz begann. Die Leute strömten zum Platz. Auch Abu Jusuf stand auf und ging weg. Ich blieb mit dem Russen allein. Wir ließen uns voll laufen wie ein Schwamm, bis uns schwindlig wurde. Er warf sich über den Tisch, ich warf mich über den Tisch. Wir brachen in Tränen aus. Er schluchzte »Ach, Nina«, und ich schluchzte »Ach, Mariam«. Danach wusste ich nichts mehr. Ich schlief zwischen den Gläsern auf dem Tisch ein. Als ich erwachte, lag ich auf dem Bauch. In meinen Därmen rumorte es, mir war übel. Ich rannte zum nächsten Baum und übergab mich. Allmählich kam ich zu mir. Ich erwachte aus meiner Trunkenheit und wusste wieder, wer ich war und was ich tat. Ich schämte mich meines Zustands und ging ein wenig unter den Bäumen umher, um mich zu erholen. Endlich setzte ich mich auf einen Stein und verfolgte von dort das Geschehen.

Abu Jusuf sah mich einsam da sitzen und glaubte, ich sei verstimmt, weil er mich verlassen und getanzt hatte oder weil der Russki mich nervte. Er wollte es gutmachen und mich versöhnen. Er stieg auf die Bühne, griff zum Mikrofon und brachte Hochrufe aus. Dabei zeigte er auf mich, damit ich mit einstimmte. »Es lebe die Jugend! Die Junggebliebenen sollen leben!« Das Publikum jubelte: »Hoch! Hoch!« Er fuhr fort: »Es lebe der Lagerleiter, Captain Isaak, der Vater der Jugend, der Geliebte der Jugend!« Alle schrien: »Hoch! Hoch!« Er deutete auf mich und auf sich und rief zum dritten Mal: »Auf die Jugend und unsere jungen Herzen! Los, Muhammad, schlag die Trommel, lass uns tanzen!« Die Fläche füllte sich mit Tänzern. Abu Jusuf stampfte wie ein Elefant. Er schaute mich an und forderte mich auf, mitzumachen. Doch mir war noch schwindlig, ich massierte meinen Bauch und musste aufstoßen. Da trat er zum Mikrofon und keuchte mit heiserer Stimme: »Grüßen wir unseren Gast vom Westjordanland, von Jerusalem – unseren Bruder Ibrahim! Auf gehts, Ibrahim!« Das Publikum johlte, alle schauten zu mir her und brüllten: »Es lebe Ibrahim!« Die Musik begann zu spielen. Die Trommel dröhnte, der Sänger schmetterte, und die Leute fielen ein. »Kommt, ihr Lieben, besucht uns. Sanfter wehe, du Wind meines Landes.« Abu Jusuf packte erneut das Mikrofon. Er wusste nicht, dass meine Teilnahmslosigkeit vom Katzenjammer herrührte. Berauscht vom Tanz rief er: »Los, Ibrahim, begrüße deine Freunde!« Das Publikum skandierte begeistert: »Wir wollen Ibrahim, wir wollen Ibrahim!« Ich sah, wie der Russe aufsprang, mit der Serviette winkte und schrie: »Ich Chabibi!« Jemand zog ihn schimpfend herunter: »Setz dich, wir wollen was sehen!« Aber der Russe setzte sich nicht. Er versperrte mir den Weg, als ich mich zwischen den Tischen, durch das Gedränge Richtung Bühne schob. Flehentlich radebrechte er: »Ich Chabibi.« Wieder zerrte ihn jemand von hinten: »Setz dich! Wir sehen nichts.« Verzweifelt kämpfte er sich zu mir, packte mich und beteuerte fast weinend: »Ich bin Chabibi!« Jemand rief halb erstaunt, halb wütend: »Was hat er? Der fehlt uns gerade noch! Wer hat ihn mitgebracht? Setz dich, setz dich, lass uns was sehen!« Er stieß einen Stuhl um und goss den Arrak über die Knabbereien. »Tut mir Leid«, sagte er ängstlich. Dann klagte er von neuem bitterlich schluchzend: »Ach, Nina!« Ich wusste nicht, warum, aber mir wurde ganz traurig zu Mute.

Als ich auf der Bühne stand und in so viele freundliche Gesichter blickte, verflog meine Traurigkeit. Mein Herz schmolz hin, meine Seele bekam Flügel. Ich fühlte mich wie im Paradies mit lauter lieben Freunden. Waren sie nicht das Paradies, sie alle miteinander? Burschen, reife Männer, junge Mädchen und ich mitten drin. Sie ließen mich Mariam vergessen. Oder nein, ich dachte ja an sie, weil sie alle Mariam verkörperten. Dort saß sie, auf dem Stuhl, am Tisch in der Mitte! Sie beobachtete mich und rief wie einst: »Los, zeig mir, ob du Fantasie hast! Du bist ja ein verrückter Kerl!« Und ich erwiderte: »Die Ziege ist eine Dämonin. Du aber bist hübscher als jede Zauberfee.« Abu Jusuf stieß mich an. »Vorwärts! Sag etwas. Rühr dich.« Ich machte den Mund auf, um zu sprechen. »Ihr lieben Freunde!«, wollte ich sagen. »Meine Getreuen! Ihr, unsere Inspiration, unsere Seele, unser Stolz ...« Da hörte ich den Russen rufen: »Ach, Nina!« Wieder brachte man ihn zur Ruhe. Mariams Bild schwankte, in meinem Kopf drehte sich alles, die Menge wogte auf und nieder. Ich zitterte vor Aufregung und bekam Lampenfieber vor dem Mikrofon und den vielen Leuten. Ich redete sinnloses Zeug, stotterte irgendetwas zusammen. »Ich kann nicht reden ... Verzeihen Sie ...« Tränen flossen mir über die Wangen, ich stockte. Die Worte blieben mir im Halse stecken. Ich räusperte mich. Die Menge schwieg. Manch einem wurden die Augen feucht. Abu Jusuf stieß mich mit der Schulter an und flüsterte mir ins Ohr: »Grüßen Sie die jungen Leute. Grüßen Sie den Captain.« Ich riss mich zusammen. In der ersten Reihe direkt vor mir saßen die Jugendlichen – Mädchen und Jungen, frisch wie Basilikum und Salatherzen. Mit lächelnden und traurigen Augen schauten sie zu mir hoch. War es dieses Lächeln, waren es ihre Tränen? Oder lag es an meiner Sehnsucht? Als Abu Jusuf mir einen Stoß in den Rücken verpasste, kam ich in Schwung. Plötzlich rief ich enthusiastisch: »Es lebe die Jugend! Hoch die Jugend! Ein Hoch auf Captain Isaak und uns alle!« Sie schrien, als erwachten sie aus tiefer Ergriffenheit: »Hoch! Hoch!« Abu Jusuf raunte mir zu: »Und die Jugend des Herzens, na los, mach schon!« Meine Hemmungen waren verflogen. Ohne zu überlegen, wiederholte ich spontan: »Und die Jugend des Herzens, na los, mach schon!« Sie lachten und brüllten vor Begeisterung: »Na los, mach schon!« Abu Jusuf zischte: »Dummkopf! Zu viel Arrak oder Wodka?«

Mitten ins Durcheinander aus Hochrufen, Gelächter und Schluchzen rief der Russe: »Ach, Nina!« Alle schimpften: »Setz dich, halt die Klappe! Der hat uns noch gefehlt!«

Die Feier kam von neuem in Schwung. Die Lautsprecher dröhnten, Freudentriller flogen über die Baumwipfel hinauf zu den Gipfeln der Berge. Ganz Nazareth hob ab und schwebte empor.

Als sie eintrat, schrie Ilja auf: »Ach, Nina!« Nina beachtete ihn nicht. Sie begann zu tanzen. Sie war in Begleitung eines Kommissars aus Haifa, der im Hafen arbeitete und Whisky und Schokolade schmuggelte. Nina war dreißig und hatte blondes Haar. Sie trug einen Chiffonrock und darunter nichts als zwei Bändchen, eins hier und eins da, die ihre Blöße notdürftig bedeckten. Trotzdem war natürlich alles zu sehen. Ilja fing an zu schnaufen, stammelte: »Nina, Nina«, und brabbelte sein Kauderwelsch aus russischen, hebräischen und arabischen Wörtern. Schließlich lachte er wie ein Verrückter.

Der Tanz wurde immer frenetischer. Sie sangen die altbekannten, zündenden Ohrwürmer, alles geriet außer Rand und Band. Der Festmeister verhaspelte sich bei der Ansprache und redete ein Wort arabisch, ein Wort hebräisch, dazwischen russisch und sogar äthiopisch! Die Trommel wechselte von einem Rhythmus zum anderen, mal tönte sie einheimisch, mal westlich, mal afrikanisch. Nina winkte, mit Schal, ohne Schal. Bald schnipste sie mit den Fingern wie eine Spanierin, bald mit ägyptischen Kastagnetten. Abu Jusuf sprang auf die Tanzfläche und machte sich mit täppischen Bewegungen an sie heran. Dabei stampfte er wie ein Bär, dass der Zementboden zu vibrieren schien. Die Leute johlten, auch der Kommissar aus Haifa lachte. Er überließ Abu Jusuf das Feld, klatschte ihm sogar Beifall. Mir war, als drehte sich Mariam vor mir mit Chiffonrock und Schal, ihr seidiges Haar flog im Wind. Ich hockte am Tisch und glotzte sie mit offenem Mund an.

Keuchend plumpste Abu Jusuf neben mir nieder und lachte: »Der kleine Racker! Sie kriegt nicht genug vom Tanzen.« Ilja hatte sich nicht vom Fleck gerührt, er trank und stierte kopfschüttelnd zu ihr hin.

Abu Jusuf sah mich starr und regungslos dasitzen. Er streckte die Hand aus, nahm mein Glas und trank einen Schluck. Schnaufend trocknete er den Schweiß und musste über sich selbst lachen. Als er merkte, dass ich sie noch immer verblüfft betrachtete, schubste er mich mit der Schulter. »Sie gefällt dir wohl?«, fragte er verschwörerisch. Wieder stieß er mich an, um mich zu einer Antwort zu bewegen. »Was hast du denn? Bist du beduselt oder denkst du an deine jungen Tage zurück?«

Ich antwortete nicht, musste mich fassen, rang nach Luft. Mein schwaches Herz stolperte, kalter Schweiß brach mir aus und rann wie Reiskörner über meinen Rücken. Der kühle Wind von Galiläa strich über meine feuchte Haut und schien sie mit einer Eisschicht zu überziehen. Ich erinnerte mich an den Tag, als Mariam mich nach Ramallah in ein großes Hotel mitnahm, wo nur vornehme Familien und Emigranten einkehrten. Westlicher Stil, gepaart mit orientalischem Charme. Zwischen goldenen Brunnen das schimmernde Licht des Sonnenuntergangs. Pinien, die in die Sommerwolken ragten. Ein ungepflasterter Platz im Dämmer des Wacholders, dunkle, schwankende Schatten über dem Durchgang, vor dem Entree. Dann die geflochtenen Holzstühle mit Kissen aus zimt- und mintfarbenem Cretonne. Gläser aus Hebron, die im Licht blitzten, Bier, das auf Eiswürfeln lagerte. Chansons von Enrico Macias im Auf und Ab der Schatten. Der Westwind zwischen den Bäumen und Menschen, die mit sich und ihrer Welt vor siebenundsechzig im Einklang waren. Die Sonne ging unter, der Abend brach an, als wir den lauschigen Garten mit seinen intimen Sitzecken aufsuchten. Augen glänzten in der Dunkelheit, eine kleine Kapelle spielte, ein junger Sänger schmachtete. Eng aneinander geschmiegt, tanzten wir Tango. Sie summte die Melodie mit, eine alte Liebesschnulze. Ich wiederholte die abgedroschenen Worte und beteuerte, ihr zu gehören, für immer und ewig, im Gedenken und Träumen. Sie würgte an ihren Tränen, als die Stelle von der Blume kam, die vertrocknete und starb, weil achtlose Hände sie pflückten und zerrissen. Die Schönheit verwelkte, in der prächtigsten Blüte verblich der Zauber.

Ich sah zu Nina hin, um sie mit jener anderen zu vergleichen, mit dem Rest meiner Erinnerung und meiner Sehnsucht. Ich fand eine Frau, die ihr ähnelte. Sie tanzte im selben Rhythmus, aber ihre Bewegungen waren ungelenk. Wo bist du, Mariam? Wo sind deine Augen? Wo ist die zauberhafte Stimmung geblieben? Der Westwind fächelt und ruft. Alte Geschichten erwachen im Gedächtnis, und aus verschütteten Trümmern erhebt sich die längst vergessene Leidenschaft. Erbarme dich, Gott!

Auf dem Weg ins Hotel gestand ich Abu Jusuf den Grund für meine Traurigkeit.

»Du bist das!«, rief er überrascht. »Na, das ist ein Ding!« Plötzlich fiel ihm etwas ein. Er blieb vor mir stehen und packte mich bei den Schultern. »Erinnerst du dich, mein Lieber, als Nina tanzte?«, fragte er gespannt. »Eine Nonne stand auf dem Balkon, im obersten Stock!«

»Ich weiß nicht.«

»Eine Nonne, auf dem Balkon!«

»Ich erinnere mich nicht.«

»Ganz oben im Krankenhaus. Eine Nonne in Schwarz!«

»Nein.«

»Na, unter dem Scheinwerfer! Als Nina tanzte.«

»Sie tanzte, und ich war betrunken.«

»Mensch! Das war Mariam!«

Ich versuchte, mich zu erinnern. Ich vergegenwärtigte mir die Nacht, das hohe Klinikgebäude über dem Pinienwald, das Lärmen der Menschen, dazwischen die hinreißende Musik, Trommelrhythmen und ägyptischen Kastagnetten, und eine Blondine aus Moskau, die mich mit ihrem ungelenken Tanz gefangen nahm. Sie faszinierte mich, blendete meine Augen. Sie schürte die verschüttete Glut jener Illusion, jenes Traums unter der quälenden Dürre. Mariam war gekommen, doch meine Augen waren betört von dem jungen Körper unter den Lichtern, von dem Chiffonrock und den blonden Haaren, von Erinnerung und Sehnsucht. Mariam erschien, Mariam verschwand. Sie war vorübergegangen und hatte sich abgewandt. Die Tür war zugefallen.

Zwei Tage darauf fuhren wir zu dritt nach Jerusalem. Im Kloster erkundigte ich mich nach Mariam. Dort sagte man, sie sei gekommen, um ihre Mutter zu besuchen, danach habe sie sich wieder ins Kloster Maskub begeben, wo sie zurückgezogen lebe. Sofort beschlossen Ilja und Abu Jusuf, mich zu begleiten. Ilja war sehr gespannt auf das Kloster Maskub – oder Dschismanija, wie wir es nennen –, und Abu Jusuf hoffte, zum ersten Mal seit Juni siebenundsechzig im heiligen Jerusalem beten zu können. Ich aber wollte nur die Mutter meines Sohnes suchen. Meine Liebe zu ihr würde ich überwinden können. Doch es ging auch um den Sohn, die Ausbeute meines Lebens! Was sollte ich anfangen ohne Erben? Musste ich diesen gewundenen Weg ohne Gefährten zurücklegen, ganz allein? Ich war der Einsamkeit überdrüssig. Was einmal wichtig erschien, hatte seine Bedeutung verloren. Nur Unfug und Lügen waren dabei herausgekommen. Als wäre alles, woran wir geglaubt, was wir erhofft und ersehnt hatten, eine Fata Morgana gewesen. Und der Junge hängte sich an ein neues Trugbild! Er vergeudete sein Leben auf Irrwegen und klammerte sich an eine Illusion. Reichte es nicht, dass die Generation vor mir und meine eigene gescheitert waren? Musste auch noch die Zukunft verloren sein?

Betrübt schaute ich zu Ilja. Der Arme! Nina hatte ihn für einen, der Whisky und Schokolade schmuggelte, sitzen lassen. Im vorgerückten Alter blieb Ilja in seiner Einsamkeit gefangen, ohne Familie, ohne Freunde und Heimat. Was sollte er schreiben? Für wen? Die Menschen hier waren ihm fremd. So lebte er in der Vergangenheit, in den Tagen des Stolzes, als Moskaus Glanz hell erstrahlte, als die Schriftsteller den Traum der Revolution erlebten, die Befreiung der Völker, die Erforschung des Mondes. Und wie viele Monde und Sterne, Sonnen und Milchstraßen waren vor dem Erdtrabanten erobert worden! Allein die Literatur! Von Tolstoi bis Gorki präsentierte sie die wahrhaftigste Menschheitsgeschichte. Urplötzlich hatte sich die Achse der Welt verschoben. Der Bär brach zusammen. Jetzt, da er nach einem neuen Hort für seine Träume suchte, musste Ilja Schreckliches entdecken: das Gefängnis in Nakab, den Dimona-Atomreaktor, die Massaker von Sabra und Schatila, die Farce mit den Siedlern in Hebron. Unvorstellbar, dass dieses Häufchen Elend ein Verfechter von Karl Marx und Emma Goldman gewesen sein sollte! Wo war er gelandet? Und all das wegen einer Frau, die nichts im Kopf hatte als einen naiven Traum von Las Vegas, wo die Girls nur Federn auf dem Leibe trugen ... Als Königin schwebt sie im Scheinwerferlicht hernieder, an ihrer seidenen Gondel blitzen kleine Sterne wie Diamanten. Auf einer Leinwand im Hintergrund wiegen sich Palmenwälder, schwarze Affenmenschen mit Schlangen und Araber mit Turbanen bringen ihr Opfer dar. Denn sie ist die sagenhafte Herrscherin Balkis! Salomo, ihr Anbeter, schmettert Opernarien, während sie tanzt. Die Kamera umfährt sie genauso wie die Streisand oder Tootsie und die großen Stars der Leinwand, wie die Idole der Schokowerbung und die Topmodels oder die Prominenten im *CNN*. Kino kann alles, es verwandelt den Löwen in eine Kröte und die Kröte in einen Prinzen. Das macht der Ruhm, der Traum aller Träume, von Kalifornien über New York bis nach Dimona. Sollte aber Kalifornien unerreichbar bleiben, so liefen die Dinge auch hier bestens. Die Araber tanzten äffisch wie Afrikaner und juchzten wie Indianer in einem Kampf, wo immer der Weiße über die Schwarzen und Rothäute siegte. Und sie war weiß wie eine Kerze, weiß wie Snow White und die Streisand zusammen!

Abu Jusuf und Ilja verließen mich auf dem Platz am Amud-Tor, um die Aksa-Moschee zu besuchen. Ich sah mich eingekeilt zwischen Menschenmassen. Schultern schoben und drängten mich vorwärts. Die Menge stolperte und stampfte. Hoch über mir läutete eine Glocke. Sperlinge flogen auf, Raben krächzten. Die riesige Marienstatue auf der Dachkante öffnete ihre Arme all denen, die sich näherten. Ich war noch mitten auf dem Platz und drängelte mich durch das Gewühl der Touristen.

Dann lief ich über den Markt, stieg die Treppen empor zu den Gässchen, die Schutz vor der Sonnenglut verhießen. Hier waren wir umhergeschlendert, im Herzen von Jerusalem, unter den steinernen Bögen und Arkaden, wo auf runden Kuppeldächern zwischen den Gräsern die Vögel nisteten. Wir schnipsten mit Kieseln, sie prallten ans Tor des griechisch-orthodoxen Klosters und kullerten bis hinunter zur Aksa-Moschee. Der Scheich rief herauf: »Schämt euch, ihr Rangen! Ihr Teufel! Hier wird gebetet, das ist kein Spielplatz!« Hinter der Mauer versteckt, verfolgten wir die Steinchen, die spatzenleicht hinabhüpften. Unten pickten sie mit ihren Schnäbelchen an das gekachelte Becken für die rituelle Waschung und die Platten auf dem Omar-ibn-al-Khattab-Platz. Der Scheich schwenkte seinen Stock und drohte: »Ihr Missgestalten! Benehmt euch! Wenn Gott das sieht, wird er euch zürnen!« Damit schloss er das Tor. Ich rannte davon, und bis jetzt renne ich. Voll Angst vor einem Gott, der mir grollt, verriegele ich die Tür.

Eine Kindergruppe kam, einen Choral singend, vom Markt herüber. Ich drückte mich an die Mauer, um sie vorbeizulassen. Die Kinder waren in weiße, luftige Gewänder gehüllt, sie trugen Palmzweige, Blumenkörbchen und lange, mit rosa Bändern geschmückte Kerzen. Eine nervöse Nonne führte die Schar an und dirigierte wie ein Maestro. Sie riss den Mund weit auf und sang ohne Ton mit. Hell klangen die Kinderstimmen durch die Luft. Alle blieben stehen, die Verkäufer und Händler, ein Trupp Touristen aus Rom, Frauen, die Pfefferminze und Salbei feilboten. Ein Mann, der Kharrub ausrief, stockte beim Trommeln auf sein Blech und hielt Ausschau nach einem Touristen, der ihn fotografieren oder etwas bei ihm trinken wollte. Auch ich blieb stehen und schaute zu. Die Kinder zogen vorbei, ihnen folgten die Mönche, danach die Nonnen und zuletzt die Händler und Verkäufer von Süßholzsaft.

Hinter der Mauer am Isbat-Tor fiel mir eine schwarz gekleidete Frau auf. Sie schloss sich der Prozession an. Mühsam ging sie zum Gebäude von Notre Dame mit der Marienstatue. Plötzlich rief sie herüber: »Ibrahim! Kommen Sie, kommen Sie mit!« Jetzt erkannte ich sie. Drüben auf dem Gehsteig stand Frau Dschamila. Ich winkte ihr zu, und sie machte mir Zeichen, schneller zu laufen. Doch da fuhren die Autos los, die Passanten drängten und schoben. Ich hielt an und wartete, dass die Ampel Grün zeigte. Als ich auf der anderen Seite anlangte, war der Zug bereits im Notre-Dame-Center verschwunden.

»Was trödeln Sie auch so?«, sagte sie vorwurfsvoll.

»Schnell, kommen Sie mit!« Als sie sah, dass ich nicht reagierte und keinerlei Interesse zeigte, wies sie zu dem Gebäude hin und stieß atemlos hervor: »Vielleicht ist Mariam dort.« Ich fasste ihre Hände. »Bestimmt?«, fragte ich flehend. »Sicher ist es nicht«, antwortete sie, »aber es könnte sein. Der Priester meinte ...« Ich lief eilig der Prozession hinterher. Ich rannte die Treppen hinauf und stürzte in den Saal. Überall standen Touristen mit ihrem Gepäck herum. Ich erkundigte mich bei der Frau an der Rezeption, sie fertigte mich schnippisch ab: »Hier ist das Hotel, die Kirche ist dort.« Ich durchquerte einen Gang und noch einen, stieg Treppen hinauf, gelangte in erleuchtete Hallen mit Hebronglas und Farntöpfen. Als ich endlich die Kirche betrat, war der Pfarrer schon bei der Predigt. Ich schlich an der Wand entlang, schaute in diese und jene Reihe, musterte die Nonnen und die Kindern um den Altar. Aber Mariam war nicht darunter.

Beim Hinausgehen entdeckte ich in der hintersten Reihe Frau Dschamila, die andächtig der Predigt lauschte. Ich flüsterte ihr zu: »Mariam ist nicht hier!« Sie senkte die Augen und wandte sich ab, damit ich die weihevolle Stille nicht länger störte.

Am Tor ging das Guckfenster auf. Eine junge Nonne schaute heraus. Vorsorglich fragte sie noch einmal nach: »Mariam Aijub?« Verwundert wandte sie sich um. Ich hörte Getuschel, verstand aber nichts. Sie trat beiseite, und das runzlige Gesicht einer greisen Nonne erschien in der Öffnung. Sie musterte mich eingehend. »Mariam Aijub?«, sagte sie. »Das ist lange her. Heute heißt sie Maria. Bitte, treten Sie ein.«

Ich setzte mich auf die Kante eines Gartenstuhls und wartete auf Schwester Maria. Der Wacholder reckte seine stachligen Zweige über die Arkaden und den Kräutergarten. Eine betagte Nonne goss die Beete und setzte Pflanzen. Lächelnd sah sie zu mir her, dann fuhr sie in ihrer Arbeit fort. Nur das Plätschern des Wassers war zu hören.

Ich schaute hinab auf Jerusalem, das Kloster lag hoch darüber. Ich betrachtete die Aksa-Moschee, die Mauern und Glockentürme und tausende von Häusern, die sich westwärts bis zum abendlich geröteten Horizont aneinander schmiegten. Langsam sank die Sonne und umspann die Bauten mit goldenen Fäden. Von hier oben erschien Jerusalem viel schöner, verklärt von der Weihe des Ölbergs, der Demut des Klosters und der Heiligkeit seiner Mönche. Dort unten lag der Gerbermarkt mit den Reisetaschen und gefärbten Häuten für die Touristen. Darauf folgten die Geschäfte mit zahllosen Teppichen und all den gestickten Gewändern und Pantoffeln. Mariam war vor dem Laden stehen geblieben und bestaunte das feuerrote Kleid. »Wie viel kostet es?«, fragte sie in gebrochenem Arabisch. Der Händler starrte sie an. »So viel Sie geben, meine Hübsche.« Als sie hart mit ihm feilschte, klatschte er sich mit der flachen Hand gegen die Stirn und rief anerkennend: »Heilige Jungfrau!« Sie lächelte mir zu, ich lächelte zurück. Dann wandte sie sich zum Spiegel.

Ach, Jungfrau! Wo ist die Zeit hin? Wohin entschwindet Geschichte? Was wurde aus dem Spiegelbild? Dreißig Jahre ... fünfzig Jahre ... Wer hätte geglaubt, dass die Zeit so schnell vergeht und uns alles raubt – die Jugend, die Spiegelungen.

Ich hob den Kopf. Sie stand vor mir und betrachtete mich. Ich sah ein weiß umrahmtes Gesicht, darüber ein schwarzes Tuch, ein großes Kreuz. Doch die Züge waren unverändert. Die gleichen Augen, die gleichen Lippen. Die leicht vorstehenden Zähne. Die ovale Form. Nur ein paar feine Fältchen an den Wangen, um die Augen. Die Haut war so zart wie einst, das klare Antlitz erschien sogar noch reiner. Sie wirkte zufrieden, ja wunschlos.

Sie stand ganz ruhig, während ich zitterte. Mein Herz schlug wie ein Schmiedehammer. Sollte ich eingestehen, dass ich überall nach ihr gesucht hatte? Sie würde erwidern, dass ich es war, der sie sang- und klanglos sitzen ließ. Sollte ich von den Mauern erzählen, die mich gefangen hielten? Sie würde antworten, dass ich selbst mein Leben vertan hatte. Sollte ich bekennen, dass ich mich nach einem Heim, einer Familie, einem Kind sehnte? Sie würde sagen, eine Familie steht nur dem zu, der das Versprechen der Liebe einhält. Sollte ich unsere Jugendzeit heraufbeschwören? Sie würde entgegnen: Meine Jugend wohnt in der Seele und im ruhigen Herzen. Sollte ich nach ihrem Sohn fragen? Sie würde antworten: Ich finde meinen Sohn in allen Menschen, in der Menschheit und der Passion Jesu. Ach, ich weiß, ich weiß ... Das sagt jeder Priester in seiner Predigt, und so steht es im Neuen Testament.

Sie hielt mir ihre Hand hin und lächelte still, als sei ich ein Verwandter, der für ein, zwei Stunden weggegangen und nun wiedergekommen war. Ich streckte ihr beide Hände entgegen und konnte meinen Blick nicht von ihr wenden. Mir hüpfte das Herz wie einem Verliebten, Tränen stiegen mir in die Augen und machten mich fast blind, ich sah die Welt um mich her wie durch einen Nebel. Sie nahm mich bei der Hand und führte mich zu einem Sitzplatz unter dem Wacholder. Sie lächelte, dann sagte sie mitleidig: »Ach, Ibrahim! Ibrahim!«

Sie setzte sich bedächtig und zog mich neben sich. Noch immer betrachtete sie mich – mein Haar, den Leberfleck an meiner Schläfe und die Ringe unter meinen Augen. Sie schüttelte den Kopf, als wollte sie sagen: »Wie alt du geworden bist!« Mir wäre gar nicht eingefallen, dass sie gealtert war, denn außer den paar Krähenfüßchen gab es kein Anzeichen dafür. Ein Gefühl der Verwirrung erfasste mich, als ich sie so zufrieden und ausgeglichen vorfand. Und ich Verrückter hatte mich für den Täter und sie für das Opfer gehalten! All die Jahre, ja das ganze Leben, hatte mein Gewissen mir keine Ruhe gelassen, und ich stellte mir vor, wie schrecklich sie leiden musste. Dabei war sie völlig unbeschwert!

Kopfschüttelnd wiederholte sie: »Ach, Ibrahim!«

Ich kroch unter ihrem Blick zusammen, ich fühlte mich so klein. Verlegen drückte ich meine Hände auf die Brust, schließlich schob ich sie in die Jackentaschen.

»Du bist zurückgekehrt?«, sagte sie.

Ich spürte einen unbegreiflichen Ärger in mir aufsteigen. Mir schien, als fragte sie spöttisch: Warum bist du eigentlich zurückgekehrt? Stand es nicht jedem Emigranten zu, nach langer Abwesenheit in sein Land heimzukehren? Und war es nicht allzu natürlich, dass ein Heimkehrer seine Familie und seine Identität suchte? War es nicht logisch, dass ein Verlorener nach seiner Liebe, alten Erinnerungen und einer Perspektive forschte? Sollte ich ihr von dem Foto in meiner Brieftasche erzählen? Sollte ich ihr berichten, dass ich ihre Erinnerung durch die ganze Welt getragen hatte? Wie ich das Foto in der Bodenkammer zwischen altem Krempel und verstaubten Möbeln entdeckte?

Ich zog das Foto aus der Tasche und flüsterte: »Das habe ich auf dem Dachboden gefunden.«

Sie fasste es nicht an, streifte es nur mit einem lächelnden Blick und fragte ruhig: »Ein Foto?« Der schleppende Tonfall schien anzudeuten, dass ein Foto etwas Albernes war, im Grunde ein Nichts, ein Fetzen Papier, ohne Schriftzug, ohne Geschichte.

»Es ist ein altes Foto«, sagte ich bittend, mit gekränkter Stimme, damit sie merkte, was ich bei der Suche durchgemacht hatte, »es lag dort irgendwo im Staub. Nimm doch, sieh es dir an.«

Sie schob meine Hand zurück und flüsterte vorwurfsvoll: »Ein altes Foto. Was soll ich jetzt mit einem Bild?«

Ich fühlte einen Stich in der Brust. Ein altes Foto? Das hieß wohl, die Liebe sei alt und zu Ende? Das Versprechen von einst war verjährt und erledigt?

Nein, ich musste unbedingt festhalten, was mir aus jener Zeit geblieben war. Eilig fuhr ich fort: »Ich habe auch die Geburtsurkunde gefunden. In Michaux' Zimmer war ein Kopiergerät, da lag sie. Er ist mein Sohn, nicht wahr?«

Sie antwortete nicht, lächelte nur bedauernd vor sich hin.

»Du hast ihn Frau Dschamila übergeben!«, rief ich scharf. »Ich habe sie kennen gelernt, sie hat mir alles erzählt. Wohin bist du gegangen? Warum hast du das Kind verlassen? Welche Schuld hatte das Kind?«

Sie sah mich nicht an, lächelnd schüttelte sie den Kopf. Ich packte ihre Hand und drückte sie, wenigstens die Schmerzen sollte sie mit mir teilen. Ihre Hand war wärmer als meine, sie war sanft und ruhig. Verzweiflung stieg in mir hoch, Wut auf sie und ihre Ruhe. Ich musste mir Luft verschaffen. Der Impuls, sie zu schlagen. Ihr etwas vorzuheulen. Sie zu beschimpfen. Ich stand auf, dann fiel ich vor ihr auf die Knie und klammerte mich flehend an ihr Kleid.

»Mein Sohn Michel, unser Sohn! Ich beschwöre dich, bei deinem Gesicht, bei deinem Körper, bei deiner Liebe zur Welt – warum bist du geflohen? Weil ich geflohen war? Weil ich gekniffen habe? Weil ich ein Egoist war? Welche Schuld hatte der Kleine?«

Sie sah mich nicht an. Sie blickte zum Horizont, in die Wolken. Blutrot flammte die Abenddämmerung auf. Raschelnd wiegten sich die Pinien im Windhauch, trillernd sangen die Distelfinken. Die Geräusche dröhnten in meinen Ohren. Ein erbitterter Wettlauf Richtung Westen hatte begonnen, ein Wettlauf um das letzte Fünkchen des allerletzten Lichtscheins.

Hastig, bevor er ganz erlosch und meine Stimme versagte, stieß ich hervor: »Ich verstehe deinen Sohn nicht. Er redet von Geistern, von verborgenen Kräften im Menschen – grausiges, wirres Zeug. Die Bauern sind dumm wie das liebe Vieh, er aber ist ein Verrückter. Geh doch, und sieh ihn dir an. Er verkleidet sich als Mönch und lebt wie ein Derwisch. Das hat er nur von dir geerbt. Und was ist mit mir, mit meinem Erbe? Wieso freut er sich nicht seines Lebens? Weißt du das überhaupt? Oder hast du im Kloster alles vergessen?«

»Du bist also zurückgekehrt?«, flüsterte sie nachdenklich.

»Was soll das, Mariam?«, rief ich gequält. »Was meinst du?« Ich spürte, dass sie keine Notiz von meinen Gefühlen nahm. Meine Worte waren für sie ohne Belang. Ihr war alles gleichgültig – ich, mein Sohn und sein Leben.

»Und wer wird mein Vermächtnis bewahren?« Sie sah mich lange an, zum ersten Mal. Ihr Blick kam von fern her, wie durch einen Vorhang. Sie sprach nicht aus, was sie dachte, aber ich verstand. Ich begriff, wie viel heimlichen Groll sie hegte.

»Du bist voller Hass«, schrie ich. »Nenne mich einen Sünder, einen Feigling, einen Betrüger! Sag, was du willst. Doch welche Schuld hat das Kind?«

»Er ist kein Kind mehr.«

»Und ob! Er spielt mit den Geistern und vergisst darüber die Menschen.«

Sie musterte mich lächelnd. »Er vergisst die Menschen?«, fragte sie freundlich.

Ich wusste keine Antwort und erhob mich. Ich ging ein wenig umher, um mich zu fassen. Ich wollte mir eine Erwiderung ausdenken, die sie traf und aufrüttelte. Auch sie sollte sich um ihn ängstigen.

»Wenn du wüsstest, wie dein Sohn ist! Er hat im ganzen Leben keine Frau berührt. Dein Sohn ist krank, er ist närrisch, voller Komplexe. Dein Sohn weiß nicht, was hinten und vorne ist.«

Mit einem ironischen Lächeln sah sie an mir vorbei. Meine Worte waren für sie leeres Stroh. Ich, und lieben? Ich erinnerte mich, was er im Oberzimmer zu mir gesagt hatte: »Du suchst nach einer Liebe. Als ginge es in der Liebe nur um eine Frau!«

»Was ist denn Liebe?«, schrie ich sie an. »Sag es mir, na los!«

Sie antwortete nicht, leiser Vorwurf lag in ihrem Blick. Ein Lächeln, kaum angedeutet, schimmerte wie verzaubert unter der Maske auf ihrem Gesicht.

»Lächle nicht so!«, rief ich. »Sag, was das ist – Liebe. Wenn es dabei nicht um zwei Menschen geht, nicht um die Berührung einer Hand oder eines Körpers, der aufstöhnt vor Leidenschaft, und nicht um die Beziehung zwischen Mutter und Kind oder zu den Eltern – was soll dann noch Liebe sein?«

Sie antwortete nicht. Ich ließ meinen Blick über das abgeschiedene Kloster schweifen, und ich hasste es. Ich fühlte mich eingekerkert, entfremdet von mir, von ihr. Was war das nur für ein Gefängnis? Es schien mir wie eine Zitadelle aus längst entschwundener Zeit.

Ich ging ein paar Schritte in Richtung auf die Arkaden, um das Kloster zu verlassen. Mit den Fingerspitzen hielt ich ihr Foto und schwenkte es hin und her. Noch einmal wandte ich mich um. Ich wollte ihr sagen, dass dieses Foto wahr sei und dass Bilder immer Geschichte überliefern. Sie sind kostbar, ja ein Schatz, sie speichern die Erinnerungen und Sehnsüchte. Sie sind Fingerabdrücke des Lebens. Doch sie schaute in die Ferne und hätte mir wohl gar nicht zugehört. Traurig flüsterte ich im Weggehen: »Nur ein altes Foto!«

Ich blickte nicht mehr zurück, ich wollte vergessen oder wenigstens so tun, als könnte ich es. Die Schatten der Zypressen standen schwarz gegen die Abendröte. Welche

Farben – blutrot, dunkelblau, ein überwältigender Glanz! Die Scheinwerfer um die Kuppel reihten sich aneinander wie Polsterkissen um das Licht des Herrn. Ein schimmerndes Sternzeichen an einem reinen Firmament, das mich zur Gebetsnische rief und auf Stufen des Herzens ihm entgegendrängte. Erbarme dich, Gott. Verzeihe mir, Gott. Habe ich gesündigt, so öffne mein Herz, erleuchte meinen Sinn. Bestrafe mich und lass es mich büßen. Nur gib mir die Liebe zurück.

Ich ließ das Kloster hinter mir und ging abwärts, bis ich an die Straße gelangte. Dort nahm ich ein Taxi, das mich zum hell erleuchteten Isbat-Tor brachte. Ich stieg die Treppe zu den Geschäften hinunter, die Ladentüren waren geschlossen. Als ich mich der Grabeskirche näherte, erklang ein Choral von Kinderstimmen und fernher tönten Orgelklänge, so klar und rein wie ein überirdischer Hauch. Ich setzte mich auf die Kirchentreppe, um in mich hineinzulauschen und Gottes Ruf zu vernehmen. Ich sprach Gebete vor mich hin und schämte mich dessen. »Hilf mir, mein Gott, steh mir bei, mach, dass es wieder gut wird …«

Schweigend ging ich weiter. Hinter mir schallte die Orgel. Doch jäh wurde die weihevolle Stimmung zerstört. Ein Trupp Soldaten und eine Militärstreife marschierten vorbei. Der Motor eines Armeejeeps heulte auf, ein Ausrufer brüllte: »Achtung! Armeepatrouille! An der Aksa alles runter von der Via Dolorosa! Armeepatrouille!«

Schweigend trat ich beiseite. Das Militär hatte das Sagen.

Wir übernachteten zu dritt im Hospiz »Casa Nova« bei den Franziskanern, dort war es billig. Abu Jusuf erklärte,

Ilja sei pleite. Er selbst wolle auch nicht mehr als nötig bezahlen. Ich möge nur ruhig ins Fünf-Sterne-Hotel gegenüber ziehen, da gebe es Touristen und westliche Küche. Hier im »Casa Nova« speise und trinke man wie in Italien, die Mönche und ihre Gäste seien allesamt Italiener. Der Wein komme aus Krimzan, und dazu serviere man Lasagne und Spaghetti.

Doch Abu Jusufs Voraussage erwies sich als falsch. Zunächst stellten wir fest, dass an diesem Abend ganze Gruppen von Gästen keineswegs Italiener oder andere Ausländer waren, sondern gewöhnliche Araber vom Westjordanland und aus Israel. Später erfuhren wir, dass diese Araber jeden Donnerstag hier einkehrten. Das Freitagsgebet in der Aksa-Moschee besaß schließlich besondere Kraft, es garantierte einem, dass man am Jüngsten Tag ins Paradies gelangte.

Aber passte das überhaupt zusammen – Freitagsgebet in der Aksa, Franziskanermönche und Krimzan-Wein? Jerusalem gehört den Wissenden genauso gut wie den Unwissenden. Hier sind alle bei Gott – wir in unserer Nüchternheit, sie in ihrer Trunkenheit. Gott ist wie ein weiter Platz, der genug Raum bietet, für uns und für sie. Ohne viel zu fragen, haben wir uns darin eingerichtet. Und die Mönche im »Casa Nova« taten das Gleiche.

Wieder traf ein Trüppchen Bauern ein. Der Mönch Michel, mein Sohn, hatte sie hergeführt. Erstaunlich, dass sie durchgekommen waren. Die Straßen waren mit Erdwällen und Checkpoints abgeriegelt, denn der Freitag war nicht nur ein Tag des Gebets, sondern auch ein Tag der Demonstrationen, des Chaos und der Steinwürfe auf die Polizei und die Armee. An diesem Abend beherbergte das »Casa Nova« eine bunt gemischte Gästeschar. Eigentlich waren es bloß zwei Gruppen: in Shorts und T-Shirts gekleidete Italiener mit Gitarren und zivilisierte Araber, das heißt solche ohne Kopftuch und langes Hemd. Jerusalem war eine Stadt, wo man – anders als im Dorf – anziehen durfte, was man wollte. Vor allem aber konnte man hier ohne Kontrolle trinken und feiern.

Alle setzten sich in einen großen, weiten Saal, der früher als Klosterbibliothek oder Kirche genutzt und im Wandel Jerusalems zum Hospiz umfunktioniert worden war. Das Abendessen begann mit Lasagne. Anschließend gab es Wein und dazu Apfelkekse. Eine Runde Wein folgte der anderen. Die Italiener spielten Gitarre und sangen wunderschöne Lieder. Abu Jusuf trank, und Ilja trank. Ich sah mich nach Michel um, er hielt mit. Mahmud trank, und ebenso der Bürgermeister. Sakina trank selbstverständlich nicht, denn sie war eine ehrbare Frau. Missbilligend äugte sie umher, wagte aber nicht, ihren Mann zu ermahnen. Mahmud war bereits angeheitert und starrte mit dreisten Blicken zu den Italienerinnen, die unter den Shorts nackte Schenkel und unter den T-Shirts spitze Brüste ohne BH ahnen ließen.

Der Tisch, an dem Michel und die Leute aus Khirbe Platz genommen hatten, stand nicht weit von unserem entfernt. Michel kam herüber und begrüßte mich freundlich und höflich. Auch Mahmud kam, danach der Bürgermeister und zuletzt Sakina. Sie wirkte verändert. Schlank und hübsch sah sie aus in dem neuen bestickten Kleid, das Mahmud ihr gekauft hatte, um sie für die Fausthiebe und die Tracht mit dem Ledergürtel zu entschädigen. Doch Sakina blieb in sich gekehrt, zu viel Ungewohntes musste sie erblicken. Eingezwängt saß sie zwischen der Wand und Mahmuds Stuhl. Dann und wann wies sie mit dem Zeigefinger auf sein Glas, als wollte sie sagen: »Ungeheuerlich!« Aber Mahmud war vom Krimzan berauscht und spielte sich auf. Er brüllte vor Lachen, klatschte Beifall und glotzte zu den Italienerinnen hinüber. Sakina war wütend, dass ihr Mann wegen ein paar nackten Schenkeln derart den Verstand verlor. Unter dem Vorwand, ihren Sohn Taufik zur Toilette zu bringen, ging sie hinaus und ließ Mahmud sitzen, der mit seinem Grölen unbedingt beweisen wollte, dass er mit westlichen Sitten und Ausländern vertraut war. Das bisschen Wein – was war das schon! Das trank sich weg wie Wasser. Nackte Brüste? Nichts Besonderes. Gitarren? Eine Abart der Kurzhalslaute, ohne Plektrum, im Grunde ein primitiver Rabab. Alles ganz gewöhnlich.

Ein angeheiterter Italiener erhob sich und begann für seine Landsleute zu tanzen. Sie machten ihm Platz. Er stampfte und hüpfte und forderte die anderen zum Wettkampf heraus. Der Saal tobte. Gitarrenklänge, Getrommel auf den Tischen, Löffelschlagen gegen die Gläser. Abu Jusuf winkte und zwinkerte den Italienern zu, hob sein Glas und ließ sie hochleben. Ein Mönch aus Rom brachte einen Trinkspruch auf die Araber aus. Michel lächelte artig und nippte an seinem Glas. Wieder wurde ich traurig. In diesem Verrückten steckte keine Lebenslust. Nicht einmal den Wein trank er mit Genuss. War das wirklich mein Sohn, der Nachfahre eines Steinhauers? Oder war er bloß ein Klosterzögling? Wieso trank und sang der Mönch aus Rom, und mein Sohn saß da wie ein Ölgötze?

Ilja schwenkte eine Serviette. Auch Abu Jusuf hielt es nicht länger. Er stellte sich vor die Einwohner von Khirbe und tanzte los. Allgemeine Begeisterung brach aus, und der Bürgermeister rief: »Jawohl! Vorwärts, zeig ihnen, was wir draufhaben!« Damit war das Wetttanzen eröffnet. Wer schnitt besser ab, Abu Jusuf oder der Italiener? Der Bürgermeister war Feuer und Flamme, für ihn war das eine nationale Herausforderung, bei der die überlegenen Qualitäten des arabischen Jerusalem klar zu Tage treten würden. Aufmunternd stieß er Mahmud an, Abu Jusuf sollte nicht allein und ohne Beistand in der Arena bleiben. Doch Mahmud brauchte keine Aufmunterung mehr. Er baute sich vor uns auf und schüttelte seine Schultern wie ein professioneller Dabkatänzer. Verblüfft bestaunte Abu Jusuf diese brillante technische Perfektion. Mit seinem wilden Schulterzucken übertraf der Bauer Mahmud bei weitem diesen bekannten Tänzer aus Nazareth.

Nun begann der Wettstreit zwischen dem Nazarener und dem Bauern, der Italiener war vergessen. Der eine ließ die Schultern zittern, der andere vollführte Luftsprünge. Ihre Rufe übertönten die Gitarren, ihr Lärmen hörte sich an wie Handgemenge und Kampfgetümmel, das sich nach jedem Freitagsgebet in Jerusalem zusammenbraute. Aber bis zum Freitagsgebet war es noch lang hin. Außerdem zogen jetzt die Italiener alle Register ihrer westlichen Kunst. Drei Mädchen traten in den Kreis, die Erste in Jeanshosen, die Zweite in Shorts und die Dritte in einem hauchdünnen indischen Kleid. Eine wiegte sich, eine winkte, eine schwenkte ihr blondes Haar. Bei diesem Anblick erstarrten die beiden Männer. Sie hatten geglaubt, der Kampf mit den Touristen sei dank Dabka und Schulterzucken entschieden, und die Italiener hätten bereits verloren. Doch nun kippte die Stimmung durch den Einsatz der Frauen zu Gunsten des Westens. Abu Jusuf und sein Kompagnon wurden plötzlich uninteressant, ihr Tanz wirkte nur noch wie täppisches Getrampel. Sie riefen ihre Fans zu Hilfe. Aber da kam keine Hilfe, denn ich hatte ein krankes Herz, mein Sohn kränkelte an innerer Kälte, und der Bürgermeister besaß keine verborgenen Talente. In diesem Moment kehrte zu ihrem Pech Sakina von der Toilette zurück. Was musste sie sehen! Fassungslos blieb sie stehen, blickte von einem zum anderen, dann auf die Schenkel der halb nackten Italienerinnen. Sie murmelte Worte, die im Tumult des ungleichen Kampfes untergingen. Diese Westlerinnen waren einfach unschlagbar in ihrem Tanz. Das Einzige, was die vermummten Araberinnen zu bieten hatten, waren ihre Freudentriller. »He, Sakina!«, ächzte Mahmud. »Schick denen mal einen Triller rüber!« Doch Sakina tat nichts dergleichen. Erschrocken, mit ängstlicher Miene starrte sie ihn an. Wieder rief er: »Sakina, mach schon! Haa Iiiii!« Sakina reagierte nicht, ja sie bedeckte ihren Mund mit einem Zipfel des Kopftuchs.

Eine der jungen Italienerinnen raffte den Rock und wiegte herausfordernd ihr Gesäß. Das Publikum geriet außer Rand und Band, Pfiffe ertönten. Abu Jusuf stürzte sich auf Sakina. »Komm her!«, befahl er. »Los, komm schon!« Mahmud stutzte und blieb wie angenagelt stehen. Mit blutunterlaufenen Augen sah er diesen Mann, der seine Ehefrau angrapschte! Rechtfertigte irgendetwas auf der Welt, und sei es ein Wettkampf mit Italienern und sonstigen Ausländern, dass wohl behütete Frauen angetastet wurden? Nein, niemals! Er näherte sich seinem Kompagnon und tippte ihn auf den Rücken. Doch Abu Jusuf war eifrig beschäftigt, Sakina mitzuziehen, und merkte nichts. Mahmud stupste ihn ein zweites und ein drittes Mal, dann packte er zu und versetzte ihm einen kräftigen Schlag in den Nacken. Überrascht fuhr Abu Jusuf herum. Wie zwei Hähne standen sie sich gegenüber und taxierten einander, beide schweißüberströmt, mit hervorquellenden Augen. Sakina seufzte: »So ein Unglück!« Mahmud schoss auf sie los und stieß sie zurück. »So ein Unglück? Statt ihm ins Gesicht zu spucken, jammerst du herum?« Abu Jusuf schwoll der Kamm. »Mir ins Gesicht spucken, du Mistkerl?«, schrie er. »Mir, du Hornochse? Wer bist du denn, dass du mich beleidigst?« Mahmud hob seine Rechte und brüllte: »Immer noch besser als du und dein Vater und der Herr deines Herrn!« Abu Jusuf wurde wild. »Besser als ich, du Hinterwäldler aus Khirbe? Du ungehobelter, blöder Bauer, der keinen Piaster wert ist!«

Schlagartig eskalierte der Streit. Der Bürgermeister von Khirbe sprang auf. Mit der Ferse schleuderte er seinen Stuhl beiseite, zog sein Stirnband aus der Brusttasche und schwang es über dem Kopf. »Hüte deine Zunge!«, schnaubte er wie ein Stier. »Du unverschämter Angeber! Was hast du gegen den Bauern? Der ist besser als du und deine Chefs, du Judenlakai!«

Abu Jusuf stand sprachlos. Dann begann er wie ein Verrückter zu schreien: »Ich diene den Juden, ich, ihr Zuhälterbande? Ein Judenlakai? Ihr erbärmlichen Bauerntölpel, einer wie der andere!«

Ilja hatte sich aufgerappelt. Er hob die Hände mit der weißen Serviette. »Nicht doch, Chabibi!« Der Bürgermeister packte ihn am Ärmel und drückte ihn auf den Stuhl. »Hinsetzen! Den hat uns auch dieser Kuppler aufgehalst! Los, Mahmud, mach ihn fertig, damit er kapiert, was ein Bauer ist!«

Mahmud ließ sich das nicht zweimal sagen. Er schlug mit der Faust zu, mal hierhin, mal dahin und empfing selbst einen Hieb auf die Nase, die sofort heftig blutete. Die Italiener waren mucksmäuschenstill geworden. Sie hörten wohl das Geschrei, verstanden aber nichts. Sie schauten von ferne zu, mischten sich jedoch nicht ein, das waren fremde Angelegenheiten.

Plötzlich gellte der Schrei eines Kindes: »Papa!« Es war Taufik, der eben in einem unbekannten Raum erwacht war und seine Eltern vermisst hatte. Er war aufgestanden und hatte sich im Pyjama auf die Suche gemacht. Als er seinen Vater blutüberströmt vor sich sah, brach er in lautes Geschrei aus: »Papa! Papa!« Er schob sich zwischen die beiden Kampfhähne, hob die Hände und flehte: »Nein, Onkel! Bitte nicht!« Er warf sich auf Abu Jusuf, schlug ihn und klammerte sich an ihm fest. »Nicht, Onkel!« Die Italiener murrten mitleidig und ratlos, und Ilja rief unter Tränen: »Ah, Chabibi!«

Der Bürgermeister brüllte: »Setz dich hin! Der hat uns gerade noch gefehlt! Das haben wir nur diesem Kuppler zu verdanken!«

Zornig fuhr ich dazwischen: »Nein, ich habe ihn mitgebracht.«

Er würdigte mich nicht einmal eines Blickes. Er hielt meine Initiative für einen verzweifelten Versuch, die

Atmosphäre zu beruhigen. Wütend schimpfte er weiter. »Ein Bauer, ein Bauer? Was ist gegen ihn einzuwenden? Und was hat Khirbe damit zu tun?«

Als er merkte, dass die Kampfstimmung abflaute und in Mitleid mit dem kleinen Taufik umschlug, steigerte er sich von neuem in Rage. »He, Mahmud!«, schrie er. »Mach ihn fertig! Verflucht sei sein Vater! Der soll noch erfahren, was ein Bauer ist.«

Ich beschwor ihn, sich zu beruhigen. »Nicht doch, Herr Bürgermeister. Lassen Sie es gut sein, sehen Sie drüber weg.«

Aber der Bürgermeister fluchte und wetterte und fuhr auf Ilja los, der nicht aufhörte zu jammern: »Nein, Chabibi!«

Ich schaute mich nach Michel um. Er musste jetzt unbedingt eingreifen und diesem schändlichen Streit ein Ende machen. Ich sah, dass er bleich und bestürzt dasaß, alles Blut war aus seinem Gesicht gewichen.

»Tu ein gutes Werk«, beschwor ich ihn, »finde du das rechte Wort.«

»Was ist schon das rechte Wort für Betrunkene?«, brummte er und wandte sich ab.

Seine Kälte ärgerte mich. »Wo bleiben deine guten Geister?«, spottete ich.

Er starrte mich abwesend an. »Sie haben uns verlassen«, murmelte er zerstreut.

Damit drehte er sich um und ging hinaus. Ich hinter ihm her.

An jenem Abend überhäufte ich ihn mit Vorwürfen. »Du bist schuld!«, sagte ich. Ohne zu antworten, rannte er mit erstaunlicher Geschwindigkeit weiter. Sein Gewand bauschte sich und flatterte ihm um die Füße, der Strick an seiner Taille schlenkerte auf und ab. Ich lief ihm nach, bis ich ihn am Ärmel zu fassen bekam. Er verlangsamte den Schritt, wandte sich sogar ein wenig zu mir um. Allmählich legte sich seine Aufregung, sein Gang wurde gemessener, doch das Gesicht blieb angespannt. Wir überquerten den Markt und traten durch das Tor hinaus auf die hell erleuchtete Straße. Bei der Ampel gegenüber Notre Dame hielten wir an und warteten auf Grün. »Wohin rennst du denn?«, fragte ich. Er antwortete nicht, starrte nur mit seinem Maskengesicht vor sich hin.

Wir gelangten zum Jaffa-Tor mit dem theaterähnlichen Platz, den Geländern über dem Durchgang und den tausendfachen Abzweigungen. Ich erinnerte mich, wie ich nach meiner Heimkehr mit dem Erzbischof hier gestanden und ihn nach meinem Sohn und Mariam gefragt hatte. Nie hätte ich vermutet, dass die Dinge so kompliziert lagen. Damals glaubte ich noch, Mariam werde in unversehrter Reinheit zu mir zurückkehren. Aber sie würde niemals zu mir zurückkehren, selbst wenn ich diesen Sohn für mich gewänne. Und was nützte überhaupt so ein Sohn? Wozu ein Kind, wenn es sich vom Blut der Eltern lossagt? Wozu das Blut, wenn es in den Adern zu Eis gerinnt und stumme Schatten übrig bleiben? Was nützt der Felsendom, die Geburtskirche und der Heilige Geist, wenn sie die Menschen doch nicht vom Übel abhalten können?

Nimm nur mal Mahmud und Abu Jusuf. Der eine kam, um zu beten, der andere, um Segnungen zu empfangen. Eine banale Feier mit reichlich Wein genügte, um sie in die Falle zu locken. Oder dieser Junge, der angeblich die

Geister und geheimen Kräfte beherrschte. Bei der ersten Saalschlacht ergriff er die Flucht und überließ die Leute ihrer Dummheit, ohne einzuschreiten und ein Machtwort zu sprechen. Stand er etwa über den Menschen? War er erhaben über sie? Warum hatte er sie dann aus ihrem Dorf herunter zur Aksa-Moschee geführt? Wieso war er zu ihnen nach Khirbe gezogen und lebte dort wie ein Schafhirte? Weshalb behauptete er, Verborgenes enthüllen, die Zukunft aufdecken und Krankheiten heilen zu können? Oder war er nur ein Duckmäuser wie seine Mutter, die sich im Kloster verkrochen hatte?

Im Licht der Autos und Straßenlaternen schienen seine Züge markanter, schärfer hoben sich die Brauen ab. Plötzlich war mir, als starrte ich einem Fremden ins Gesicht, der mich nicht kannte, den ich nicht kannte. Und dennoch – mit oder ohne Namen blieb er mein Sohn, der Sohn Ibrahims.

»Rede!«, sagte ich. »Sprich aus, was du denkst. Du hättest eingreifen müssen.«

»Warum bist du nicht eingeschritten?«, erwiderte er matt.

»Weil ich krank bin!«, rief ich wütend. »Weil ich zu alt und zu schwach bin, um mich zwischen zwei sture Böcke zu stellen, die sich gegenseitig rammen wollen.«

Vorsichtig machte ich einen Rückzieher. »Ich sagte sture Böcke, weil sie wie mit Hörnern aufeinander losgingen. Hätte ein Mann in meinem Alter ihnen entgegentreten können? Du bist stark, jung und gebildet. Du verfügst über Kräfte, die ich kenne, die du kennst. Ich habe selbst gesehen, wie du in Khirbe von einem Felsbrocken auf den Baum gesprungen bist, um ein Kind aus einem Bus am

Rande des Abgrunds zu retten. Deine Seele, dein Leben hast du für das Kind riskiert. Weshalb hast du heute nichts unternommen?«

Er wiegte den Kopf. »Für das Kind, ja ... Genauso wie du ...«

Ich fuhr zu ihm herum. »Schon gut. Jetzt geht das wieder von vorn los! Hab schon kapiert, mein Lieber. Bei Gott, ich bin mir meiner Schuld bewusst, ich kenne sie auswendig. Also schön, dann büße ich eben für meine Fehler. Sag mir um Gottes willen, wie ich es gutmachen kann. Soll ich deine Hände küssen? Deine Füße waschen? Soll ich vor dir niederknien wie vor ihr? Mein Kniefall hat gar nichts genützt. Einsam und gedemütigt bin ich von ihr gegangen. Ich hatte nur die eine Hoffnung – dich wiederzusehen. Und was sehe ich?«

»Was?«, knurrte er.

»Einen ganz gewöhnlichen Mann. Das einzig Besondere an ihm sind seine Worte und dieses Gewand. Du bist wie alle anderen. Ein Suchender mit einer komplizierten, verbitterten Seele. Ein deprimierter Mann, der die Liebe nie kennen gelernt hat. Du bist jung, siehst gut aus. Jede Frau wird dich lieben. Was fehlt dir? Sag mir bei Gott, was dir mangelt? Schön, deine Mutter hat uns verlassen und ist ins Kloster geflüchtet. Aber du, du bist doch ein starker Mann, obendrein gebildet und talentiert wie einst mein Onkel. Ja, ein echter Künstler! Du meinst wohl, mit deiner Verrücktheit wärest du aus der Art geschlagen? Mitnichten! Das kommt alles vom Künstlertum, das hast du von mir, von meinem Onkel, ja von deinem Großvater in Astana. Deine Familie ist nicht schlechter als jede andere. Du aber schämst dich unser. Warum? Wir sind anständige Leute. Du gehörst zu uns, zu mir. Du bist mein Sohn. Ich möchte, dass du bei mir bleibst. Du sollst mir beistehen, denn ich bin alt geworden, alt und erschöpft von der Welt und meiner verlorenen Liebe. Nimm, was du willst, nur bring mir die Liebe zurück.«

Er murmelte zerstreut: »Was hast du mir schon zu bieten außer Rache?«

»Rache? Nimm alles, was ich habe. Mein Leben würde ich dir geben, wenn du mir dafür eine Hoffnung schenkst. Ach, mein Sohn!«

Dschamilas Worte fielen mir ein. »Er war rund wie eine kleine Ente und hatte Grübchen auf dem Handrücken. Ich fasste seine Händchen und küsste die süßen Finger wieder und wieder. Er schaute mir zu mit seinen Äuglein, die leuchteten wie Narzissen und Mandelblüten. Ach, Ibrahim!«

Meine Stimme zitterte, Tränen stiegen mir in die Augen. Er aber blieb ungerührt und starrte geradeaus ins Abendlicht. Was sah er? Wovon träumte er? Woran dachte er? Ach, wie Leid mir das alles tat! Welche Geister konnten mir diesen Leblosen zurückbringen?

Behutsam versuchte ich in seine Welt vorzudringen. »Du sagst, die Geister vergessen uns nicht. Sie kommen, wenn wir sie brauchen. Das stimmt doch?«

Da er nicht reagierte, fuhr ich fort: »Ich habe dir zugehört. Ich war zwar ohnmächtig, aber hören konnte ich. Ich lag am Boden, da hörte ich dich sagen, die Geister besuchen uns, der Tod ist nicht das Ende. Der Geist kommt über uns, wenn wir offenen Herzens nach ihm rufen. Ist es nicht so?«

»Ja, das habe ich gesagt.«

»Wieso bist du dann heute zurückgewichen?«

»Ich bin nicht zurückgewichen!«

»Aber heute Abend sah ich in dir noch etwas anderes. Etwas wie einen Toten, einen Körper ohne Seele. Er war fühllos, teilnahmslos. Warum bist du so verändert? Sag mir, warum?«

Er verlor die Nerven und rief: »Weil ich wütend bin!«

»Wütend? Eine Hand voll Betrunkener wirft dich aus der Bahn? Was würdest du erst sagen, wenn du die blutüberströmten Leichen auf den Schlachtfeldern gesehen hättest? Wenn du die Massaker miterlebt und hinterher mit uns zwischen den Trümmern gehockt hättest, während die Menschen in panischer Angst vor dem höllischen Beschuss durch die Straßen hetzten? Da ärgerst du dich über ein paar Betrunkene!«

»Über dich ärgere ich mich. Du mischst dich in meine Angelegenheiten ein und spionierst mir nach.«

»Ich spioniere dir nach?«

»Überall schnüffelst du uns hinterher. Du suchst meine Mutter im Dorf, du kommst nach Khirbe, um sie aufzustöbern, dann rennst du zu Dschamila, zu meiner Tante Eugenie und entdeckst nach so vielen Jahren ihr Foto auf einem Dachboden. In ganz Galiläa forschst du nach ihr. Und jetzt machst du in Jerusalem weiter. Was suchst du eigentlich? Meine Mutter? Sie will nichts von dir wissen. Mich? Ich werde nicht zu dir zurückkehren. Wie sollte ich dich gern haben? Ich will dich nicht. Ich habe es dir schon einmal gesagt, ich lebe mein eigenes Leben. Lass mich zufrieden. Weshalb möchtest du mich in eine Vergangenheit führen, die ich vergessen will? Meine Mutter gibt es nicht mehr, sie ist ins Kloster gegangen. Wenn ich ihr begegne, sehe ich in ihr eine große Schwester. Dich sehe ich als einen Fremden, einen Besiegten, der mich nichts angeht. Er hascht nach einem Strohhalm, um sich daran festzuklammern, und dieser Strohhalm bin ich. Sonst bedeute ich doch gar nichts für dich. Ich bin aber kein Strohhalm. Ich bin ein Mensch. Meinst du denn, man kann die Vergangenheit so einfach ausstreichen? Sorgen und Tragödien sollen verstummen, bloß weil du dich entschuldigst?«

»Du hasst mich also!«, rief ich entsetzt.

»Das müsste ich eigentlich. Trotzdem hasse ich dich jetzt nicht. Ich bitte dich nur, mich und meine Mutter zu vergessen. Wir haben dich aus dem Gedächtnis gestrichen. Geh fort, lass uns in Frieden.«

»Nein, nein«, stammelte ich angstvoll. »Du bist mein Sohn, du bist meine Hoffnung, mein Leben. Was bleibt mir noch, wenn du mich verlässt?«

Ungerührt beharrte er mit eindringlicher Stimme: »Es ist mein Leben. Geh weg. Lass mich zufrieden.«

»Ich verstehe das nicht.«

»Im Grunde tust du mir Leid«, sagte er aufrichtig. »Manchmal habe ich sogar ein wehmütiges Gefühl. Aber nur flüchtig, dann unterdrücke ich es. Kehrte ich je in die Vergangenheit zurück, würde sie mich überwältigen.« Er legte die Hand auf seine Brust und lächelte traurig. »Ich sollte mich nach der Vergangenheit sehnen? Gerade ich?« Kopfschüttelnd wandte er sich ab: »Die Qualen meiner Kindheit soll ich noch einmal durchmachen?«

Ich musste versuchen, ein ruhiges Gespräch mit ihm zu führen, ohne Ausbrüche und scharfe Worte. Zu viel Gefühl stieß ihn von mir ab und erinnerte ihn an eine Vergangenheit, die er trotz aller Anstrengung nicht verdrängen konnte. Ich schwieg gedankenverloren. Ich wollte ihn fragen, wieso er mich hasste. Ich wollte wissen, weshalb er die traurige Vergangenheit nicht vergessen konnte, obwohl er dazu im Stande wäre. Ich wollte bekennen, dass die Welt nichts bedeutete ohne Liebe und dass es in der Liebe nicht nur um eine Frau ging, wie ich einst gemeint hatte. Es ging um Mutter und Vater, Schwester und Bruder, um Menschen, ja um die Menschheit. Das wusste er, und er akzeptierte es. Wieso verspottete er dann die Betrunkenen? Warum machte er ihrem Streit kein Ende? Warum ließ er zu, dass unsere Feier in einer Posse für die Italiener endete? Weshalb hatte er sich in jener Nacht nicht um Sakina gekümmert? Warum zeigte er kein Erbarmen mit mir, da ich doch bereute? Für den Jungen hingegen hatte er sein Leben riskiert. Ich verstand das alles nicht.

Die Nacht kam, der Autolärm flaute ab. Der leichte Abendwind fächelte taufrischen Duft durch die Gassen. Kälte kroch in Jerusalems Glieder und in meine eigenen. Es war schon Ende September. Die letzten Tage eines heißen Sommers und einer qualvollen Suche waren angebrochen.

»Ich verstehe nichts«, sagte ich, »und will auch gar nicht verstehen. Begreifen steht der Liebe im Weg.«

»Ist das definitiv?«, fragte er kühl.

»Ich verspreche nichts«, erwiderte ich fest. »Ich werde nie von dir lassen. Du bist mein Sohn. Du bist die Liebe.«

Schweigend kehrten wir zum Hospiz zurück. Wir wechselten nur noch ein paar belanglose Worte.

Beim Frühstück lehnten Abu Jusuf und Mahmud zuerst jede Versöhnung ab, kurz darauf vertrugen sie sich wieder, wie zwei Kinder. Die Italiener schauten erstaunt zu, als sie einander lachend küssten und die Hände schüttelten. Wir wunderten uns gar nicht. Anfangs hatte Abu Jusuf wie ein kleiner Junge gebockt: »Was für ein Dummkopf! Mich einen Judenlakai zu nennen!« Prompt erwiderte Mahmud: »Was für ein Rüpel! Von mir zu sagen, ich wär ein dummer Bauer und keinen Piaster wert!« Im nächsten Augenblick einigten sie sich. Trotzdem war bei diesem Hin und Her ihr Essen kalt geworden.

Nach dem Frühstück schwärmten die Touristen aus. Manche gingen auf den Markt, andere in die Geburtskirche oder in die Kirche von Aisarija und auf den Ölberg. Scharenweise flogen sie aus, die Kameras um den Hals, die Dollars in der Tasche, und ihre hübschen jungen Mädchen hatten sie auch dabei. Ich neckte Abu Jusuf: »Verpass nicht den Anschluss. Sieh nur die süßen Püppchen!« Doch er brummte: »Keine Lust. Heute ist Schluss. Ich geh zur Waschung in die Moschee.«

Alle wollten rechtzeitig zum Freitagsgebet im heiligen Bezirk sein. Jerusalem war in Festtagsstimmung. Gewimmel, Gedränge, Kerzen und Weihrauch, Spatzen und himmelblaue Luft. Die Sonne strahlte, obwohl man sagt: »Septembergruß – ein Regenguss.« In diesem Jahr ging es überhaupt heiß her im September. Steinwürfe waren der Auftakt. Schuhe und Sandalen flogen, Unglücksraben gleich, durch die Luft. Danach prasselten die Kugeln wie Regentropfen oder Reiskörner. Die Touristen stoben auseinander wie aufgescheuchte Hühner, die Mönche flüchteten, jeder in ein anderes Kloster, und ich suchte fieberhaft nach einer Nadel im Heuhaufen – meinen Sohn. Die Menschen benahmen sich, als wären sie übergeschnappt. Dieser stürzte davon, jener ohrfeigte sich, ein Mann brüllte, eine Frau schrie um Hilfe. Ich rannte vorbei an Touristen, Kameraleuten und Journalisten und hielt Ausschau nach meinem Sohn, nach Abu Jusuf und der Gruppe. Endlich entdeckte ich den Bürgermeister. Ich hielt inne und rief ihm zu: »Wo sind die anderen?« Er hörte mich nicht und hetzte mit den jungen Männern weiter. Gleich darauf stolperte er und fiel hin. Plötzlich kam Sakina auf ihn zugeschossen, packte ihn an der Schulter und schrie drohend: »Wo ist Taufik? Gott strafe dich!« Aber Taufik war spurlos verschwunden. Er steckte irgendwo im Menschengewühl, im Handgemenge, zwischen Gasbomben, Molotowcocktails und berittener Polizei, die mit Schlagstöcken auf die Leute einprügelte. »Wo ist Abu Taufik?«, rief Sakina und wies auf die Menge. »Wo ist mein Sohn Taufik? Du hast nicht aufgepasst! Taufik!«

Ich sah Frau Dschamila oben am Fenster stehen. Sie winkte mir. »Kommen Sie rauf!« Ich nahm Sakina an der Hand und rannte mit ihr zu Dschamilas Haus. Sakina kam ein paar Schritte mit, dann blieb sie stehen und schrie außer sich: »Mein Sohn!« Suchend schaute sie umher. »Taufik!« Dschamila rief herunter: »Geht da weg! Vorsicht, Polizei! Kommt rauf!« Doch Sakina rührte sich nicht von der Stelle. Verzweifelt schlug sie die Hände zusammen und starrte um sich wie eine Verrückte. »Wo ist Taufik? Wo ist sein Vater! Ich geh da nicht rein.« Immer wieder blickte sie ringsum und klagte: »Taufik! Er hat ihn verloren. Gott strafe ihn!«

Ich ging allein zu Dschamila ins Haus und sah die Ereignisse von oben. Menschengewühl, Gasbomben, Geschrei, Vermummte und Schleudern. Sakinas Sohn Taufik stand mit den jungen Männern drüben auf der Mauer zwischen fliegenden Steinen und Geschossen der Armee. Ich rief ihn: »He, Taufik!« Doch er hörte mich nicht. Eben reichte er dem Jungen neben sich einen kleinen Stein für seine Schleuder. Der zielte auf ein Pferd, schoss und traf es am Kopf. Das Pferd machte einen Satz, begann besinnungslos zu kreiseln und warf seinen Reiter ab. Nun gab es kein Halten mehr, mit wildem Wiehern schlug das Pferd aus, stampfte diesen nieder, stieß jenen beiseite. Der Junge auf der Mauer lud seine Schleuder mit einem neuen Stein und katapultierte ihn auf einen Trupp Soldaten. Einer wurde verwundet, er blutete. Der Soldat schaute sich um, deutete auf den Jungen. Ein anderer zielte und knallte ihn kaltblütig ab. Der Junge fiel um. Taufik warf sich weinend über den Leichnam. Ein junger Mann mit einer Kufija auf dem Kopf zog ihn fort. Er sagte etwas zu ihm und strich ihm übers Haar. Dann nahm er dem Toten das Tuch ab und legte es Taufik an. Auch Sakina hatte inzwischen Taufik entdeckt. Als sie sah, dass er eine Kufija wie die Großen trug, schlug sie sich jammernd die Wangen. »So ein Unglück!«

Ich wies Frau Dschamila auf sie hin. »Sehen Sie nur, sie wird noch verrückt.« Dschamila schob mich an der Schulter vom Fenster weg und sagte entschlossen: »Los, gehen wir runter.« Ich blickte sie besorgt an und zeigte auf die Straße und den Platz, wo die Menschen panisch durcheinander rannten. Dort unten herrschte das Chaos – Sirenen, erste Hilfe, Polizei, Soldaten, Pferdegewieher.

»Da hinunter?« Sie antwortete ohne Zögern: »Gehen wir.« Sie griff nach ihrer Tasche mit dem Verbandszeug, Spiritus und Jod und eilte zur Treppe. Ich nahm ihr die Tasche ab. Dabei dachte ich, dass ich eigentlich genauso feige war wie Mariam und ihr Sohn. Ich hatte ihn nirgends gefunden. Er musste sich mit den Mönchen in irgendeinem Kloster oder einer Kirche verkrochen haben. Doch wer weiß, in diesem Tohuwabohu konnte ich ja nicht einmal erkennen, wohin es Abu Jusuf, den Bürgermeister und Sakinas Mann getrieben hatte. Nein, mein Sohn war kein Feigling. Der verknotete einfach sein Gewand, band den Gürtelstrick zu einem Lasso und rettete das Kind. Leib und Leben hatte er für den Jungen riskiert. Aber eigenartig war es schon mit meinem Sohn, ich wurde nicht schlau daraus. Wann war er mutig, wann wurde er böse, wann war er zutraulich, wann verschlossen? Launen hatte mein Sohn. Kompliziert war er, ohne Schwung. Ich wusste nicht, wie ich ihn einschätzen sollte.

Ich sah, dass Taufik einen Stein ergriff und von der Mauer hinabwarf. Ich schrie auf: »Nicht den Jungen! Nein, nein! Er ist noch klein!« Dschamila fasste mich am Arm. »Jetzt hören Sie mal zu«, sagte sie, »in diesen Zeiten ist niemand zu klein! Vorwärts, los! Die Leute sterben.« Ich schämte mich, weil ich hinter Dschamila zurückblieb. Ich hatte Herzstiche, während ich ihr, ohne zu überlegen, nachlief. Ihre schwere Tasche stieß auf den Boden, die Treppenstufen, gegen mein Bein.

Wir drängten uns in die Menge, ich wurde fortgerissen. Aber Dschamila schaute sich immer wieder nach mir um. Sie kannte sich aus in den verwinkelten Gassen. »Hier lang, hier ist es näher.« Schreiend fragte ich: »Wohin gehen wir?« Sie schrie zurück, denn sie wurde allmählich ungeduldig: »Na los, machen Sie schon! Die Leute sterben!« Keuchend folgte ich ihr durch die Gässchen, bis wir plötzlich unterhalb der Aksa-Moschee herauskamen. Dichter Rauch empfing uns, umherfliegende Steine, Getöse. Ich sah Kameras und Journalisten. Maschinengewehre. Und überall quoll Tränengas hervor, oberhalb der Mauer, unterhalb der Mauer. Dschamila fuhr zu mir herum. »Tasche aufmachen!«, befahl sie. »Schnell!« Sofort öffnete ich die Tasche. Sie zog etwas Mull heraus, tränkte ihn mit Alkohol und reichte mir ein Stück. »Nehmen Sie, und jetzt einatmen!« – »Was soll das?«, fragte ich erstaunt. Ohne zu antworten, drückte sie den Mull auf ihren Mund. Sie drehte sich um, ich drehte mich um, dann stürzten wir uns in den Strom, hinein in die Menschenflut. Die einen drängten vorwärts, die anderen flüchteten. Sakina winkte schimpfend ihrem Sohn auf der Mauer: »He, Taufik! Na warte, du!«

Plötzlich tauchte Mahmud auf und packte Sakina. »Wie konntest du das zulassen?«

»Ich habs ihm nicht erlaubt, wirklich nicht!«, rief sie ängstlich. »Er ist mir ausgerissen!« Mahmud hob die Hand, ballte sie zur Faust, bahnte sich den Weg zurück zur Mauer, zu seinem Sohn. In diesem Augenblick erinnerte ich mich, wie Michel in Khirbe dem Jungen zu Hilfe geeilt war und ihn gerettet hatte. Aber Michel erschien nicht. Ich sah ihn nicht hier und nicht da, nicht unter den Journalisten, nicht zwischen den Autos, nicht bei den Tragbahren und Sanitätern. Ich sah ihn weder bei den Geschlagenen noch bei den Schlägern, weder bei den Krankenpflegern noch in der panischen Menge. Wo war er hingegangen? Sogar die Italiener waren da – und keine Spur von meinem Sohn! Ich hörte Ilja mit heiserer Stimme rufen: »Abu Jusuf!« Doch Abu Jusuf zeigte sich nicht, genauso wenig wie der Bürgermeister. Nur Sakina wies immerfort nach oben, wo Taufik stand. Stimmen ertönten: »Der Junge! Er ist verloren. Oh weh, die arme Sakina.« Hilfe suchend blickte sie mich an, dann schüttelte sie meinen Arm. »Bitte, tun Sie etwas! Irgendwas.« Ich war fassungslos. Was hätte ich unter diesen Umständen ausrichten können?

Dschamila zupfte mich am Ärmel. »Aufmachen!« Zitternd öffnete ich die Tasche. Überall lagen blutende Menschen. Der Geruch von Jod, Alkohol und Spiritus stieg mir in die Nase. Sie ging schon weiter, ich lief hinterdrein. Alle paar Schritte sagte sie: »Aufmachen!« Wie im Halbschlaf tat ich, was sie mir befahl. »Aufmachen!«, und immer wieder »Aufmachen!« Aber irgendwann gewöhnte ich mich daran! Die Angst wich von mir. Das Blut schockierte mich nicht mehr, ich war wie benommen. Selbst tiefe Wunden betrachtete ich, als handle es sich um etwas ganz Normales. Als wäre das alles völlig normal – Maschinenpistolen, schreiende Menschen, Tote und Verwundete, Steine und Gewehrkugeln. Was war los mit mir? War ich betäubt? Warum fühlte ich nichts? Wie konnte ich das Schießen hören, ohne mit der Wimper zu zucken? Wieso roch ich nichts mehr, weder Jod noch Gase noch wirbelnden Staub? Wie kam es, dass ich das Gespenst des Todes ertrug? Weil der Tod eben kein anonymes schwarzes Phantom ist. Er gehört zu uns, steckt in uns. Wir haben die Furcht verlernt. Wie bist du abgestumpft, du unglückseliges Land!

Ich dachte an den September. Nicht an den jetzigen, sondern jenen längst vergangenen, als die arabischen Brüder sich entzweiten. Bruderzwist und Bürgerkrieg folgten, erst in Beirut, später am Golf. Auf welcher Seite hatte ich gestanden? Ich hatte der einen wie der anderen misstraut und mich ins väterliche Sägewerk zurückgezogen.

Wie eine Woge fluteten die Menschen vor der berittenen Polizei auf den Platz. Dschamila zerrte mich am Ärmel in den Schutz der Mauer. Ilja aber blieb mitten auf dem Weg stehen und rief laut nach Abu Jusuf. Ein Polizist ließ den Knüppel auf seinen Kopf niedersausen. Ilja brach zusammen, ich sah ihn nicht mehr. Ringsum nur galoppierende Pferde, eine schreiende Menge, mit Schlagstöcken bewehrte Fäuste, stampfende Füße. »Ilja! Ilja!«, rief ich entsetzt und wollte hinlaufen, um ihn beiseite zu ziehen. Wütend hielt Dschamila mich fest. »Wohl verrückt geworden?« Ich zeigte auf den Boden und schrie wieder: »Ilja!« Sie begriff nicht und brüllte mich an: »Hier geblieben! Dass Sie sich ja nicht fortrühren!« Ich gehorchte traurig und versuchte den Ärmsten zwischen den Füßen zu entdecken. Abu Jusuf kam keuchend gerannt und rief mir zu: »Wo ist Ilja?« Ich wies in die Richtung auf den Boden. Er fuhr mich wütend an: »Er fällt vor Ihren Augen, und Sie lassen ihn liegen?« Hinter ihm jammerte Sakina: »Beim Allmächtigen! Ich habs ihm nicht erlaubt. Er ist mir ausgerissen.«

Wenige Minuten später war das Chaos vorbei, und ich sah Ilja blutüberströmt daliegen. Abu Jusuf kniete nieder und schüttelte ihn. »Ilja, Ilja! Steh auf, wir wollen gehen.« Aber Ilja regte sich nicht. Als Abu Jusuf den leblosen Körper sah, begann er laut zu klagen: »Ach, Ilja, warum bist du weggelaufen?« Ich packte ihn, wollte ihn wachrütteln. »Abu Jusuf! Er ist tot!« Er stieß mich zurück. »Nein, unmöglich. Er kann doch nicht einfach sterben!«

Tröstend zog ich ihn an mich, er zog an dem Toten, Dschamila zog an mir. »Aufmachen!«, rief sie. »Schnell! Die Leute sterben.« Ich drehte mich zu ihr um und zeigte auf den Leichnam. Sie riss mir die Tasche aus der Hand und sagte resolut: »Der Lebende geht vor dem Toten. Her mit der Tasche!« Das Jod tropfte auf den Mull, das Blut tropfte aus den Wunden. Gasbomben trieben die Tränen aus den Augen. Sakina schrie: »Taufik! Komm da runter, du Nichtsnutz!« Und ich blickte immer wieder um mich und suchte meinen Sohn in der Menge. Plötzlich entdeckte ich Mahmud. Er balancierte über den Rand der Mauer und rief seinen Sohn. Kugeln pfiffen, Steine flogen, die Sirenen der Krankenwagen heulten. Auf einmal kamen die Flugzeuge. Ich hob den Kopf – ein Déjà-vu! Eine Staffel wie im Vietnamkrieg. Freu dich, dachte ich. Wir werden ein zweites Vietnam!

Ein Flugzeug dröhnte über die Mauer hinweg. Gebannt verfolgte ich seine Kreise. Alles war wie im Film. Ich war nur Zuschauer, vor mir lief ein Actionthriller ab. Weshalb sonst waren all diese Journalisten hier? Einer fotografierte, einer sprach auf Band, ein Dritter rief: »Reich mal die Filme rüber!« Ohne die geringste Furcht rannte ich hinter Sakina her, als wäre die ganze Szenerie nicht wirklich. Alles Kino, wir sind eine Attraktion!

Mahmud blickte nach oben, das Flugzeug machte ihm Angst. Er wich zurück, einen Schritt und noch einen. Er verlor das Gleichgewicht, dann fiel er leicht wie eine Feder. Eine große schwarze Feder, die in den Gaswolken hin und her schwankte. Das Tuch an seinem Hals bauschte sich wie ein Segel im Wind. Schließlich schlug er auf. Sakina schrie, außer sich stürzte sie los und warf sich über ihn. »Mahmud! Beweg dich!« Er sagte noch: »Sakina ...«, danach streckte er sich aus. »Bringt die Tasche!«, rief Dschamila, »schnell, den Spiritus, das Jod!« Alle atmeten auf, als Mahmud nieste und hustete.

Doch an einem Freitag ist keine Entspannung ernst zu nehmen, sie ist tückisch und trügerisch wie eine Fata Morgana. Du glaubst, der Regen wird aufhören, aber er hört nicht auf. Du glaubst, die Trockenheit wird weichen, aber sie weicht nicht. Du glaubst, jetzt kommt der Frühling, der Sommer, der Winter mit Schnee, aber es gibt keinen Frühling, keinen Sommer und keinen Schnee. Die Jahreszeiten wechseln wie eine Dekoration, und immer läuft die gleiche Szene – Todesspiele. Wir warten auf Regen, aber er fällt nicht. Wir beten, dass die Dürre vergeht, aber sie versengt uns. Wir beten zu Gott, und er zürnt uns. Wir verbarrikadieren die Tür. Aber wir leben in einer Hölle, aus der es kein Entrinnen gibt. Wir sind gefangen wie der Geist in der Flasche.

Ich wende mich nicht ab von dir, Herr. Ich verfluche meine Schwäche und vertraue auf dich. Doch wozu dieses Spiel mit dem Leben der Menschen, wozu all die Tränen, das viele Blut? Warum gehst du so hart mit uns um? Warum zürnst du der armen Sakina?

Verzweifelt schlug sie sich die Wangen. Mahmud röchelte ein letztes Mal, dann legte man ihn auf die Bahre. Als Sakina seine tiefen Wunden sah, vergaß sie Taufik und klagte laut: »Mahmud, Vater meiner Kinder, wie kannst du mich verlassen? Steh doch auf, Lieber! Mach mich nicht zur Witwe! Steh auf!« Suchend schaute sie sich nach dem Bürgermeister um, der ein paar Schritte entfernt stand. Sie streckte die Hand aus und winkte ihm zu. Mitleidig sagte er: »Fasse dich, gute Frau, es war sein Schicksal.« Sie begann zu schreien, riss das Tuch von ihrem Kopf und raufte sich die Haare. »Mahmud, Vater meiner Kinder! Hoch mit dir, du Schuft! Mach mich nicht zur Witwe!« Der Bürgermeister unterbrach sie: »Schäm dich, Frau! Bete zum Allmächtigen! Er starb als Märtyrer für Palästina. Bete!«

Sie ging auf ihn los wie eine Furie. »Für Palästina? Wird Palästina sich um mich kümmern? Wer gibt mir zu essen? Wer gibt mir zu trinken? Wer verteidigt meine Ehre und beschützt mich? Ach, Mahmud, du warst die Krone auf meinem Haupt!«

Ich trat zu ihr, um sie zu trösten und ihr zu sagen, dass sie nicht allein auf der Welt stand. Viele gute Leute würden an sie denken, der Bürgermeister, Abu Jusuf, Dschamila und ich auch. »Gute Leute?«, heulte sie auf. »So ein schwarzes Unglück, du arme Sakina! Gute Leute … Übel bist du dran, Sakina! Lieber tot umfallen, ohne vorher gebetet zu haben!«

Der Bürgermeister empörte sich: »Du solltest dich schämen, Frau! Hier vor der Aksa-Moschee so etwas zu sagen! Reiß dich zusammen!«

Sie schluchzte jämmerlich. »Lasst mich schreien. Lasst mich schreien!«

Der Bürgermeister wies sie im Befehlston zurecht. »Genug jetzt, Frau! Eine Schande ist das. Mahmud hat sich für die Aksa geopfert. Jede andere würde Freudentriller ausstoßen.«

Dschamila schob ihn mit der Tasche beiseite. »Weg da«, zischte sie und hockte sich neben Sakina auf den Boden. »Jaja, meine Tochter. Schon gut, meine Tochter. Sag nur, was du auf dem Herzen hast, und fürchte dich nicht wie die anderen.« Sie hielt sie in ihren Armen, bis man ihn wegtrug.

Zwischen Blut, Trümmern und verlorenen Kopftüchern, vor und hinter der Mauer suchte ich nach meinem Sohn. Sacht senkte die Dämmerung ihre Flügel herab, Grabesstille umfing den Platz und den Markt. Alle Läden waren geschlossen. Langsam und fast lautlos fuhren die Autos vorüber. Vielleicht waren meine Ohren taub von dem Tumult und Geschrei.

Der Platz lag menschenleer, nur Frau Dschamila und ich waren dageblieben. Abu Jusuf war ohne Ilja nach Galiläa zurückgekehrt. Der Bürgermeister hatte Sakina und Taufik nach Khirbe mitgenommen. Ich setzte mich neben Dschamila auf den Rand einer alten Treppe, wir sahen über den Platz hin und durchlebten alles noch einmal.

Schließlich sagte sie: »Na, los dann. Gehen wir.«

»Wohin?«

»Zu mir, essen wir einen Bissen.«

»Wie kann ich jetzt essen?«

»Kommen Sie schon«, sagte sie. »Waschen Sie Ihr Gesicht und Ihre Hände.«

Das Freitagsgebet hatte in einem Blutrausch geendet. Mahmud war gestorben, Ilja wurde tot getrampelt. Sakina weinte sich vor Trauer die Augen aus dem Kopf. Damit nicht genug, ich hatte meinen Sohn verloren und musste von neuem mit der Suche beginnen. Nirgends hatte ich ihn entdeckt, weder bei den Verwundeten noch bei den Journalisten oder Sanitätern. Als Ilja starb, war er nicht zur Stelle. Als sie Mahmud auf die Bahre legten, war er nicht unter den Trägern. Er schleppte keinen Verwundeten auf seinen Schultern, er sprang auf keinen Baum und keinen Stein, um einen kleinen Jungen oder ein kleines Mädchen zu retten. War er verletzt, wurde er verhaftet, war er gefallen? Ich konnte nicht glauben, dass er hier gewesen war und sich nicht gezeigt hatte. War es denkbar, dass er sich versteckt hatte? Wenn ich ihn wiederfände, würde ich nicht fragen, was er getan und gelassen hat, was er weiß und was nicht. Ich möchte es gar nicht erfahren, denn Begreifen steht der Liebe im Wege. Damals, in jener Nacht, hatte ich ihm in aller Aufrichtigkeit bekannt: »Ich werde nie von dir lassen. Du bist mein Sohn. Du bist die Liebe.« Doch jetzt frage ich mich: Was bedeutet ein Kind, wenn es sich von den Eltern lossagt? War er vor uns geflüchtet? Würde er zu uns zurückkehren?

Wenn ich lästere und zweifle und Unsinn rede, so nur deshalb, weil die Suche meine Gesundheit ruiniert hat. Mein Haar ist grau, mein Herz ist lau. Nur die Fantasie des Schriftstellers raunt mir noch zu, der Himmel könne auch mitten im Herbst aufklaren, Narzissen und Pfefferminze begännen zu grünen und strahlendes Blau durchbreche die Winterwolken.

Ich blickte zum Gipfel, hinauf zum Ölberg. Von Osten her dunkelte die Nacht. Aber die Laternen am Rathaus und die Scheinwerfer um die Aksa-Moschee würden den Weg erhellen. Ich wandte mich zu Dschamila, um sie zu trösten. Auf ihrem bekümmerten Gesicht lag ein Abglanz der Lichter von Jerusalem. Leise sagte ich: »Na los. Gehen wir?«

Fragend sah sie mich an.

»Essen wir einen Bissen«, sagte ich ruhig.

Gemeinsam gingen wir zur Gasse.

Worterklärungen

Abdel Wahhab, Muhammad ca. 1911–1991; bedeutender ägyptischer Komponist (über 1800 Lieder) und Sänger, erneuerte die arabische Musik, spielte in sieben Musikfilmen die Hauptrolle

Balkis altarabischer Name der in Bibel und Koran erwähnten sagenhaften Königin von Saba, heutiges Jemen

Dabka volkstümlicher Reihentanz in ostarabischen Ländern, charakteristisch sind gemeinsames Aufstampfen und Springen

emigrierter Jude Nach der Proklamation des Staates Israel am 14.5.1948 begann eine Masseneinwanderung von Juden (bis 1951 rund 648000), wodurch sich der jüdische Bevölkerungsanteil verdoppelte. 1948 lebten 1,3 Millionen Araber im Land. Heute sind von den rund 5,5 Millionen Israelis 81 Prozent Juden.

Fairuz geboren 1934; berühmte libanesische Sängerin, Interpretin moderner, durch europäische Elemente bereicherter Lieder

Goldman, Emma 1869–1940; jüdische Emigrantin aus dem zaristischen Russland, agierte als feministische Revolutionärin in New York, Russland und Europa

Hadscha Ehrentitel und Anrede für eine Frau, die die Pilgerfahrt nach Mekka unternommen hat

al-Husaini, Amin 1895–1974; palästinensischer Religionsgelehrter und politischer Führer des konservativen Flügels der nationalen Bewegung, 1926–37 Großmufti von Jerusalem, 1926–37 Vorsitzender des Hohen Islamischen Rates

Karub »Karube«; die zu Perlen verarbeiteten, sehr harten Kerne des Johannisbrotbaums; im Altertum wurden sie von Apothekern und Juwelieren als Gewichte verwendet, da sie unabhängig von ihrer Größe exakt 0,18 g wiegen (1 Karat = 0,2 g)

Kharrub aus dem süßen Fruchtfleisch der Johannisbrotschote gewonnener Saft

Medschidi ursprünglich die unter Sultan Abdel Medschid geprägten türkischen Silbermünzen

Mansaf auf einem großen Tablett serviertes Festmahl aus Reis mit Lammfleisch, Nüssen und Joghurtsauce

Messias im Koran mehrfach gebrauchter Ehrentitel für Jesus, der im Islam als Prophet und Gesandter Gottes gilt; geboren wurde er als »Geist Gottes« von der jungfräulichen Mariam (Marjam), nach der die 19. Sure benannt ist und die als Haupt der Frauen im Paradies verehrt wird. Beiden Personen wird jedoch keine Göttlichkeit zuerkannt.

Nureddin Zengi gestorben 1174, Herrscher der türkischen Dynastie der Zengiden in Nordsyrien und Irak, Feldherr in Kämpfen gegen die Kreuzritter

Rusti, Istifan ägyptischer Schauspieler und Regisseur, der 1927 Laila, einen der ersten arabischen Stummfilme, drehte

Saut al-Arab »Stimme der Araber«, 1953 in Kairo gegründeter staatlicher Rundfunksender mit weit reichendem Einfluss in der arabischen Welt

Schauki, Farid 1920–1998; populärer ägyptischer Schauspieler, der in rund dreihundert Filmen spielte

Shin Beth auch Shabak; Inlandsnachrichtendienst Israels, zuständig für innere Sicherheit und Spionageabwehr, mit einem dichten Informantennetz, unter anderem zur Überwachung aller Ausländer

Sitt »Dame«, »Frau«; ehrenvolle, höfliche Anrede

Stammvater Ibrahim Abraham; wird im Koran als Prophet bezeichnet und trägt den Ehrennamen »Freund Gottes«. Er gilt als erster Muslim, der mit seinem Sohn Ismail die Kaaba in Mekka errichtete, und als Urahn des Propheten Muhammad.

»Statt Palmenstamm ein kleines Lamm« Abwandlung des Sprichworts »Von Wuchs wie eine Palme, von Verstand wie ein Lamm«

Thaub tunikartiges Gewand der Bäuerinnen und Beduininnen, als mehrfarbiges Festkleid mit reichen Stickereien und Seidenbesatz geschmückt

Umm Kulthum ca. 1904–1975; berühmteste ägyptische Sängerin des 20. Jahrhunderts, »Stern des Orients« genannt, bereicherte das moderne Lied durch ihre virtuose Wiederbelebung klassischer Formen

Sahar Khalifa

Sahar Khalifa wurde 1941 in Nablus, Palästina, geboren und mit achtzehn Jahren, nachdem sie das Rosary College in Amman abgeschlossen hatte, verheiratet. Nach dreizehn Jahren ließ sie sich scheiden, um der Enge ihrer Ehe zu entkommen und Schriftstellerin zu werden. Ihre traditionsbewusste Mutter habe sie aufgefordert, realistisch zu sein: »Ich bin sehr realistisch, aber ich akzeptiere die Realität nicht so, wie sie ist«, sagt Khalifa von sich. Das gilt für die politische Situation in Palästina und Israel wie für die Lebensbedingungen der palästinensischen Frauen: »Wir hätten gern mehr Frauen in der politischen Administration. Wir hätten gern Veränderungen in den zwischenmenschlichen Beziehungen, keine Polygamie mehr, die Möglichkeit von Scheidungen, das Erbrecht für Frauen. Es wird viele Auseinandersetzungen geben mit den Fundamentalisten, die aufgrund der ständigen Frustrationen immer stärker wurden. In einer friedvolleren Atmosphäre wird ihr Einfluss zurückgehen ...«

Nach der Scheidung studierte Sahar Khalifa englische Literatur an der Universität von Bir Zeit und später in den USA, wo sie mit einem Doktortitel in Women's Studies und englischer Literatur an der Iowa University abschloss. Bei ihrer Rückkehr nach Palästina gründete sie das Women's Affair Center in Nablus und Amman *(www.wafac.org)*, ein palästinensisches Frauenzentrum, weil sie den palästinensischen Befreiungskampf auch als Kampf zur Befreiung der Frauen verstanden wissen will: »Wir wollen nicht nur ein befreites Land, wir wollen ein befreites Leben.« Es sei widersinnig, den Westen anzuklagen und die Ausbeutung in der eigenen Gesellschaft, ja in der eigenen Familie, zu verschweigen. Sahar Khalifa, die heute in Nablus und Amman lebt, begann kurz nach der israelischen Invasion im Westjordanland und in Gaza zu schreiben und veröffentlichte ihren ersten Roman 1974. Sie gilt als bedeutendste Romanautorin der palästinensischen Literatur und verwendete als eine der Ersten umgangssprachliches neben klassischem Arabisch. Ihre Werke sind in zahlreiche Sprachen übersetzt.

Die Übersetzerin

Regina Karachouli, 1941 in Zwickau geboren, studierte Arabistik und Kulturwissenschaft in Leipzig und promovierte über Dramatik und Theater in Syrien. Nach langjähriger Lehr- und Forschungstätigkeit am Orientalischen Institut in Leipzig ist Regina Karachouli heute freie Übersetzerin aus dem Arabischen.

Sahar Khalifa im Unionsverlag

Das Erbe

Sena, erfolgreiche Anthropologin in den USA, erhält eines Tages eine Nachricht aus dem Westjordanland: Ihr seit langem verschollener Vater liegt im Sterben. Kurz entschlossen fährt sie zurück in ihr Land, das sie nicht kennt und von dem sie nicht weiß, ob es ihre Heimat ist.

»Selten war ein arabischer Roman so witzig, so frech, so human und auf so subtile Weise politisch wie ›Das Erbe‹.« *Martina Sabra, Bayerischer Rundfunk*

Der Feigenkaktus

Nach jahrelangem Aufenthalt in den Ölstaaten kehrt Usama in seine Heimat zurück. Schon beim Grenzübertritt wird ihm schmerzlich bewusst: Dies ist nicht mehr das Land seiner Kindheit und seiner Sehnsüchte.

»Nur wenige Schriftsteller vermitteln einen derart tiefen Einblick in die palästinensische Seele, ihre Nöte, ihre Sorgen.« *Stefan Weidner, Kölner Stadtanzeiger*

Die Sonnenblume

Jerusalem: Melodien mischen sich, Sprachen mischen sich, die ganze Stadt ist ein Gemisch. Und doch herrscht die Konfrontation. Die Näherin Sadija, die Intellektuelle Rafif, Chadra, die Prostituierte – sie alle müssen sich durchsetzen gegen die traditionellen Wertvorstellungen.

»Eine eindrucksvolle Synthese der Zustände im Westjordanland und gleichzeitig Ausdruck einer deutlichen Zukunftsvision der Autorin.« *Basler Zeitung*

Das Tor

Was hat der palästinensische Aufstand den Frauen gebracht? Welche Rolle sollen sie in Zukunft spielen? Sahar Khalifa entwirft ein differenziertes Bild der palästinensischen Gesellschaft in den Zeiten der Ohnmacht und der kleinmütigen Zerwürfnisse auf dem Weg zur Selbstfindung: »Was ist unsere Heimat anderes als du und ich, als wir, die Menschen?«

Arabische Welt im Unionsverlag

Mahi Binebine
Am Strand von Tanger wartet ein Grüppchen Flüchtlinge eine endlos lange Nacht auf die Überfahrt nach Europa. »Ein Buch, das hinter die Agenturmeldungen über Flüchtlingsdramen und Asylstatistiken schauen lässt, mit Witz und Sinn für Situationskomik erzählt.« *Riehener Zeitung*

Assia Djebar *Das verlorene Wort*
Nach zwanzig Jahren in Frankreich kehrt Berkane nach Algerien zurück. In einem Haus am Meer, später reisend, fotografierend, will er wieder Fuß fassen. Erst in der Begegnung mit Nadjia findet er wieder zu seiner Vergangenheit. »Dies ist eines von Djebars bewegendsten Büchern.« *Le Monde*

Nagib Machfus *Die Reise des Ibn Fattuma*
Machfus nimmt uns in diesem märchenhaften Roman mit in ferne, vergangene Welten, die erstaunlich gegenwärtig sind – und er zeigt uns, wie absurd es ist, in einer Ideologie sein Glück zu suchen.

Malika Mokeddem *Die blauen Menschen*
Leila, die am Rande der algerischen Wüste aufwächst, besucht als erste Frau ihres Clans die Universität. Die Tradition ihrer Vorfahren, der »blauen Menschen«, ist für sie der Auftrag, immer wieder neu aufzubrechen.

Selim Nassib *Stern des Orients*
Der Lebensroman der Sängerin Umm Kalsum
»Wenn sie die Stimme erhob, sank der Orient nieder, ergriffen bis ins Herz, in allen Sinnen bebend. Sie war des Volkes Stimme. Callas und Evita Perón in einem: die ägyptische Sängerin Umm Kalsum.«
Der Spiegel

Miral al-Tahawi *Die blaue Aubergine*
Die Studentin Nada versteht die Welt und ihren Körper nicht mehr. Sie verhüllt sich, versteckt sich unterm Kopftuch und sucht Zuflucht bei den religiösen Parolen der Islamisten. Aber weder in der Tradition noch in der Revolte findet sie eine Antwort auf ihre drängenden Fragen.

9,90